LOCUS

LOCUS

LOCUS

LOCUS

to

fiction

to 70
房間
ROOM
作者：愛瑪・唐納修 Emma Donoghue
譯者：張定綺
責任編輯：江怡瑩 美術編輯：何萍萍
校對：呂佳真
法律顧問：全理法律事務所董安丹律師
出版者：大塊文化出版股份有限公司
台北市105南京東路四段25號11樓
www.locuspublishing.com
讀者服務專線：**0800-006689**
TEL：(02) 87123898 FAX：(02) 87123897
郵撥帳號：18955675 戶名：大塊文化出版股份有限公司

總經銷：大和書報圖書股份有限公司
地址：新北市新莊區五工五路2號
TEL：(02) 89902588 FAX：(02) 22901628

初版一刷：2011年2月 初版十四刷：2016年7月
定價：新台幣300元
Printed in Taiwan

ROOM
房間

愛瑪・唐納修 Emma Donoghue 著
張定綺 譯

謹將《房間》獻給芬恩與烏娜，我最好的兩件作品。

我的孩子

我的煩惱如此沈重。
而你睡了，你心安寧；
你在寡歡的木箱裡做夢；
在這青銅釘死的黑夜裡，
靜臥在藍色的黝暗中發光。

——西摩尼得斯之〈達娜〉❶

❶ 註：西摩尼得斯（Simonides）為古希臘詩人，約生存於公元前五五六至四六八年。達娜（Danaë）是希臘神話中阿格斯國的公主，預言說她的孩子會殺死她的父親，因此國王阿克里西俄斯將她囚禁在高塔裡。不料天神宙斯化身一陣金雨與她交合，生下波修斯。阿克里西俄斯不敢傷害神的兒子，就把達娜與波修斯一起裝進木箱裡，拋入海中。此處引用的詩句就是達娜孤獨無依，面對茫茫大海時的哀歌。後來這對母子被小島上的漁夫搭救，波修斯長大後殺死蛇髮女妖梅杜莎，屢建奇功，也在一場意外事故中誤殺外公，應驗了預言。此處依照拉提摩爾（Richmond Lattimore）之英譯版本翻譯。

目次

禮　物

今天我五歲。昨晚我進衣櫃睡覺的時候是四歲，可是我摸黑在床上醒來的時候，就變成五歲了，阿布啦巴嘟啦。之前我三歲，然後兩歲，然後一歲，然後零歲。「從前我是負歲嗎？」

「啥？」媽伸了一個大懶腰。

「在天堂的時候。我負一歲、負二歲、負三歲——」

「不是啦，你被送下來以後才開始有歲數的啦。」

「我穿過天窗。妳本來好傷心，直到我掉進妳肚子裡。」

「完全正確。」媽從床上探身出去開燈，他颼一聲讓所有東西都亮起來。

我剛來得及閉上眼睛，然後瞇開一條縫、兩條縫。

她告訴我：「我哭到眼淚一滴也不剩。就躺在那兒一秒一秒數著。」

我問：「有多少秒？」

「幾千幾百萬。」

「不對，到底有多少秒？」

媽說：「我數亂掉了。」

「然後妳就對妳的卵子不停地許願，直到妳變胖。」

她咧嘴一笑：「我感覺到你在踢。」

「踢什麼？」

「當然是踢我啊。」

這句話每次都會逗得我發笑。

「從裡面踢，砰砰砰。」媽撩起睡衣T恤，抖動肚皮。「我就想，**傑克要來了**。第二天一大早，你就滑到地毯上，眼睛睜得好大。」

我低頭看那塊有一圈圈紅色、褐色、黑色鋸齒形圖案的地毯，然後看我生下來時不小心留下的污漬。我對媽說：「妳割斷臍帶，我就自由了。後來我就變成一個男孩。」

「事實上，那時候你就已經是個男孩了。」她下了床，走到溫度調節器那兒去加熱空氣。

我覺得昨晚九點以後他沒來，要是他有來過，空氣就會變得不一樣。我不問，因為她不喜歡談他。

「告訴我，五歲歲先生，你是現在就要收你的禮物呢，還是等吃過早餐？」

「是什麼，是什麼？」

她說：「我知道你很興奮。但你要記住別啃手指頭，細菌會從洞洞裡鑽進去。」

「害我像三歲那次那樣上吐下瀉。」

媽說：「更嚴重，細菌會讓你送命的。」

「然後提早回天堂？」

「你還在啃。」她拉開我的手。

「對不起。」我用屁股壓住那隻不乖的手。「再叫我一遍五歲歲先生。」

「哪，五歲歲先生，」她說：「是要現在呢，還是等一下？」

我跳上搖搖椅看錶，他指著七點十四分。我不用靠她扶就可以在搖搖椅上溜冰，然後一扭身跳到棉被上溜滑雪板。「什麼時間打開禮物比較好？」

「任何時間都超好玩。要我幫你選嗎？」媽媽問著。

「我五歲了，我要自己選。」我的手指頭又進了嘴巴，我把它放到腋下，緊緊夾住。「我選——現在。」

她從枕頭底下抽出一樣東西，我猜它整晚都隱形躲起來。那是一卷橫格紙，用我們在耶誕節收到的、包紮一千塊巧克力的紫色絲帶綁住。「打開吧。」她對我說：「輕輕的。」

我把結解開，把紙壓平，是一幅畫，只有鉛筆線條，沒有著色。我不知道它畫的是什麼，我把它倒轉過來。「是我！」好像在照鏡子，可是看到的更多，我的頭、手臂、肩膀，我穿著睡覺的T恤。「為什麼這個我的眼睛是閉上的？」

「因為你在睡覺。」媽說。

「妳睡覺的時候怎麼畫圖？」

「不對，我醒著。昨天、前天，還有大前天早晨，我開亮燈畫你。」她不笑了：「怎麼了，傑克？你不喜歡？」

「不喜歡——妳開著的時候我關著。」

「嗯，你醒著的時候我不能畫你呀，否則就不是驚喜了，不是嗎？」媽等了一會兒：「我還以為你喜歡驚喜呢。」

「我是喜歡驚喜，但要先讓我知道。」

她差點笑出來。

我爬上搖搖椅，從架子上的文具盒裡拿出一根大頭針，再減一根後，原來五根現在只剩零根了。最初是六根，但有一根失蹤了。一根用來釘搖搖椅背後的〈西洋美術偉大傑作第三號，聖母抱子並有聖安妮與施洗約翰在旁〉，一根釘浴缸旁邊的〈西洋美術偉大傑作第八號：印象：日出〉，一根釘藍章魚，一根釘那張畫著一匹瘋馬、叫做〈西洋美術偉大傑作第十一號：格爾尼卡〉的畫。所有的偉大傑作都是跟著燕麥片來的，只有章魚是我畫的，他被浴缸的蒸汽蒸得有點捲捲的。我把媽的驚喜畫釘在大床頭上方正中央的那塊軟木板上。

她搖搖頭。「那兒不行。」

她不要老尼克看見。我問：「那麼衣櫃裡，後面？」我問。

「好主意。」

衣櫃是木頭做的，所以我插針要多用點力。我關上她兩扇傻瓜門，它們總是嘎吱嘎吱叫，即使我們給鉸鍊上了玉米油也一樣。我從門縫往裡面看，一片漆黑。我打開一條小縫張望，祕密圖畫白白的，只看得見幾根灰色線條。媽的藍洋裝擋住一部分我睡著的眼睛，我說的是畫裡的眼睛，但洋裝是真的，掛在衣櫃裡面。

我聞到媽在我身旁，我有全家最好的鼻子。「哎呀，我醒來的時候忘記喝一點了。」

「沒關係。既然你五歲了，也許我們偶爾可以省略一次？」

「做夢都別想！」

於是她躺在棉被白色的那一面上，我也躺下，然後我喝了好多好多奶奶。

♥

我數了一百粒早餐穀片，然後讓幾乎跟碗一樣白的牛奶灌瀑布下來，沒有濺得到處都是，我們向耶穌寶寶謝飯。我選了把柄上有一坨白球的熔化湯匙，那坨球是他不小心靠在沸騰的麵條鍋上得來的。媽不喜歡熔化湯匙，但我最喜歡他，因為他不一樣。

我摩摩桌子上的刮痕，讓它們變平一點。桌子是白色的圓形，但切食物切出來的割痕是灰色的。我們邊吃邊玩哼歌歌，因為不需要動嘴巴。我猜中了〈馬卡蓮娜〉、〈她從山後來〉，但〈輕搖甜蜜的馬車〉應該是〈狂風暴雨天〉才對。所以我得兩分，得到兩個吻。

我哼了〈划呀划呀來划船〉，媽馬上就猜到了。然後我哼〈大聲吶喊〉，她扮了個鬼臉說：「啊，我知道這首，就是講一個人被打倒又站起來的，叫什麼名字來著？」最後她終於記起了正確的歌名。第三次輪到我，我哼〈不能不想妳〉，媽完全猜不到。「你出的題目好難……是從電視上聽來的嗎？」

「不對，是從妳那聽來的。」我忍不住大聲唱起副歌。媽說她是個大笨蛋。

「笨笨。」我親了她兩下。

我把椅子搬到臉盆那兒去清洗餐具，洗碗要輕手輕腳，但湯匙可以敲得乒乓響。我對鏡子伸出舌頭。媽站在我後面，我看見我的臉貼在她臉上，像我們在萬聖節做的面具。「但願我能畫得更好一點，」她說：「但起碼畫出了你的模樣。」

「我是什麼模樣？」

她點了一下鏡子裡我額頭的位置，她的手指留下一個圓印子。「跟我一個模子嗑出來的。」

「像痰一樣咳出來的嗎？為什麼？」圓印子漸漸淡去。

「那意思是說你長得很像我。因為你是從我身體裡長出來的，所以跟我一模一樣。一樣的褐色眼睛、大嘴、尖下巴……」

我瞪著鏡子中的我們倆，兩個同時一起看，鏡子裡的我們倆也瞪了回來。「鼻子不一樣。」

「嗯，你現在還長著小孩鼻。」

我捏住鼻子：「它會脫落，然後長出大人鼻嗎？」

「不，不，它就只是長大而已。一樣的褐髮——」

「可是我的頭髮長到腰，妳的只到肩膀。」

媽伸手去拿牙膏，說：「沒錯，你的細胞生命力是我的兩倍。」

我還不知道只有一半生命力的東西也能活。我又看了一眼鏡子。我們的睡衣T恤也不一樣，還有內褲，她的沒有小熊。

她漱完第二次口，輪到我用牙刷。我把全口每一顆牙都刷到了。媽吐在水槽裡的唾沫看起來一點也不像我，我自己的也不像。我把它們統統沖掉，扮一個吸血鬼的微笑。

「哇！」媽摀住眼睛。「你的牙齒好乾淨，我的眼睛都照花了。」

她的牙齒都爛光了，因為她從前忘記刷牙，現在她很後悔，再也不敢忘記了，但牙齒還是爛光了。

我把摺椅弄扁，放到門背後，貼著晾衣架擺好。他總是唉唉叫，抱怨空間不夠大，其實只要他站直，空間是足夠的。我也可以把自己收扁，但不及椅子那麼扁，因為我有肌肉，我有生命力。門是用亮閃閃的魔法金屬做的，過了九點他會嗶嗶叫，我就該到衣櫃裡去睡覺了。

今天上帝的臉沒出來，媽說光線要穿過雪很困難。

「什麼雪？」

「看。」她指著上面說。

天窗上只有一點光，其他部分都是暗的。電視上的雪是白色的，但真正的雪卻不是，真奇怪。「為什麼雪不會落到我們身上？」

「因為它在外面。」

「外太空嗎？我希望它在裡面，這樣我就可以跟它玩。」

「啊，但雪會融化，因為裡面既溫暖又舒服。」她開始哼歌，我立刻猜到是〈讓雪下吧〉。我唱第二段。接著我哼〈冬天仙境〉，媽用高音跟我一起唱。

我們每天早晨都有幾千件事情要做，像是在水槽裡給植物喝一杯水，這樣不會濺出來，然後把她送回五斗櫃上的托盤裡。從前植物住在桌子上，但上帝的臉把她的一片葉子燒焦了。那片葉子掉了，還剩九片，它們跟我的手掌一樣寬，全身毛茸茸的，像媽說的小狗那樣。我不喜歡九。我發現一片新生出來的小葉子，這樣就仍然是十片。

蜘蛛是真的。我看過她兩次。我在找她，但只找到一張網架在桌腳和桌面之間。桌子的平衡功很棒，很不簡單，我用一條腿可以站很久，但最後總是會跌倒。我沒告訴媽蜘蛛的事，她會把網掃掉，她說它們很髒，但我覺得它們像特別細的銀線。媽喜歡看野生動物星球裡的動物跑來跑去、互相吃來吃去，卻不喜歡真的動物。我四歲的時候，有一次正看著螞蟻爬到爐子上，她卻衝過來把它們統統打扁，不讓它們吃我們的食物。前一分鐘它們還活著，下一分鐘就變成泥土了。我哭得眼睛都快要融化了。還有另外一次，晚上有個東西嗡嗡嗡咬我，媽把它打扁在架子下面的門牆上，那是一隻蚊子。雖然她刷過洗過，但軟木上的血跡還在，蚊子偷走我的血，像一隻小吸血鬼。那是我唯一一次的流血。

媽吃一顆畫著二十八艘小太空船的銀色藥包裡的藥丸，我吃一顆畫著一個倒立男孩的藥瓶裡的維他命，她再吃一顆畫著一個女人打網球的大瓶子裡的藥丸。維他命是還沒有生病、還不需要回天堂時吃的藥。我一點都不想去天堂，我不喜歡死，但媽說，如果活到一百歲玩累了，那也還好。她還吃止痛藥。有時吃兩顆，絕不超過兩顆，因為有些東西雖然對我們有好處，但吃太多就忽然變成有害了。

「是壞牙嗎？」我問。那是她嘴巴裡上排靠後面的一顆牙，他最壞。

媽點頭。

「妳為什麼不每天都吃兩顆止痛藥？」

她扮個鬼臉。「那我就會上癮。」

「什麼是——」

「就像被一個圈套套住，因為我隨時隨地都離不開它。我甚至可能會愈吃愈多。」

「吃它有什麼不對？」

「很難解釋。」

媽什麼都知道，只不過有些事她記錯了，還有時候她說我還太小，有些事不能講給我聽。

她告訴我：「不去想它，牙痛就會好過一點。」

「怎麼會？」

「這叫做精神勝利。我們不在乎它，它就不重要。」

我的身體不管哪裡痛，我都會在乎。媽揉揉我的肩膀，其實我肩膀不痛，但我還是喜歡她這麼做。

我還是沒告訴她蜘蛛網的事。有件事只有我知道而媽不知道，感覺很奇怪。其他所有東西都是我們共有的。我猜我的身體是我自己的，還有我腦子裡的想法。但我的細胞是用她的細胞做的，所以可以說我是她的。還有我告訴她我在想什麼，她告訴我她在想什麼的時候，我們的想法就會跑到另一個人的腦子裡，就像把藍色蠟筆塗在黃色蠟筆上變成綠色的一樣。

八點三十分，我打開電視按鈕，在三個頻道之間轉來轉去，我找到《愛冒險的朵拉》，萬歲。媽慢慢轉動兔寶寶的耳朵和頭，讓畫面清晰一點。我四歲時有一天，電視死了，我就哭了，但晚上老尼克拿來一個魔法轉換器，讓電視又活了回來。這三個頻道之外的其他頻道都一片模糊，我們不看，免得傷眼睛，除非播音樂的時候，我們把毯子鋪在電視上，聽灰色的聲音，扭我們的腰。

今天我用手指放在朵拉頭上擁抱她，告訴她我有超能力，我已經五歲了，她露出微笑。她的頭髮好多，像一頂深咖啡色的頭盔，剪出幾個尖尖的小缺口。她的頭跟她身體其他部分一樣大。我往後退，坐在床上，窩在媽懷裡看電視，我扭動身體，直到不會碰到她突出的骨頭為止。她身上柔軟的部分不多，但那些部分真的好軟。

朵拉說的不是真正的話，是西班牙文，像是lo hicimos（我們辦到了）。她總是背著背包，看起來不大，但裡面很大，凡是朵拉需要的東西都裝得下，像是梯子，或者她跳舞、踢足球、吹笛子、跟她最要好的朋友猴子布滋一起去冒險時穿的太空裝。朵拉總說她需要我幫忙，像是要我找一件魔法道具，她會等我說「好」。我大聲喊：「在棕櫚樹後面」，藍色箭頭就指到棕櫚樹後面，她會說：「謝謝你。」電視上其他人都不聽我說話。地圖每次都會顯示三個地方，我們要先去第一個地方，然後去第二個地方，最後才能去第三個地方。我跟朵拉和布滋一起走，牽著他們的手，每首歌我都跟著唱，尤其是翻筋斗、舉手擊掌和跳傻雞舞的時候。我們得小心狡猾的狐狸搗蛋鬼，我們大喊三遍：「搗蛋鬼，不可以搗蛋。」他就會氣得大叫：「哦，討厭！」然後跑掉。有次搗蛋鬼做了一隻遙控的機器蝴蝶，但它出了問題，反而把他的面具和手套搶走了，真是太好笑了。有時我們可以捉隻星星放進背包的星星口袋，我要選會把所有人都叫醒的吱嘈星，還有會變成各種東西的百變星。

其他星球上都是人，螢幕一次可以裝好幾百人，但往往其中的一個會變得特別大，而且比較近。他們穿衣服遮蓋皮膚，他們的臉有粉紅色、黃色、褐色、花斑或長滿毛的，有非常紅的嘴，周圍有黑線的大眼睛。他們經常大笑大叫。我喜歡一直看電視，但它會腐蝕我們的腦。我從天堂下來之前，媽讓它整天開著，結果變成一隻殭屍，那是一種鬼，走起路來咚咚咚一跳一跳的。所以現在她只看一個節目就關掉電視，好讓細胞在白天繁殖，我們吃過晚餐可以再看一個節目，然後睡眠中會長出更多腦細胞。

「再看一個就好，因為今天我生日，拜託？」

媽張嘴，又閉上。然後她說：「有何不可？」她把廣告聲音關掉，因為它會用更快的速度把我們的腦子攪爛，從耳朵裡流出來。

我看著那些玩具，有一台好棒的卡車，還有蹦床和生化戰士。兩個男孩手拿著變形金剛對打，但他們看起來很友善，不像壞人。

然後節目開始了，是《海綿寶寶》。我跑過去摸他還有海星派大星，但不摸章魚哥，他太奸詐了。今天的故事講一支大鉛筆，很恐怖，我躲在媽的手指縫後面看，她每根手指都有我的兩倍長。

媽什麼都不怕。也許只有老尼克❷除外。大部分時候，她就把他叫做**他**，我不知道他的名字，但後來我看到一部叫做老尼克的卡通，講一個總在晚上出現的人。我幫我們這個真人也取同樣的名字，因為他總在晚上出現，但他不像電視上那個人長鬍子長角。有次我問媽他是不是很老，她說他將近她兩倍的年紀，所以應該算是相當老。

電視播出工作人員名單時，她就起身把它關掉。

我的尿尿因為吃了維他命所以很黃。我坐下來尿尿，對它說：「掰掰，流進大海。」沖完水，我看著水箱注滿，咕嚕咕嚕冒著水泡。然後我用力洗手，直到皮膚都好像要掉下來，這樣才能確定洗得夠乾淨。

「桌子底下有蜘蛛網。」我說，我沒想到我還是說了：「是蜘蛛做的，她是真的。我看到過兩次。」

媽抿一抿嘴，但那不是真的微笑。

「不要撢掉它，拜託？蜘蛛不在那兒了，可是她也許還會回來。」

她跪下來，在桌子底下找，我看不見她的臉，直到她把頭髮攏到耳朵後面。「這樣好了，我讓它留到下次打掃的時候，好嗎？」

那是星期二，還有三天。「好啊。」

「你猜怎麼著？」她站起身。「我們要給你量身高，你已經五歲了。」

我跳得好高好高。

❷註：基督教對魔鬼的一種稱呼。

通常我是不准在房間裡任何地方或家具上畫畫的。我兩歲的時候有一次在床腳上亂畫，就是衣櫃旁邊那隻腳，以後每次打掃，媽都會敲敲畫過的地方，說：「瞧，我們得永遠忍受它。」但我生日的身高卻是另一回事，那是寫在門旁邊的小數字，黑色的4下面有個黑色的3，還有一個紅色的2，那是我們乾掉的舊筆的顏色，最底下是個紅色的1。

「站直哦。」媽說，筆從我頭頂拂過。

我退到一旁，4的上面一點兒，有個黑色的5。五是我最喜歡的數字，我每隻手上有五根手指頭，腳上有五根腳趾頭，媽也一樣，我們是一個模子嗑出來的。我最不喜歡的數字是九。「我多高？」

她說：「你的身高。嗯，我也不知道。或許我們可以找機會要個捲尺，算是週日禮吧。」

我以為捲尺跟電視節目有關。「不要，我們要巧克力。」我把手指放在4上，然後把臉貼上去，手指碰到我的頭髮。「這次我沒長高多少嘛。」

「很正常。」

「正常是什麼？」

「就是——」媽咬住嘴唇：「就是很好，沒問題。」

「可是妳看我肌肉多大條。」我跳上床，我是巨人剋星傑克，穿著一步跨七哩的靴子。

媽說：「大得不得了。」

「超級大。」

「又粗又大。」

「無敵大。」

「巨無霸。」媽說。

「無敵霸。」我們常把好幾個字像做三明治一樣疊在一起。

「說得好。」

「妳猜怎麼著？」我對她說：「我十歲就長成大人了。」

「哦，是嗎？」

「我會愈長愈大，愈長愈大，最後會變成一個擬人。」

「你不會變成擬人，你是真正的人。」媽說：「我們兩個都是。」

我知道我們是真正的人。電視上那些人都是顏色拼出來的。

「哦，我懂了，你是說『女』人？」

「對啊。」我說，「我會長成女人，我肚子裡有顆卵子，卵子有個男孩，他也會長成真正的人。要不然我也可以長成一個巨人，一個好心的巨人，長這麼高。」我跳起來觸摸床邊的牆，差點就摸到屋頂斜上去的地方。

「聽起來很棒。」媽說。

她臉色一暗，這代表我說錯話了，但我不知道是哪一句。

「我會衝破天窗，闖進外太空，然後在星球間咚咚咚跳來跳去。」我告訴她：「我會去拜訪朵拉、海綿寶寶和我所有的朋友。我要養一隻名叫幸運的狗。」

媽裝出笑臉。她把筆收好，放回架子上。

我問她：「妳下次生日就幾歲了？」

「二十七。」

「哇！」

我覺得她並沒有因此而開心起來。

浴缸放水的時候，媽把迷宮和城堡從衣櫥頂上拿下來。從我兩歲起，我們就開始做迷宮，全部是衛生紙的捲心筒，用膠帶連接起來，扭成彎彎曲曲的隧道。跳跳球最喜歡在迷宮裡走失，然後躲起來，我必須喊它，把迷宮搖來搖去，轉左轉右，轉上轉下，它才會滾出來，咻。我還會把別的東西送進迷宮，像是花生米、斷掉的一小截藍色蠟筆，還有一段沒煮過的麵條。它們在隧道裡互相追逐，偷跑到別人背後，大喊一聲「哇」，我看不見它們，但我湊在硬紙板上聽，猜出它們的位置。牙刷也想參一腳，但我跟它說對不起，它長得太長了。它轉而跳進城堡去防守一座塔。城堡是用罐頭和維他命藥瓶做的，我們每次有空瓶空罐就把它加大。城堡看得見四面八方，它會把滾燙的油澆在敵人身上，他們不知道它還有祕密的刺刀孔，哈哈。我很想帶著它進澡缸，充當一座島嶼，但媽說水會讓膠帶變得不黏。

我們解開馬尾，讓頭髮游泳。我仰躺在媽身上，一句話也不說。我喜歡聽她的心跳。她呼吸的時候，我們會輕輕上下波動。陰莖也漂浮起來。

因為我生日，所以我可以幫我們兩個挑選要穿什麼衣服。媽的衣服住在五斗櫃的高層抽屜裡，我的住下層。我挑了她最喜歡的、車紅線的藍色牛仔褲，她只在特別的日子穿，因為膝蓋已經磨破拉鬚了。我替自己挑了黃色的連帽上衣。我開抽屜時已經很小心了，但右邊的側板還是掉了出來，媽只好用拳頭把它敲回去。我們一起把連帽衫往下拉，它卡住我的臉，然後噗一聲就穿好了。

「我把那個尖領剪大一點點好不好？」媽問道。

「做夢都別想。」

接下來要上體育課，所以我們先不穿襪子，因為光腳板抓地力比較強。今天我先選田徑。我們把桌子翻過來，放在床上，然後把搖搖椅放在桌子上，再把地毯蓋在上面。跑道是繞著床從衣櫃跑到燈那兒，地板上看得出有個黑色字母C的形狀。「嘿，瞧，我十六步就可以跑一個來回耶。」

「哇。你四歲的時候要跑十八步，不是嗎？」媽說。「你想你今天可以跑幾個來回？」

「五個。」

「五乘以五怎麼樣？那是你最喜歡的數字的平方。」

我們用手指做乘法。我算出二十六，但媽算出二十五，我再算一遍，也得出二十五。她用錶幫我計數。「十二，」她喊道：「十七。你好會跑。」

我的呼吸變得喘呼呼。

「快一點。」

我跑得更快，像超人在飛。

輪到媽跑的時候，我得在橫格筆記本上記錄開始和結束時的數字，然後相減，看她跑得有多快。今天她比我多九秒，也就是說我贏了。所以我跳上跳下，吐舌頭喝倒采。「我們來一起跑好不好。」

她說：「聽起來很好玩，不是嗎？但你記得我們上回這麼做的時候，我的肩膀撞到五斗櫃？」

有時我會忘記一些事，媽提醒我以後，我就會想起來。

我們把所有家具從床上搬下來，把地毯鋪回原來的地方，遮住跑道，這樣老尼克就不會看見那個C的污跡。

媽選了跳蹦床。只有我一個人在床上跳，因為媽可能會把床跳壞。她負責播報：「這個三月的早晨，年輕的美國冠軍大膽做出半空中扭身……」

接下來我選玩老師說。然後媽要我們穿上襪子裝死。就是伸開手腳躺下，像隻海星，腳趾頭放鬆、肚臍眼放鬆、舌頭放鬆，甚至腦子也放鬆。媽膝蓋後面發癢，動了一下，所以我又贏了。

十二點十三分，可以吃午餐了。我最喜歡的禱告詞就是每日的麵包那句。遊戲的時候我是老大，但吃飯的時候媽是老大，像是她不准我們早餐、午餐、晚餐都吃穀片，否則我們會生病，而且那樣也會太快吃完。我零歲和一歲的時候，媽替我把食物切碎、咬爛，但後來我二十顆牙齒都長齊了，什麼都嚼得動。今天的午餐是餅乾夾鮪魚，我的任務是把蓋子捲起來拉開，因為媽媽手腕無力捲不動。

我有點坐不住，所以媽說我們來玩樂團，玩法是我們跑來跑去，敲打東西，看會發出什麼聲音。我在桌子上打鼓，媽敲床腳，然後又把枕頭抖得呼呼響，我用叉子和湯匙把門敲得叮叮咚咚，還把爐子踢得乒乒乓乓，我最喜歡踩垃圾桶的踏板，因為那會讓蓋子砰一聲彈開。我最棒的樂器是阿噹，那是一個裝穀片的盒子，我在外面貼上舊目錄剪下來的五顏六色的腿、鞋子、外套和頭，然後在中間拴三條橡皮筋。最近老尼克都不拿目錄來讓我們自己挑衣服，媽說他愈來愈小氣了。

我爬上搖搖椅去拿架子上的書，然後在地毯上搭了一座十層樓的摩天樓。「十層樓。」❸媽說著就笑了起來，其實不怎麼好笑。

最初我們有九本書，但只有四本裡頭有圖畫——

《兒歌大全集》
《挖土機狄倫》
《逃家小兔》
《機場立體書》

另外五本只在封面上有圖畫——

❸註：英文「樓層」與「故事」為同一個字，story，複數為stories，因此用故事書搭房子有雙關意義。

《小屋》
《暮光之城》
《守護天使》
《甘苦交加的愛》
《達文西密碼》

媽除非實在無聊得發慌，否則絕對不看那些沒有圖畫的書。我四歲的時候，有一次我們要求再給一本有圖畫的書做為週日禮，結果就來了《愛麗絲夢遊仙境》，我喜歡那本書，但書裡字太多，而且很多字都很古老。

今天我選了《挖土機狄倫》，他幾乎被壓在最下面，所以摩天大樓稀哩嘩啦倒塌了。

「又是狄倫。」媽扮了一個鬼臉，然後她用最大的音量開始念。

堅固的挖土機狄—倫，來—嘍！
他挖出來的泥土一鏟比一鏟多。
看他的長手臂伸進土裡。
再也找不到更愛吃土的挖土機。
這個大鏟子在工地上轉來轉去。
挖坑整地日夜都不休息。

第二幅圖畫裡有一隻貓，牠在第三幅圖畫裡蹲在一堆岩石上。岩石也是石頭，但卻像陶器一樣笨重，像浴缸、臉盆、馬桶那樣，不過又沒那麼光滑。貓和岩石只會出現在電視上。第五幅圖畫裡貓摔了下來，好在貓有九條命，不像我和媽都只有一條。

媽幾乎每次都選《逃家小兔》，因為最後兔子媽媽會抓住小兔子說：「吃根胡蘿蔔。」小兔子只會在電視上出現，但胡蘿蔔是真的，我喜歡它鮮紅的顏色。我最喜歡的圖畫是小兔子變成山上的一塊岩石，兔子媽媽不得不爬到山上去找他。山就像樹和河流，太大了，所以不可能是真的。我在電視上看到過一座山，有個女人用繩子攀在上面。那些女人不是真的，男孩和女孩也不是。男人除了老尼克也都不是真的，我其實不確定他是不是真的真的。也許只有一半是真的。他會帶日用品和週日禮來，讓垃圾消失，但他不是像我們一樣的人類。他只在晚上出現，像蝙蝠。說不定他是門變出來的，門發出嗶嗶聲，氣味就變得不一樣。我覺得媽不喜歡談他，以免他變得更真實。

我在她腿上扭來扭去，要看我最喜歡的一幅畫，小時候的耶穌跟既是他朋友又是他表哥的施洗約翰一起玩耍。馬利亞也在一旁，她靠在她媽媽的腿上，也就是小耶穌的外婆，就像朵拉說的abuela。那幅畫很奇怪，沒有彩色，還少了好些手和腳，媽說它未完成。嬰兒耶穌會在馬利亞肚子裡生長，是因為有個天使飛下來，天使是一種幽靈，但長得很酷，還有羽毛。馬利亞嚇了一跳。她說：「怎麼會這樣？」然後又說：「好啦，隨它去吧。」耶穌在耶誕節從她的陰道蹦出來，她把他放在草料槽裡，但不是要給母牛吃，而是要靠牠們呵出來的熱氣給他取暖，因為他是魔法變出來的。

媽關了燈，我們躺下來，我們先念那篇牧者和青草地的禱告，我猜青草地就像棉被，但應該是毛茸茸綠色的，而不是平坦光滑白色的（說到福杯滿溢，一定流得滿地髒兮兮的）。

我喝了一些奶奶，只喝右邊，因為左邊幾乎沒了。記得三歲的時候，我還經常可以喝到很多，但從四歲開始，我就有很多事要忙，白天晚上加起來只能喝個幾次，每次喝一點點。真希望我能邊說話邊喝，可惜我只有一張嘴。

我差點關掉了，但沒有真的關掉。我猜媽關掉了，因為她打起呼來。

♥

睡過午覺，媽說她想通了，我們不必去要捲尺，我們可以自己做一把直尺。

我們把古埃及金字塔上的穀片空盒拿來重複利用。媽給我示範如何剪一條跟她的腳一樣長的紙片，一腳就是一呎，然後她畫出十二條短線。我量她的鼻子的長度是兩吋，我的鼻子長一又四分之一吋，我把這些數字寫下來。媽讓直尺用慢速度翻筋斗，沿著門牆爬到我身高的位置，她說我高三呎三吋。

「好極了，」我說：「我們來量房間。」

「什麼？全部都量嗎？」

「我們有別的事做嗎？」

她用奇怪的眼光看著我：「我想是沒有。」

我寫下所有的數字，像是門牆的高度算到屋頂開始的地方是六呎七吋。「妳猜怎麼著，」我告訴媽：「每塊軟木地磚都比直尺大一點兒。」

「糟了。」她說：「我猜它們是每邊一呎的正方塊，我一定把直尺做短了一點兒。那就數有幾塊地磚好了，那樣容易一點兒。」

我開始量床牆的高度，但媽說每面牆都一樣高。還有一條規則，牆壁的寬度和地板的寬度也是一樣的。我數了兩邊都是十一呎，所以地板是正方形。桌子是圓形，我不知道該怎麼辦，但媽從正中間開始量，那是她最寬的地方，得出三呎九吋。我的椅子高三呎兩吋，媽的椅子也一樣，比我矮一吋。然後媽有點暈煩了，所以我們就停止了。

我用我們的五根蠟筆在數字後面塗了藍、橘、綠、紅、咖啡等不同的顏色，畫完以後，那張紙變得很像地毯，不過更瘋一點，媽說何不用它做我晚餐的餐墊。

今晚我選義大利麵，還有新鮮的青花菜，雖然我沒選它，但它對我們有益。我用鋸齒刀把青花菜切成小塊，有時我會趁媽沒在看，吞下去一些，她會說：「咦，那個大塊的跑到哪兒去了？」但她沒有真正生氣，因為吃生的東西會讓我們格外有活力。

媽用爐子上那兩個會變成紅色的圓圈加熱食物。我不准碰開關，因為她的工作就是確定不會發生像電視上那樣的火災。那兩個圓圈萬一碰到抹布或甚至我們的衣服，長著橘紅色舌頭的火焰就會跑到所有的東西上，把房間燒成灰燼，我們會在裡頭咳嗽、窒息、發出最痛苦的慘叫。

我不喜歡煮青花菜的味道，但還沒有青豆那麼難聞。蔬菜是真的，但冰淇淋只有電視上才有，我真希望它也是真的。「植物是生的嗎？」

「呃，是的，但不能吃。」

「她為什麼不開花了？」

媽聳聳肩膀，攪拌著麵條。「她累了。」

「那麼她該好好睡一覺。」

「但她醒來的時候還是很累，也許花盆泥土裡剩下的食物不夠了。」

「她可以吃我的青花菜。」

媽笑起來。「不是那種食物，要肥料。」

「我們可以要，當作週日禮。」

「我們等著要的東西已經列了好長一張單子了。」

「在哪兒？」

她說：「在我腦子裡。」她舀起一根蚯蚓似的麵條，咬一咬。「我想它們喜歡吃魚。」

「誰？」

「植物，它們喜歡爛掉的魚。或者是魚骨頭？」

「好噁。」

「也許下次我們吃炸魚塊，就埋一點在植物下面。」

「我那份不可以。」

「好嘛，就從我那一份分一點出來。」

我最喜歡義大利麵是因為有一首跟肉丸有關的歌，媽把麵分到盤子裡的時候，我就唱那首歌。

晚餐後有件很棒的事，我們做了個生日蛋糕。我打賭它會非常美味，而且插上跟我歲數一樣多的蠟燭，真正點亮，我從來沒有親眼看過這樣的場面。

我是吹蛋的第一把高手，可以讓裡面黏糊糊的東西不斷噴出來。我為蛋糕吹了三個蛋，用的是〈印象：日出〉那幅畫的大頭針，因為我覺得如果把〈格爾尼卡〉拆下來，即使用完就馬上釘回去，那匹瘋馬還是會生氣。媽認為〈格爾尼卡〉是最偉大的傑作，因為它最真實，但事實上裡頭的東西都混在一起，那匹馬在尖叫，露出很多牙齒，因為有根長矛插在牠身上，還有一頭公牛和一個女人抱著一個倒掛著腦袋、渾身軟塌塌的小孩，還有一盞像眼睛的燈，最可怕的是角落裡有一隻腫脹的大腳，我總覺得它就要踩到我身上了。

我可以舔湯匙，然後媽會把蛋糕放進爐子的熱肚子。我試著把蛋殼全拋進空中表演特技。媽抓到一個：「做不同表情的小傑克？」

「不要。」我說。

「那我們用麵團替它們做個窩？如果明天解凍那些甜菜頭，就可以用汁液把它染成紫色的……」

我搖搖頭。「用它們來加長蛋蛋蛇。」

蛋蛋蛇比整個房間繞一圈還長，從我三歲開始，我們就在做這條蛇，他住在床底下，身體盤起來，保護我們的安全。他的蛋大部分是咖啡色的，偶爾有幾顆白色，有些有鉛筆、蠟筆或黑色筆的圖案，或用麵粉糨糊黏上去的小配件，他有頂鋁箔做的皇冠、黃絲帶做的腰帶、線頭和衛生紙碎片做的頭髮，他的舌頭是一根針，繫著穿過他身體的紅線。我們現在很少把蛋蛋蛇拿出來，因為有時他會纏在一起，蛋會從洞口裂開，甚至掉下來，我們就只好用碎蛋殼做拼貼畫。今天我拿他的針穿進新蛋的洞眼，我必須讓針在空中擺動，直到它剛好穿過另一頭的洞眼，還真不容易呢。蛋蛋蛇又長長了三顆蛋，我特別小心地把他盤繞回去，讓他整個身體都能塞進床底下。

等蛋糕烤好不知花了多少小時，我們呼吸那美妙的香氣，在等它冷卻的時候，我們做了一種叫做糖霜的東西，其實不真的像霜那麼冷，而是融化在水裡的糖。媽把它滿滿地鋪在蛋糕上。「趁我清洗的時候，你可以把巧克力裝飾上去。」

「但已經沒有了。」

「有哇！」她說，舉起一個小袋子，把裡頭的東西搖得嘩啦嘩啦響。「我把三個星期前的週日禮省了一些下來。」

「妳這狡猾的媽。藏在哪兒？」

她閉上嘴巴，拉上拉鍊。「萬一下次我需要地方藏東西怎麼辦？」

「告訴我！」

媽不笑了。「大吼大叫會讓我耳朵痛。」

「告訴我藏東西的地方。」

「傑克──」

「我不想要有地方可以藏東西。」

「這有什麼關係呢？」

「殭屍。」

「哦。」

「還有食人魔、吸血鬼──」

她打開儲物櫃，取出一盒米，指著那個小黑洞：「我把它跟米放在一起，就這麼藏的。可以嗎？」

「可以。」

「可怕的東西進不來的，你隨時可以來檢查。」

袋子裡有五顆巧克力，粉紅、藍、綠和兩顆紅的。我把它們放上去的時候，有些顏色沾在我手指上，我還沾到了糖霜，不過都被我統統吮乾淨了。

然後輪到蠟燭了，但是沒有蠟燭。

「你又在大吼大叫。」媽媽摀住耳朵說。

「可是妳說是生日蛋糕的，不點五根蠟燭，就不是生日蛋糕啦。」

她歎口氣：「我應該解釋得更清楚一點。五顆巧克力就是這個意思，它們代表你五歲了。」

「我不要這個蛋糕。」我最討厭媽不吭一聲靜靜等待的時候。「臭蛋糕！」

「冷靜下來，傑克。」

「妳應該要求蠟燭做週日禮的。」

「嗯，上星期我們需要止痛藥。」

「我才不要什麼止痛藥。只有妳要。」我喊道。

媽看我的方式好像我換了一張她從未見過的新臉孔。然後她說：「不管怎麼樣，你得記住，我們必須選擇他很容易就可以弄到的東西。」

「但他什麼都弄得到。」

「嗯，是啊。」她說：「如果他不嫌麻煩——」

「有什麼麻煩？」

「我的意思是，他說不定得跑兩、三家商店，這會讓他生氣。萬一他沒找到那件難找的東西，我們可能就什麼週日禮都拿不到了。」

「但是，媽，」我笑了起來：「他不會去商店的。商店只會出現在電視上。」

她咬緊嘴唇，然後看著蛋糕。「不管怎麼說，我很抱歉，我以為巧克力可以取代。」

「傻媽。」

「笨蛋！」她拍了一下自己的頭。

「大傻瓜。」我說，但口氣並不兇惡。「下星期我六歲，妳最好把蠟燭準備好。」

「明年。」媽說：「也就是一年以後。」她眼睛閉著。她經常這樣，然後整整一分鐘什麼話也沒說。我小時候總以為是她的電池用完了，就像有一次錶也那樣，我們必須用週日禮幫他要顆新電池。

「妳保證？」

「保證。」她說，張開了眼睛。

她替我切了無敵霸的一大塊，我趁她不注意，把五顆巧克力，兩顆紅的、粉紅的、綠的、藍的，統統撥到我的蛋糕上，她說：「糟了，又有一顆被偷走了，怎麼會這樣？」

「妳怎麼也找不到的，哈哈哈。」我說話的腔調就像搗蛋鬼。我拈起一顆紅色的，飛快塞進媽嘴裡，她把它挪到蛀得比較不嚴重的門牙那兒，笑咪咪地小口小口嚼食。

「看，」我指給她看：「我蛋糕上剛才有巧克力的地方都留下一個洞耶。」

「像彈坑。」她說，並且把一根手指頭插進洞裡。

「什麼是彈坑？」

「某些事情發生過後會留下一個洞，例如炸彈爆炸就有個彈坑，火山爆發就有個火山口。」

我把綠色巧克力放回它的彈坑，然後數十、九、八、七、六、五、四、三、二、一，轟隆。它飛進外太空，繞過宇宙，進入我嘴巴。我的生日蛋糕是我吃過最好吃的東西。

媽現在不餓，不想吃。天窗把所有光線都吸走了，幾乎是全黑的。媽說：「今天是春分。我記得你生出來那天早晨，電視上報導過。那年這時候也還在下雪。」

「春分是什麼意思？」

「分是剛好一半的意思，今天的白晝和黑夜一樣長。」

因為蛋糕的關係，已經太晚了來不及看電視。錶說八點三十三分。媽把我的黃色連帽衫拉下來的時候，差點連我的頭一起拔掉。我換上睡衣T恤，刷了牙，媽把垃圾袋綁好，跟我們的購物單一起放在門邊，今晚上面寫著拜託，拜託，麵條、扁豆、鮪魚、乳酪（如果不太$）、柳橙汁，感謝。

「我們能不能要葡萄？對我們有益。」

媽在最後面添上若可以，還要葡萄（或任何新鮮或罐裝水果）。

「我可以聽個故事嗎？」

「只能挑個短的。《薑餅人傑克》好不好？」

她講得非常快而好笑。薑餅人傑克跳出烤爐，一路跑啊滾啊，滾啊跑啊，不讓任何人抓住他，老婆婆、老公公、打穀子的人、耕田的人都拿他沒辦法。但最後他做了件傻事，他讓狐狸帶他過河，一口就被吃掉了。

如果我是蛋糕做的，我會在所有人吃掉我之前吃掉我自己。

我們做了很短的禱告，雙手互握，閉上眼睛。我向施洗約翰和耶穌寶寶禱告，請他們訂一個時間跟朵拉和布滋一起來玩。媽禱告陽光把天窗上的雪融化。

「可以喝一點嗎？」

「明天一早。」媽把她的T恤重新拉好。

「不要，今天晚上。」

她抬手指著錶，上面說八點五十七分，只差三分鐘就九點了。所以我連忙鑽進衣櫃，躺在枕頭上，裹起軟綿綿、有紅色滾邊的灰毛毯。我剛好躺在那幅我早就不記得的我的畫像底下。媽把頭探進來。「親三下？」

「不，五歲歲先生要親五下。」

她親了我五下，然後把門嘎吱關上。

門縫裡還有光線透進來，我可以看見畫裡一部分的我，有些地方跟媽很像，但鼻子就只像我自己。我摸摸那張紙，好光滑，我把身體伸直，頭頂和腳跟都抵著衣櫃。我聽見媽換上睡衣T恤，吞了止痛藥，晚上總是兩顆，因為她說疼痛像水，一躺下就擴散到全身。她吐掉牙膏，說：「我們的朋友札克，今天很快樂。」

我想到一個：「我們的朋友安娜，採了一朵花。」

「我們的朋友約翰，喜歡吃義大利麵。」

「我們的朋友朵拉，到店裡買東西啦。」

「這樣押韻算作弊。」媽說。

「哦，討厭。」我像搗蛋鬼一樣抱怨。「我們的朋友耶穌寶寶……住在城堡。」

「我們的朋友強尼，穿著游泳衣。」

我半坐起身，臉貼著門縫，可以看見已經關掉的電視機的一半、馬桶、浴缸、我畫的四角捲曲的藍章魚，媽正把我們的衣服收回抽屜。「媽？」

「嗯？」

「為什麼我要像巧克力一樣藏起來？」

我猜她坐在床上，她說話很小聲，我幾乎聽不見。「我就是不想讓他看見你。即使在你還是小貝比的時候，我也會趁他來之前，用毯子把你包起來。」

「會痛嗎？」

「什麼會痛？」

「如果我被他看見。」

「不會，不會。睡覺吧。」媽吩咐我。

「幫我念蟲蟲咒。」

「晚晚，睡安安，蟲蟲不來煩。」

蟲蟲是看不見的，但我會跟它們說話，有時還數有幾隻，上次我數到三百四十七。我聽見開關啪搭一聲，燈馬上熄了。媽鑽進被窩的聲音。

有幾個晚上，我從門縫裡看到過老尼克，但從沒有在近距離看過他整個人。他頭髮有些白，但那些白斑比他的耳朵還小。也許他的眼光會把我變成石頭。殭屍咬過的小孩會變成不死族，吸血鬼會把他們的血吸乾，食人魔會抓住他們的腳，倒提起來吃掉。巨人也一樣壞，不論死活，我都要把他的骨頭磨成粉，做成麵包吃掉，但傑克帶著金母雞逃跑了，他飛快地沿著豆莖滑下來。巨人跟在他後面爬下來，但傑克大聲叫他的媽拿斧頭來，斧頭就像我們的刀，不過更大一點，他的媽嚇壞了，不敢砍豆莖，但傑克到了地面，他們兩個合力砍，巨人就跌下來，摔個稀爛，內臟都流出來，哈哈。然後傑克就變成了巨人剋星。

不知道媽是不是已經關掉了。

我在衣櫃裡總是用力閉緊眼睛，趕快關掉，不讓自己聽見老尼克來，等一覺醒來，又已經是早晨了，我跟媽一塊兒躺在床上，喝一點奶奶，一切又好好的了。但今晚我睡不著，蛋糕在我肚子裡嘶嘶冒泡。我用舌頭數上排的牙齒，從右到左數到十，然後從左往右數下排的牙齒，然後反過來再數一遍，每次我都數到十，十的兩倍是二十，那就是我所有的牙齒。

沒有嗶嗶聲，九點應該已經過很久了。我重數一遍牙齒，得出十九，一定數錯了，要不然就是有一顆牙不見了。我輕輕啃一會兒手指頭，然後又啃一會兒。我等了好多個小時。

「媽？」我小聲說：「他是不來了還是會來？」

「看起來不會來了。到床上來吧。」

我跳起身，把衣櫃門推開，兩秒鐘就爬上床。被窩裡暖和得不得了，我得把兩隻腳伸在外面，免得燙傷。我喝了好多，先喝左邊，然後右邊。我不想睡著，因為一覺醒來就不是我的生日了。

♥

有亮光照著我，它刺進我眼睛。我瞇著眼睛往被窩外面望去。媽站在燈旁邊，所有東西都亮著，然後啪搭一聲又都黑了。又亮了，維持了三秒鐘，然後黑暗，然後又亮了一秒鐘，黑暗四秒鐘。媽抬頭望著天窗。又是黑暗。她常在晚上做這種事，我不知道原因。我猜這可以幫助她入睡。

我一直等到燈確實熄了。我在黑暗裡小聲道：「好了嗎？」

她說：「對不起，吵醒你了。」

「沒關係。」

她回到床上，身體比我還冷。我伸出手臂，摟緊她的腰。

♥

今天我滿五歲又一天。

傻陰莖早晨總是站起來，我把它壓下去。

撒完尿洗手的時候，我唱〈他把全世界握在手中〉，我想不起別首跟手有關的歌，但有一首講小鳥兒的歌用到手指的動作。

飛走吧彼得。
飛走吧保羅。

我的手指繞著房間指指點點，差點在半空中相撞。

回來吧彼得。

回來吧保羅。❹

「我想他們應該是天使。」媽說。

「什麼？」

「哦，說錯了，是聖徒。」

「聖徒是什麼？」

「聖徒是非常神聖的人。像天使，不過沒有翅膀。」

我很困惑。「那他們為什麼會從牆頭上飛走？」

「不是，飛走的是小鳥，牠們本來就會飛。我的意思是說，兩隻小鳥是跟著聖徒彼得和聖徒保羅命名的，他們是耶穌寶寶的兩個好朋友。」

我不知道他除了施洗約翰還有別的朋友。

「事實上，有一次，聖彼得在監獄裡——」

❹註：這首唱遊曲利用小孩的兩手扮演彼得與保羅，唱遊過程中依照歌詞進展揮舞手指，做出「飛走」和「回來」的動作。

我笑起來：「小孩不會進監獄的。」

「那是他們長大以後的事。」

我不知道耶穌寶寶還會長大。「那聖彼得是壞人嗎？」

「不是，不是，關他是個錯誤。我意思是說，關他的是一批壞警察。反正他不停地禱告又禱告，希望能脫身，結果你猜怎麼著？有個天使飛下來，把門砸開。」

「酷啊。」我說，但我比較喜歡他們都是小貝比，一塊兒光著身子跑來跑去的時候。

有種奇怪的砰砰聲，還有抓耙聲。亮光從天窗透進來，暗沈沈的雪幾乎都不見了。媽也抬頭望，臉上帶著淺淺的笑容，我猜是禱告的魔法。

「日夜還是一樣長嗎？」

「哦，你是說春分？」她說：「不一樣了，從現在開始，白天比較長。」

她讓我吃蛋糕當早餐，我從來沒這樣做過。蛋糕變得脆硬，但還是很好吃。

電視在播《神奇寵物救難隊》，畫面很模糊，媽把兔寶寶耳朵扳來扳去，但畫面也沒變清楚多少。我用紫色絲帶在他的鐵絲耳朵上打了個蝴蝶結。真希望現在播的是《花園小尖兵》，我有好幾百年沒看到他們了。昨晚沒收到週日禮，因為老尼克沒來，但我卻覺得那是我生日最棒的部分。反正我們要求的東西也不值得興奮，不過是條新長褲，因為我的黑色舊褲子兩邊膝蓋都有破洞。我不介意，但媽說那樣穿起來像遊民，但她怎麼也解釋不清楚那是什麼意思。

洗完澡，我跟衣服玩。媽的粉紅裙子今天早晨是一條蛇，他跟我的白襪子吵架。「我是傑克最好的朋友。」

「不對，我才是傑克最好的朋友。」

「我打你一掌。」

「我開你一槍。」

「看我用高速連珠拳修理你。」

「哼，我有特大號變形死光砲——」

「喂，」媽說：「來玩接球好嗎？」

「我們的海灘球沒了。」我提醒她。他會爆掉是場意外，我用超快速度抵著餐具櫃踢他。我寧可再要一顆海灘球，也不要什麼蠢褲子。

但媽說我們可以做一個，我們把所有我用來練寫字的紙張湊在一起，塞進一個購物紙袋，把它擠捏成球狀，然後我們在上頭畫了一個有三隻眼睛的可怕臉孔。字紙球踢起來沒有海灘球跳得高，但每次被接到，它都會發出響亮的喀啦聲。媽接球很厲害，但有時她受傷的手腕會被打痛，說到投球，就數我最棒了。

因為早餐吃了蛋糕，所以我們午餐改吃星期天的鬆餅。鬆餅粉剩得不多，所以調得很稀，每張餅都攤得很大。我喜歡這樣，可以把它們摺起來，結果有幾張鬆餅裂開了。果醬也剩得不多，所以我們在裡頭加了水。

我的餅有一角會漏，媽用海綿擦地板。「軟木都磨掉了。」她咬牙切齒地說：「叫我們怎麼保持清潔呢？」

「這兒，我們的腳摩擦的地方。」

我爬到桌子底下，地板上有個洞，裡面有咖啡色的東西，指甲刮起來覺得很硬。

「不要再破壞它了，傑克。」

「我沒有，我只是用手指檢查看看。」它像一個小型的彈坑。

我們把桌子搬到浴室旁邊，這樣我們就可以在天窗正下方的地毯上做日光浴，那兒特別溫暖。我唱〈沒有陽光〉，媽唱〈太陽出來了〉，我又選了〈你是我的陽光〉。後來我想喝一點，今天下午左邊特別香濃。

隔著眼皮看，上帝的黃臉會變成紅色的，但睜開眼睛，它就亮得不能直視。地毯上有我手指的影子，壓扁的小影子。

媽在打盹兒。

我聽見窸窸窣窣的聲音，沒吵醒她，自己爬起來。爐子旁邊有輕輕抓耙的聲音。一個活的東西，一隻動物，真實的，不是電視上的。牠在地板上不知吃什麼東西，也許是鬆餅的碎屑。牠有一條尾巴，我知道牠是什麼，牠是一隻老鼠。

我靠近一點，牠咻一下鑽到爐子下面，我幾乎看不見牠，我從沒見過速度這麼快的東西。「喂，老鼠。」我說話很小聲，免得嚇著牠。跟老鼠說話就該這樣，《愛麗絲》裡說的，但後來她不小心提到她的貓黛娜，老鼠緊張起來，就游泳到別的地方去了。我合攏雙手，做出禱告的姿勢：「喂，老鼠，回來嘛，拜託拜託拜託……」

我等了好久，但牠就是不出來。

媽一定睡著了。

我打開冰箱，裡面東西不多。老鼠喜歡乳酪，但我們沒剩乳酪。我拿出麵包，掰了一小塊，放在盤子上，擺在老鼠剛才出現的地方。我縮著身體蹲下來，又等了好多好多個小時。

然後最奇妙的事發生了，老鼠伸出嘴巴，它長得尖尖的。我差點跳上半空，但我沒有，我更加靜止不動。牠挨近麵包塊嗅聞。我離牠不到兩呎，真希望尺在手邊，但它已收到床底下的盒子裡去了，我又不能動，否則會嚇到老鼠。我看著牠的小手、鬍子、捲尾巴。牠真的是活生生的，牠是我見過最大的活的東西，比螞蟻或蜘蛛大幾百萬倍。

然後有一個東西砰一聲砸在爐子上，我尖聲大叫，不小心踩在盤子上，老鼠不見了，牠去了哪兒？牠被書打傷了嗎？那本是《機場立體書》，我一頁一頁翻開檢查，但牠不在裡面。領取行李的轉台撕裂了，站不起來。

媽的表情很怪異。我對她喊道：「妳把牠嚇跑了！」

她拿來畚箕，把碎掉的盤子掃開。「這怎麼會在地板上？以後我們只有兩個大盤子和一個小的了，就這樣——」

《愛麗絲》裡的廚師用盤子砸小貝比，有次還砸了一個湯鍋，差點把他的鼻子削掉。

「老鼠正吃著麵包呢。」

「傑克！」

「牠是真的。我看見牠了。」

她把爐子拖出來，門牆的底部有條小裂縫，她拿出鋁箔，把它捏成一團一團，往縫隙裡塞。

「不要，求求妳。」

「抱歉，但有了一隻就會有十隻。」

這是什麼瘋狂的數學？

媽放下鋁箔，用力抓住我肩膀：「如果讓牠留下來，很快就有一大群小老鼠跑來跑去。偷我們的食物，髒爪子還會帶細菌進來……」

「牠們可以吃我的食物，我不餓。」

媽沒在聽。她把爐子推回門牆上。

後來我們用一些膠帶把《機場立體書》的飛機庫那頁貼得更立體一點，但行李轉台已經修不好了。

我們依偎在搖搖椅上，媽媽念了三遍《挖土機狄倫》給我聽，這代表她很抱歉。我說：「我們要一本新書做週日禮吧。」

她撇撇嘴：「我好幾個星期前就要過了，本來想趁你生日送你一本新書的。但他說不要煩他，我們不是已經有滿滿一架子的書了嗎？」

我越過她頭頂望向架子，那兒可以再擺幾百本書，只要我們把一部分東西收到床底下，放在蛋蛋蛇旁邊。也可以放到衣櫃頂上……不過那是城堡和迷宮的家。替每件東西找個家可真不容易，媽常說要把某件東西當垃圾扔掉，但通常我都能替它們找到住的地方。

「他認為我們應該整天看電視。」

聽起來很好玩。

媽說：「然後我們的腦子就會爛掉，跟他一樣。」她俯身拿起《兒歌大全集》，每翻一頁，她就讓我挑一首，念給我聽。我最喜歡的兒歌裡都有傑克，像是〈傑克・史普瑞特〉和〈小傑克・賀諾〉。

傑克真靈活。

傑克動作快。

傑克跳過蠟燭台。

我猜他是想試試看，能不能不讓睡衣被燭火燒著。電視上的人都穿兩件頭的睡衣，女孩則穿睡袍。睡衣T恤是我所有衣服中最大的一件，肩膀上破了個洞，我喜歡在幾乎關掉時把手指伸進去，哈自己的癢。還有一首叫〈傑克歪嘰布丁派〉，但我自己讀的時候，發現它事實上叫〈喬基・波基〉。媽把名字改了來配合我，這不是撒謊，只是假裝。還有——

傑克，傑克，吹笛人之子。

偷隻小豬，溜之大吉。

書裡原本寫的是湯姆，但傑克聽起來比較順耳。偷的意思就是一個小孩把本來屬於別個小孩的東西拿走，因為書裡和電視裡，每個人都擁有只屬於他們的東西，說起來還真複雜。

現在是五點三十九分，可以吃晚餐了，今天吃速食麵。麵泡在熱水裡的時候，媽在牛奶盒上找到些難字來考我，像「nutritional」（有營養的）意思是食物，「pasteurized」（高溫殺菌的）意思是用雷射槍殺光所有的細菌。我想再吃點蛋糕，但媽說要先吃切碎了化成汁的甜菜頭。然後我吃變得很脆的蛋糕，媽也吃了一些，一點點。

我爬到搖搖椅上去拿架子另一頭的遊戲盒，今晚我挑了西洋棋，由我下紅棋。棋子像小塊的巧克力，但我舔過很多次，它們什麼味道也沒有。它們靠磁力的魔法貼在棋盤上。媽最喜歡下棋，但我會頭痛。

看電視的時候，她選了野生動物星球，好多烏龜把蛋埋在沙裡。愛麗絲吃了蘑菇脖子變長的時候，鴿子以為她是想吃鴿子蛋的壞蛇，氣得幾乎發瘋。但電視上龜寶寶從蛋裡孵出來的時候，龜媽媽已經跑掉了，真奇怪。不知道龜媽媽和龜寶寶以後會不會在大海裡碰面，那時牠們還認不認識對方，或者就各自游開，各走各的了。

動物星球結束得太快，所以我轉到兩個只穿短褲和球鞋、滿身大汗的男人。我告訴他們：「這樣不好，不行打人哦，耶穌寶寶會生氣哦。」

穿黃短褲的一拳打中那個身上很多毛的眼睛。

媽呻吟了一聲，好像自己挨了一拳：「非得看這個不可嗎？」

我告訴她：「一會兒警察就會『把咘把咘』趕來，把這兩個壞人關進監牢。」

「事實上，拳擊……很殘忍，但這是一種比賽，只要他們戴上那種手套，就算是合法。好，時間到了。」

「玩一局鸚鵡學舌，對字彙有幫助。」

「好吧。」她走過去，轉到紅沙發星球，由一個頭髮很蓬的女人主持，問其他人問題，還有另外幾百個人拍手。

我聽得格外專心，她正在跟一個只有一條腿的男人說話，我猜他在戰爭中失去了另外那條腿。

「學舌！」媽喊道，她按鈕消掉聲音。

「最刻骨銘心的一件事，我想對我們所有的觀眾而言，也是受感動最深的，就是你承受的——」我說不下去了。

「發音很不錯。」媽說：「刻骨銘心的意思就是傷心。」

「再一次。」

「同一個節目嗎？」

「不，換一個。」

她找到一個新聞台，更困難。「學舌！」她又把聲音消掉。

「啊，緊接著健保制度改革之後，出現這麼多關於羅東法的爭論，而且不要忘記，期中選舉——」

「還有呢？」媽等著。「這次也很不錯。不過應該是勞動法，而不是羅東法。」

「有什麼不一樣？」

「羅東法可能是某個地方的法律吧，而勞動法——」

我打了一個大呵欠。

「算了。」媽一笑，便把電視關掉。

我最討厭畫面消失，螢幕又變成灰色的時候。我總是想哭，不過那感覺一下子就過了。

我爬上搖搖椅，坐在媽腿上，我們的腿糾纏在一起，她是一隻魔法師變的大章魚，我是傑克王子，最後我會逃脫。我們玩哈癢、顛腿，還在床牆上玩投影。

然後我要玩傑克傑克小兔，他總有一大堆鬼點子，把布雷狐狸騙得團團轉。他躺在路中間裝死，狐狸對他嗅了半天，說道：「我最好別帶他回家，他太臭了……」媽嗅著我全身，扮出噁心的鬼臉，我拼命忍住不笑，免得讓布雷狐狸發現我其實還活著，但我每次都會笑出來。

然後我要聽一首好笑的歌，她開始道：「蟲子爬進來，蟲子爬出去——」

我唱：「它們吃你的腸子，像吃酸白菜——」

「它們吃你眼睛，吃你鼻子——」

「它們吃你腳趾縫裡的泥土——」

我在床上喝了好多奶，但我的嘴巴睏了。媽把我抱進衣櫃，替我把毯子塞到脖子下面，我把它掀開一點兒。我的手指沿著紅線玩火車前進。

嗶嗶，門響了。媽跳起來，驚叫一聲，我猜她撞到了頭。她把衣櫃門緊緊關上。

外面進來的空氣冷得像冰，我猜那是外太空的一部分，但味道很好聞。門發出碰一聲，代表老尼克在裡面了。我不想睡了。我跪起身，透過門縫往外看，但只看見五斗櫃、浴缸，還有桌子的一個圓弧。

「看起來很好吃。」老尼克的聲音特別低沈。

媽說：「哦，不過是最後一份生日蛋糕罷了。」

「該提醒我的，我可以買點東西給他。他多大了，四歲？」

我等媽說，但她沒說。「五歲。」我小聲說。

她一定聽見了，因為她跑到衣櫃旁邊，用生氣的語調說：「傑克！」

老尼克哈哈大笑，我還不知道他會笑。「這東西會說話。」

他為什麼說**這東西**，不說**這個人**？

「要不要出來試穿新牛仔褲啊？」

他這句話不是對媽說的，是對我說的。我的胸口開始咚咚跳。

媽說：「他差不多睡著了。」

不，我沒有。我真希望我沒有小聲說**五歲**被他聽見，真希望我什麼也沒有做。

又說了什麼，我沒聽清楚——

「好啦，好啦。」老尼克說：「我可以吃一塊嗎？」

「有點不新鮮了。如果你真的想吃——」

「免了，算了，妳是老闆。」

媽什麼也沒說。

「我只是個送貨的，倒垃圾的，到童裝部買東買西，爬梯子到屋頂上去替妳的天窗除冰，還有什麼吩咐，夫人……」

我猜他是在諷刺，他說的都跟事實相反，聲音又那麼做作。

「謝謝你幫忙。」媽的聲音完全不像她。「房間亮多了。」

「拿去，不痛了，是嗎？」

「對不起，非常感謝你。」

老尼克說：「有時就跟拔牙一樣。」

「還有謝謝這些日用品，還有牛仔褲。」

「不客氣。」

「來，我幫你拿個盤子，也許中間的部位還不太難吃。」

一陣叮叮噹噹的聲音，我猜她在幫他切蛋糕。我的蛋糕。

隔了一分鐘，他含糊地說：「是啊，真不新鮮。」

他滿嘴都是我的蛋糕。

燈啪一聲熄了，我嚇得跳起來。我不怕黑，但不喜歡突然變黑。我躺下，蓋著毯子，等候著。

老尼克把床弄得嘎吱響的時候，我聽著，用手指頭五個五個一數，今晚嘎吱了二百一十七下。我總要數到他發出那種喘息的聲音後才停下來。我不知道不數會怎麼樣，因為我每次都有數。

我睡著的那些晚上呢？

我不知道，也許媽會數。

二百一十七下後，整個兒安靜下來。

我聽見電視打開，是新聞星球，我隔著門縫看見坦克車的畫面閃過，不是很有趣。我把頭埋在毯子底下。媽跟老尼克聊了幾句，但我沒去聽。

♥

我在床上醒來，外面在下雨，天窗變得一片模糊。媽讓我喝一點，她很小聲地唱〈雨中歡唱〉。

右邊的味道不好。我坐起身，忽然想到：「妳為什麼先前不告訴他說我要過生日？」

媽收起微笑：「他來的時候你應該睡著的。」

「如果妳跟他說，他會送東西給我。」

她道：「送東西給你。那是他說的。」

「會是什麼？」我等了一下：「妳該提醒他的。」

媽伸展手臂，晃過頭上。「我不要他送你東西。」

「那不一樣，傑克，那是我們需要、而且我主動跟他要的東西。」她指著五斗櫃，上面有摺起來的藍色東西。「那是你的新牛仔褲，順便告訴你。」

「但週日禮——」

她去撒尿。

「妳可以跟他要一件禮物給我。我這輩子從來沒收到過禮物。」

「我送過你禮物了，記得嗎？就是那幅畫。」

「我才不要那張蠢畫。」我哭了起來。

媽擦乾手，過來抱住我。「不要難過。」

「本來——」

「我聽不見。深呼吸一下。」

「本來——」

「告訴我怎麼回事。」

「本來可能是一隻狗。」

「什麼東西的本來？」

我停不下來。我只能邊哭邊說：「禮物。本來可能是一隻變成真實的狗，我們可以給牠取名叫幸運。」

媽用掌心擦掉我的眼淚。「你知道我們沒有空間。」

「我們有的。」

「狗需要散步。」

「我們可以散步。」

「但是狗——」

「我們可以在跑道上跑好久好久，幸運就在我們旁邊跑。我打賭牠會跑得比妳快。」

「傑克，狗會把我們搞瘋掉。」

「不會，才不會。」

「會的。關在這麼小的地方，會汪汪叫、抓東西……」

「幸運不會抓東西。」

媽翻個白眼。她到櫃子那邊去把早餐穀片拿出來，數都不數就倒在我們的碗裡。

我扮出獅子咆哮的表情。「晚上等妳睡著的時候，我不睡，我要把洞裡的鋁箔摳掉，讓老鼠回來。」

「別蠢了。」

「我才不蠢。妳才是愚蠢的大笨蛋。」

「聽著，我知道——」

「老鼠和幸運是我的朋友。」我又哭了起來。

「幸運根本不存在。」媽咬緊牙齒說。

「存在，而且我愛牠。」

「那是你的想像。」

「而且還有老鼠，牠是個真實的朋友，可是妳把牠趕走了——」

「沒錯。」媽大聲說：「這樣牠才不會三更半夜爬到你臉上咬你。」

我哭得好傷心，氣都喘不過來，我一直都不知道老鼠會咬我的臉，我還以為只有吸血鬼會做這種事。

媽倒在棉被上，動也不動。

過了一會兒，我也到她身旁躺下來。我掀開她的T恤，吸了一點奶，我不斷停下來擦乾鼻子。左邊味道很好，但分量不多。

後來我試穿新牛仔褲。褲子老是掉下來。

媽把一根鬆開的線頭扯掉。

「不要。」

「本來就鬆了。蹩腳——」她不知道該說什麼。

「牛仔布。」我說：「牛仔褲都是用牛仔布做的。」我把那段線頭拿去，放進櫃子裡的手工藝桶。

媽把縫紉工具組拿下來，在腰上縫了幾針，這樣褲子就不會掉下來了。

今天早上我們很忙。首先我們把上星期做的海盜船拆開，改裝成坦克。氣球擔任駕駛，她本來跟媽的頭一樣大，長得粉紅色、胖嘟嘟的，現在她跟我的拳頭一樣大，變成皺巴巴的紅色。我們只在每個月一號吹一個氣球，所以要到四月才能替氣球做個妹妹。媽也玩坦克，但玩不久。她很容易厭倦，大人都這樣。

星期一是洗衣日，我們把襪子、內褲、我那條沾了番茄醬的灰長褲、床單、抹布統統裝進浴缸，把所有的骯髒擠捏出來。媽把溫度調節器調得很高，以便烘乾衣物，她拉出門旁邊的晾衣架，把他撐開，我叫他要堅強。我真巴不得跟做小貝比的時候一樣騎在他身上，但我現在長得好大，可能會壓斷他的背。如果能像愛麗絲一樣，有時候變回很小，有時候又很大，那才真夠酷。我們把所有東西裡的水擰出來，掛起來的時候，媽和我必須脫下T恤，輪流堵在冰箱門口吹涼。

午餐吃豆子沙拉，我倒數第二不喜歡的食物。除了星期六和星期天，我們睡過午覺就會吊嗓子。我們清一下喉嚨，然後爬到桌子上，為的是靠天窗近一點，牽著彼此的手，免得掉下去。我們說：「預備，就位，開始，」然後就盡量拉開牙齒，尖喊咆哮怪吼鬼叫，啥也不管地發出最大的聲音。今天我發出從來沒有過的大聲，因為我滿五歲了，肺活量變大了。

然後我們用食指壓住嘴唇，不准出聲。有次我問媽，我們要聽什麼，她說只是預防萬一，因為你永遠不知道。

然後我做叉子、梳子、罐蓋和我牛仔褲側面的搨印。用橫格紙做搨印是最光滑的，但如果要畫個沒完沒了，就數捲筒衛生紙最好用了，好比今天，我畫自己跟一隻貓跟一隻鸚鵡跟一隻大蜥蜴跟一隻浣熊跟聖誕老公公跟一隻螞蟻跟幸運跟我所有電視上的朋友排成一列，而我是傑克國王。我畫完就把紙捲回去，這樣就又可以用它來擦屁股。我從另一個新紙捲撕下一張乾淨的紙，寫信給朵拉，我得用光滑刀削尖紅鉛筆。我把鉛筆握得很緊，因為它短到幾乎沒有了。我很會寫字，但有時候字母會左右顛倒。前天我五歲，妳可以吃最後一塊蛋糕，但沒有蠟燭。再見，愛妳，傑克。「蛋」字旁邊撕破了一點。「她什麼時候會收到？」

「唔。」媽說：「我想它要花幾個小時到海邊，然後沖到沙灘上……」

她因為牙痛，正在吮冰塊，所以聲音變得很奇怪。海和沙灘都只存在電視上，但我想寄信會使它們變得真實一點。便便沈下去，信漂浮在波浪上。「誰會找到它？朵拉的表哥狄雅哥嗎？」

「有可能。然後他會把信交給朵拉——」

「開著他的打獵吉普車。咻—咻穿過叢林。」

「所以大概明天早晨就到了，我猜。頂多等到午餐吧。」

現在媽的臉沒有被冰塊撐得那麼腫了。「大概不痛了吧？」

她用舌頭把冰塊頂出來。

「我覺得我也有一顆壞牙。」

媽慘叫：「哦，傑克。」

「真的真的。哎唷，哎唷，哎唷。」

她嚴肅地說：「你想吃冰塊，可以，不需要用牙痛做藉口。」

「酷。」

「不要這樣嚇唬我。」

我還不知道我能嚇唬她。「也許我六歲開始就會牙齒痛。」

她從冷凍庫拿冰塊出來的時候，哼一聲說：「騙人騙人，鼻子長一吋。」

我沒有騙人，只是假裝。

整個下午都在下雨，上帝一眼都不看進來。我們唱〈狂風暴雨天〉和〈下雨了，朋友〉，還有那首講沙漠在雨中消失的歌。

晚餐吃炸魚塊和米飯，我可以擠檸檬，但不是真檸檬，是塑膠的。我們吃過一次真檸檬，但它萎縮得太快。媽從她那份魚塊分出一點，放在植物底下的泥土裡。

晚上沒有卡通星球，大概是因為天黑了，他們那兒沒有燈。今晚我選看烹飪，那跟真正的食物不一樣，因為他們不用罐頭。有個女的跟一個男的，他們互看一眼，微笑，然後做了一道上面有派皮的肉，還有綠色的東西四周圍著一把一把別種綠色的東西。然後我轉到健身星球，這兒有只穿內褲的人在操作機器，必須一遍一遍做重複的動作，我猜他們是被關在監牢裡。這節目很快就結束了，接著是組合房屋，他們做不同形狀的房屋，有幾百萬種色彩的顏料，不僅用來畫畫，也塗在所有東西上。房屋就是很多個房間連接在一起，電視上的人通常都待在房屋裡，若是走到外面，就會遇到各式各樣的天氣。

媽說：「我們把床搬到那兒怎麼樣？」

我瞪著她，然後看向她手指的地方。「那是電視牆。」

「那只是我們給它取的名稱。」她說：「那兒應該擺得下床，在馬桶跟……可能得挪動衣櫃。然後把五斗櫃搬來床的位置，電視放上面。」

我拼命搖頭：「那就看不見了。」

「看得見的，我們可以坐在這兒的搖搖椅上。」

「壞點子。」

「好吧，算了。」媽緊緊交叉手臂。

電視女人在哭，因為她的房子變成黃色了。我問：「她寧可房子是咖啡色的嗎？」

媽說：「不。她哭是因為太高興了。」

真奇怪。「她是既高興又難過，就像妳聽到電視播美妙的音樂那樣？」

「不，她只是個白癡。我們把電視關了吧。」

「再五分鐘？拜託？」

她搖頭。

「我會做鸚鵡學舌，我會做得更好。」我專心聽電視女人。我說：「**夢想真的實現了，我告訴你，達倫，這真是超出我最瘋狂的想像，那條壁飾帶——**」

媽按掉電視。我很想問她壁飾帶是什麼意思，但我猜她仍然因為搬家具的事在生氣，那個計畫才真是瘋狂。

進了衣櫃，我該睡覺，但我在算吵架的次數。我們三天之中吵了三次，一次是為蠟燭，一次是為老鼠，一次是為幸運。如果五歲代表每天要吵架，我寧願回到四歲。

「晚安，房間。」我很小聲地說：「晚安，燈和氣球。」

「晚安，爐子。」媽說：「還有，晚安，桌子。」

我咧開嘴笑。「晚安，字紙球。晚安，城堡。晚安，地毯。」

媽說：「晚安，空氣。」

「晚安，各處的聲音。」
「晚安，傑克。」
「晚安，媽。還有蟲蟲，別忘了蟲蟲。」
她說：「晚晚，睡安安，蟲蟲不來煩。」

♥

我醒來的時候，天窗的玻璃是全藍的，連角落都看不到一絲雪的痕跡。媽捧著臉坐在她的椅子上，這代表牙齒很痛。她看著桌上的東西，一共是兩樣。

我撲過去一把抓住。「吉普車。有遙控器的吉普車！」我拿它在空中滑行，它是紅色的，跟我的手一樣大。遙控器是銀色的四方形，我用大拇指撥弄上面的一個開關，吉普車的輪子就嘟嚕嚕轉動起來。

「是遲來的生日禮物。」

我知道是誰拿來的，是老尼克，但她不說。

我不想吃早餐穀片，但媽說一吃完就可以玩吉普車。我吃了二十九顆就不餓了。媽說那樣很浪費，所以她把剩下的吃掉。

我弄懂了用遙控器移動吉普車的方法。那根細細的銀色天線，我可以把它拉得很長或很短。一個開關讓吉普車前進後退，另一個讓它轉左轉右。如果我同時按兩個開關，吉普車就會像中了毒箭一樣動彈不得，只會叫啊—啊—啊。

媽說她最好開始打掃，因為今天是星期二。她說：「輕一點，別忘了它會壞掉。」

我早就知道了，所有的東西都會壞掉。

「如果你一直開著它，長時間下來，電池會用光，我們沒有備份的。」

我可以讓吉普車繞著房間跑。這很容易，唯一要小心的就是不能碰到地毯邊緣，它會夾住輪子捲縮起來。遙控器是老大，他說：「去吧，你這慢吞吞的吉普車。繞桌腳兩圈，全速前進。輪子不准停止轉動。」有時吉普車累了，遙控器就讓他的輪子嘎嘎響。淘氣的吉普車躲到衣櫃裡，但遙控器用魔法找到他，讓他前進後退，撞上門縫。

星期二和星期五總有醋的味道。媽拿著我穿到一歲的尿片做的抹布，在桌子底下擦拭。我打賭她把蜘蛛網擦掉了，但我不在乎。然後她拿起吸塵器，弄得灰塵到處鬧烘烘，轟轟轟。

吉普車偷偷鑽到床底下。遙控器說：「回來，我的吉普寶寶。如果你變成河裡的小魚，我就變成漁夫，用網子把你撈起來。」但狡猾的吉普車不出聲，等到遙控器收起所有的天線，開始打盹兒，吉普車就偷溜到他背後，把他的電池統統拿出來，哈哈哈。

我玩了一整天的吉普車和遙控器，只除了洗澡的時候，他們得停在桌子上，以防生鏽。我們吊嗓子的時候，我把它們舉到非常接近天窗的地方，吉普車也努力轉動輪子，發出最大的聲音。

媽又捧著牙齒躺下來，有時她會吸一大口氣，慢慢吐出來。

「妳為什麼嘶嘶嘶吐這麼長的氣？」

「好盡量不去碰到它。」

我坐在她頭旁邊，替她撥開遮住眼睛的頭髮，她的額頭滑溜溜的。她拉起我的手，緊緊握住。「不要緊的。」

「或許等一下吧。」

看起來不像不要緊。「要跟吉普車、遙控器和我一起玩嗎？」

「妳玩就不會覺得痛，病就好了。」

她露出一點笑容，但下一口氣就喘得很大聲，好像在呻吟。

五點五十七分，我說：「媽，快六點了。」所以她起身做晚餐，但她什麼也沒吃。吉普車和遙控器在浴缸裡等待，因為那兒現在是乾的，那是他們的祕密洞穴。「事實上，吉普車死了，上了天堂。」我說，用最快的速度吃掉我的雞塊。

「哦，真的？」

「但到了晚上，上帝睡著的時候，吉普車會偷跑出來，沿著豆莖滑下來，回房間來看我。」

「他可真聰明。」

我吃了三根青豆，先喝一大口牛奶，又喝了三口，三口一起吞，比較快流進肚子裡。五口還會更快，但我吞不下那麼多，喉嚨會哽住。我四歲的時候，媽有一次在購物單上寫青豆／其他冷凍綠色蔬菜，我用橘色筆把青豆畫掉，她覺得很好玩。我把軟麵包留到最後吃，因為我喜歡它含在嘴裡像一塊墊子的感覺。我說：「謝謝你，耶穌寶寶，尤其是雞塊，拜託很長時間都不要再有青豆。對了，為什麼我們都謝耶穌寶寶而不謝他？」

「他？」

我對門偏一下頭。

即使我沒提他的名字，她的臉色也一樣黯淡下來。「幹嘛謝他？」

「前天晚上妳就謝過啦，謝他送日用品、除雪，還有褲子。」

「你不該偷聽的。」有時候，當她非常生氣時，都咬緊牙齒，從牙縫裡說話。「那種道謝是假的。」

「為什麼——」

她打斷我：「他只負責把東西拿來，又不是他讓麥子在田裡生長。」

「什麼田？」

「他不能讓陽光照射，雨水下降，什麼也做不到。」

「但是媽，麵包又不是從田裡來的。」

她咬緊嘴唇。

「妳說什麼——」

「看電視的時間到了。」她說得很快。

今天播音樂伴唱帶，我喜歡。多半的時候，媽會跟我一起做動作，但今晚沒有。我跳到床上，教吉普車和遙控器如何抖動身體。有蕾哈娜和T・I，還有女神卡卡和肯伊・威斯特。「為什麼唱饒舌歌的人晚上也戴太陽眼鏡。」我問媽：「他們眼睛痛嗎？」

「不，只是為了顯得很酷，而且不想讓歌迷一直盯著看，因為他們太有名了。」

我糊塗了。「歌迷怎麼會有名？」

「不，有名的是歌星。」

「他們不想要有名？」

「嗯，我想他們要有名，」媽起身把電視關掉：「但他們也想保留一部分隱私。」

喝奶的時候，媽媽不准我把吉普車和遙控器拿到床上，儘管他們是我的朋友。然後她說我睡覺的時候，他們得待在架子上。「否則他們會在晚上戳到你。」

「不，不會的，他們保證。」

「聽著，吉普車一定要收起來，你可以跟遙控器一起睡，因為他比較小，不過天線得收好。這樣行不行？」

「行。」

我進了衣櫃，我們還隔著門縫交談。她說：「上帝保佑傑克。」

「上帝保佑媽，用魔法治好她的牙齒。上帝保佑吉普車和遙控器。」

「上帝保佑書。」

「上帝保佑這兒和外太空的每樣東西，還有吉普車。媽？」

「嗯？」

「我們睡著的時候在哪裡？」

我聽見她打呵欠。「就在這裡。」

「但做夢呢？」我等著：「夢是電視嗎？」她還是沒回答。「我們做夢的時候會跑到電視裡面去嗎？」

「不會，除了這兒，我們哪兒也不去。」她的聲音聽起來像在很遠很遠的地方。

我蜷起身子躺下，用手指觸摸遙控開關。我小聲說：「你們睡不著嗎，小開關？不要緊，吃點奶奶。」我把他們放在我的乳頭上，兩個輪流。我快睡著了，但還沒有。

嗶嗶。是門。

我專心聽。冷空氣進來了。如果我把頭伸到衣櫃外面，就會看見門開了。我打賭我會看見星星、太空船、行星、坐著幽浮飛來飛去的外星人。但願但願但願我能看見。

碰，門關上了，老尼克告訴媽什麼東西找不到，另一樣東西的價格又是多麼荒唐。

我很想知道他會不會看到架子上的吉普車。是啊，那是他送給我的，但我想他從來沒跟他玩過。他不知道我一打開遙控器，吉普車忽然開動的樣子，嘟嚕嚕。

今晚媽只跟他聊了幾句。燈就啪搭一聲關了，老尼克把床弄得嘎吱響。有時我換個花樣，把五個一數改成一個一數，但我數亂掉了，所以又恢復五個一數，這樣數得快一點，我數到三百七十八。

完全安靜了。我猜他一定睡著了。媽會在他關掉的時候一起關掉，還是醒著等他離開？也許他們兩個都睡著，只有我還醒著。我可以坐起來，爬出衣櫃，他們不會知道。我可以畫他們兩個在床上的樣子或別的。我很好奇他們是靠在一起或分別在床的兩邊。

然後我想到一個可怕的念頭，萬一他正在喝奶呢？媽會讓他喝一點，還是會說，做夢都別想，那是傑克一個人的！

如果被他喝去，他可能會變得更真實。

我好想跳起來尖叫。

我找到了遙控器的電源開關，我把它變成綠色。如果它用超能力發動吉普車的輪子，讓他在架子上動起來，豈不好玩？老尼克可能會大吃一驚醒來，哈哈。

我試了前進按鈕，什麼也沒有。對了，我忘了拉天線。我把它全部拉出來，再試一次，但遙控器還是不管用。我讓他的天線從門縫伸出去，它在外面，而我在裡面。我打開按鈕。我聽見一個低低的聲音，一定是吉普車的輪子活過來了，然後——

嘩啦！

老尼克發出我從來沒聽過的咆哮，說耶穌什麼的，但這件事不是耶穌寶寶做的，是我。燈亮了，光線從門縫裡衝進來，我緊緊閉上眼睛，縮進角落，用毯子蒙住臉。

他高聲喊道：「妳在搞什麼鬼？」

媽的聲音抖個不停，她說：「什麼？什麼？你做噩夢了嗎？」

我咬住毯子，像嘴裡含著灰色麵包一樣柔軟。

「妳又在耍花樣了？是不是？」他的聲音小了一點：「我不是告訴過妳，妳如果想——」

「我睡著了。」媽的聲音軟弱無力：「拜託——你看看，是那輛蠢吉普車從架子上滾下來了。」

吉普車才不蠢呢。

媽說：「對不起。對不起，我該把它放在別個不會掉下來的地方。我實在真的是太——」

「好啦。」

「這樣吧，我們把燈關掉——」

老尼克說：「不必。我走了。」

沒有人說話，我數一隻河馬兩隻河馬三隻河馬——

嗶嗶，門打開，關上，碰。他走了。

燈又啪搭一聲熄了。

我在衣櫃地板上摸索，找遙控器。我發現一件可怕的事，他的天線變得又短又尖，一定是被門縫夾斷了。

「媽，」我小聲說。

沒有回應。

「遙控器壞了。」

「睡覺去。」她的聲音沙啞而嚇人，我差點以為不是她。

我數了五遍自己的牙齒，每次都數到二十，但我還要再數。所有的牙現在都不痛，但我六歲時可能就會痛。

我一定睡著了，但我不知道，因為緊接著我就醒了。

我還在衣櫃裡，四周一片黑暗。媽還沒有把我抱到床上。她為什麼不來抱我？

我推開門，聽她的呼吸。她睡著了，她不可能睡著的時候還在生氣吧？

我鑽進被子，躺在媽附近，但避免碰到她，她全身都好熱。

吐 實

早晨吃麥片的時候，我看到那塊痕跡。「妳脖子上有髒東西。」

媽只喝了水。她吞嚥的時候，皮膚會動。

事實上那不是髒東西，我說話沒經過大腦。

我嘗了一點麥片，太燙了，我把它吐回熔化湯匙。我猜是老尼克把那痕跡弄在她脖子上的。我想說話，但說不出來，我再試一次：「對不起，昨天晚上我讓吉普車掉下來。」

我從椅子上站起身，媽讓我坐在她腿上。「你想做什麼？」她問，聲音還是啞的。

「給他看。」

「看什麼？」

「我，我，我——」

「不要緊，傑克。慢慢說。」

「但遙控器折斷了，妳生我的氣。」

媽說：「聽著，我根本不在乎那輛吉普車。」

我不停眨眼。「那是我的禮物。」

「我生氣的是」——她的聲音變得尖銳而響亮——「你吵醒了他。」

「吉普車？」

「老尼克。」

她把他的名字說得這麼大聲，害我跳起來。

「你嚇到了他。」

「他會被**我**嚇到？」

「他不知道是你。」媽說：「他以為是我攻擊他，把一個很重的東西砸在他頭上。」

我摀住鼻子和嘴巴，但咯咯咯的笑聲還是鑽了出來。

「這一點都不好笑。跟好笑完全相反。」

我又看到她的脖子和他留在她身上的痕跡，我笑不出來了。

麥片還是太燙，所以我們回床上去窩一下。

今天早晨播《朵拉》，萬歲！她坐一艘船，差點跟別艘船相撞，我們必須揮舞手臂，高聲喊：「小心！」但媽沒加入。船只存在電視上，海也一樣，只有我們的排泄物和信件到達時，它才會變成真實。但也許那些東西流到大海的時候它又不真實了？愛麗絲說，如果她在海邊，就可以搭火車回家。火車已經過時了。森林只存在電視上，還有叢林、沙漠、街道、摩天樓和汽車也一樣。動物也都只存在電視上，但螞蟻、蜘蛛和老鼠例外，不過老鼠已經又回去了。細菌是真實的，血也一樣。男孩只存在電視上，但他們都長得跟我差不多，而鏡子裡的我也不是真實的，只是一幅畫。有時我喜歡把馬尾巴解開，讓頭髮遮住臉，設法把舌頭從頭髮中間伸出來，然後露出臉說：「嗚哇！」

今天是星期三，我們洗頭髮，我們用洗碗精泡沫做包頭巾。我對著媽的脖子看來看去，但不看那個東西。

她替我描了八字鬍，但實在太癢了，我把它擦掉。她說：「那麼畫絡腮鬍吧？」她把所有泡沫堆在我下巴，形成一大把鬍子。

「呵呵呵。聖誕老公公是巨人嗎？」

媽說：「嗯，我想他塊頭滿大的。」

我想他一定是真的，因為那盒綁紫色絲帶的百萬巧克力就是他送的。

「我要做巨人剋星的巨人傑克。我要做一個好巨人，把所有壞巨人抓出來，砍掉他們的頭，喀擦。」

我們在玻璃罐裡加水，倒進倒出，做成不同的鼓。我把其中一個做成強棒密卡登變形金剛陸戰隊，他拿著木湯匙改裝的逆重力死光砲。

我扭過頭看〈印象：日出〉，一艘黑色小船上坐著兩個極小的人，最上頭是上帝的黃臉，霧濛濛的橘色光照在水上，還有一個藍影子，我猜是另一艘船，很難懂，因為這是藝術。

體育課媽媽選「跳島求生」，就是我站在床上，媽把枕頭、搖搖椅、椅子、摺起來的地毯、桌子和垃圾桶，都放在意想不到的地方。這些島嶼，每個我都只能去一次。搖搖椅最難纏，她總設法要跳起來，把我壓倒在地上。媽扮演尼斯湖水怪，到處游來游去，企圖咬我的腳。

輪到我選，我要打枕頭戰，但媽說我枕頭裡的泡沫膠已經開始外漏了，所以最好改練柔道。一開始先要向對手鞠躬致敬。我們兇狠地喊著：「喝！」「哈呀！」有一次我劈下去時太用力，弄痛了媽受傷的手腕，不過那真的是意外。

她累了，所以選眼球操，就是我們一起躺在地毯上，要兩手緊靠在身旁才躺得下。我們先看很遠的東西，像是天窗，然後看很近的東西，像是鼻子，然後就用超快的速度轉換，看來看去。

媽熱午餐的時候，我揮舞著可憐的吉普車到處跑，他已經沒法子自己移動了。遙控器可以讓時間暫停，他讓媽像機器人一樣靜止不動。我說：「開。」

她又開始攪鍋子，她說：「上菜嘍！」

蔬菜湯，噁。我把泡泡吹進去，讓它變得有意思一點。

我還不累，不想睡午覺，所以我拿下幾本書。媽拉起嗓子：「堅固的挖土機狄—倫，來—嘍！」她停下來：「我受不了狄倫。」

我瞪著她。「他是我的朋友。」

「哦，傑克——我就是受不了這本書，好，不該那麼說——我受不了的不是狄倫本身。」

「妳為什麼不能忍受《狄倫》這本書？」

「我已經讀了太多遍了。」

但如果我要一個東西，我永遠都會要，就像巧克力，我絕不會嫌吃了太多遍巧克力。

她說：「你可以自己念。」

這是什麼話，我當然可以自己念所有的書，包括有好多古字的《愛麗絲》。「我比較喜歡妳念給我聽。」

她的眼神頑強，眼睛亮晶晶的。然後她再度把書打開：「堅固的挖土機狄—倫，來—嘍！」

因為她心情不好，我讓她讀《逃家小兔》，然後再一些《愛麗絲》。我最喜歡的歌是〈晚餐湯〉，我打賭湯裡沒有蔬菜。愛麗絲一直待在一條有很多扇門的走廊裡，其中一扇門非常小，她用金鑰匙把門打開，看見裡面是個種滿鮮豔花朵、有清涼噴泉的花園，但她的體型總是不對勁。後來她終於進到花園裡，卻發現玫瑰花是畫的，不是真的，而且她還得打板球，用火鶴當球拍，刺蝟當球。

我們躺在大被上。我喝了好多奶。如果我們非常安靜，說不定老鼠會回來，但他沒回來。媽一定把所有的洞都塞住了。她人不壞，但有時她會做很可惡的事。

午睡起來，我們吊嗓子，我像打銅鈸一樣敲打平底鍋的蓋子。吊嗓子持續了幾百年，因為每次我想停，媽就又尖叫起來，她幾乎沒聲音了。她脖子上的痕跡就像我用甜菜汁液畫的圖。我猜那是老尼克的指紋。

後來，我用衛生紙捲玩打電話，我喜歡隔著厚紙捲說話，每個字都有嗡嗡嗡的回音。本來所有的聲音都由媽扮演，但今天下午她需要躺下來看書。她看的是封面上畫著一雙女人眼睛往外窺看的《達文西密碼》，那女人長得像耶穌寶寶的媽。

我打電話給布滋、派大星，還有耶穌寶寶，我告訴他們我現在五歲了，得到新的力量。我對著電話小聲說：「我會隱形哦。我的舌頭可以倒轉過來，像火箭一樣射入外太空。」

媽闔上眼皮，她怎麼能隔著眼皮看書？

我玩密碼鎖按鍵，我把椅子搬到門口，站在椅子上，本來由媽負責報數字，但今天我得自己編。我在鍵盤上打數字，打得飛快，都沒有錯誤。那些數字不會讓門嗶嗶打開，但我喜歡數字按下去發出的搭搭聲。

盛妝打扮是種安靜的遊戲，我戴上王冠，它外面包了些金箔和銀箔，裡面襯著牛奶盒。我把媽的一隻綠襪子和一隻白襪子綁在一起，變出一個手鐲。

我從架子上搬下遊戲盒。我拿著尺到處量，牌九每邊大約一吋，棋子是半吋。我圈起手指裝成聖彼得和聖保羅，每下一顆棋之前他們要互相鞠躬，下完就飛行一圈。

媽的眼睛又睜開了。我把襪子手鐲拿給她，她說很漂亮，立刻就戴在手上。

「我們可以玩搜括一空嗎？」❺

她說：「等我一下。」她到洗臉盆那兒去洗臉。我不知道為什麼，因為她的臉不髒，但也許有細菌。

我搜括一空她兩次，她搜括一空我一次，我不喜歡輸。然後玩金羅美❻和釣魚，大部分都是我贏。然後我們就只是拿紙牌玩，讓它們跳舞、打架什麼的。我最喜歡方塊傑克和他的

❺註：搜括一空（Beggar My Neighbor）是一種兩人玩的撲克牌遊戲，以取得另一方所有的牌張為目標。

❻註：金羅美（Gin Rummy）也是一種兩人玩的撲克牌遊戲，目標是將手上的牌湊成一組三張或四張的順子或相同點數。最後依各人手上不成套的廢牌點數計分，分數少者獲勝。

傑克朋友們。

我指著錶說：「看啊，五點零一分，可以吃晚餐了。」

晚餐是每人一條熱狗，好吃。

看電視的時候我坐搖搖椅，媽拿著縫紉組坐在床上，她要把那件有粉紅色小花的咖啡色洋裝下襬放長。我們看醫藥星球，那兒的醫生和護士在人身上割開洞，把細菌拿出來。那些人只是睡著了，並沒有死。醫生不像媽用嘴咬線，他們用超級鋒利的短刀，然後把病人縫得像科學怪人。

播廣告的時候，媽叫我去把電視按成靜音。有個戴黃色頭盔的男人在街上鑽了一個洞，他愁眉苦臉，用手扶著前額。我問：「他受傷了嗎？」

她從縫紉上抬起頭。「大概是頭痛吧，電鑽太吵了。」

因為是靜音，我們聽不見電鑽的聲音。那個電視人在臉盆前面，吞了一顆從瓶子裡取出的藥丸，然後就變得笑容滿面，投球給一個男孩。「媽，媽。」

「什麼事？」她在打結。

「那是我們的瓶子。妳有看到嗎？妳看到那個頭痛的男人嗎？」

「沒有。」

「他吃的那個藥的瓶子，跟我們的完全一樣耶，止痛藥耶。」

媽瞪著電視看，但現在演的是一輛汽車開得飛快，在山路上繞來繞去。

我說：「不是，更早一點。那個人真的拿著我們那瓶止痛藥。」

「嗯，也許跟我們的是同一種，但不是我們的那一瓶。」
「真的就是。」
「不對，同樣的藥瓶很多。」
「在哪裡？」
媽看我一眼，然後低頭看她的洋裝，她拉拉裙襬。「呃，我們的藥瓶在架子上，其他的在……」
「在電視裡？」我問。
她瞪著各色縫線看了一會兒，然後把它們繞在小卡片上，放回縫紉盒。
「妳知道嗎？」我不停跳上跳下。「妳知道這代表什麼嗎？他一定跑到電視裡去了。」醫藥星球回來了，但我沒在看。我說：「老尼克。」免得她以為我說的是那個戴黃色頭盔的男人。「他不在這兒的時候，那些個白天，妳猜怎麼著？他跑到電視裡。他在那兒買我們的止痛藥，挪到這兒來。」
「拿到這兒來。」媽站起身說。「要說拿，不說挪。該睡覺了。」她開始唱〈指引我休息的地方〉，但我沒有跟她一起唱。
我覺得她不明白這件事有多麼神奇。我換穿睡衣T恤、刷牙，甚至在床上喝奶奶的時候，都在想這件事。我放開奶頭，問道：「為什麼我們在電視上看不到他？」
媽打個呵欠，坐起身。
「我們每次看電視都從來沒看見他，怎麼會這樣？」

「他不在裡面。」

「可是那瓶藥，他怎麼得到的？」

「我不知道。」

她說話的那種方式很奇怪。我覺得她在假裝。「妳一定知道。妳什麼都知道。」

「聽著，這真的不重要。」

「很重要，而且我很在乎。」我幾乎是用喊的。

「傑克——」

幹嘛叫傑克？不回答我的問題，光叫傑克就算了嗎？

媽往後一仰，靠在枕頭上。「這很難解釋。」

我認為她有能力解釋，只是她不要做罷了。「妳可以解釋，我已經五歲了。」

她把臉轉向門。「我們的藥丸本來是在商店裡，他到店裡去買，然後拿來當週日禮。」

「就像電視裡的那種商店？」我抬頭看一眼架子，確認藥瓶在那兒。「但止痛藥是真實的——」

「商店也是真實的。」媽揉揉眼睛。

「怎麼——？」

「好啦，好啦，好啦。」

她為什麼要大聲叫？

「聽我說，我們在電視上看到的……都是真實事物的影像。」

這是我所聽過最驚人的事。

媽用手摀住嘴巴。

「啊？朵拉是真實的？」

她把手放下來。「不是，抱歉。也有很多電視影像是虛構的——好比朵拉就是畫出來的——但其他的人，臉孔跟你我相似的人，他們是真實的。」

「真正存在的人？」

她點點頭。「還有很多地方是真實的，像是農場、森林、飛機、城市……」

「不可能。」她幹嘛這樣騙我：「哪裡放得下它們？」

「外面。」媽說：「就在這外面。」她把頭往後一甩。

「床牆的外面？」我瞪著那面牆看。

「房間的外面。」她指著對面的爐牆，手指劃著圓圈。

「商店和森林在外太空繞著圈飛來飛去？」

「不是，算了，傑克。我不該——」

「不，妳應該。」我搖晃她的膝蓋，說：「告訴我。」

「今晚不行，我想不出適當的字句解釋。」

愛麗絲說她不知道自己是誰，因為她已經不是自己，早晨她還知道自己是什麼人，但後來她改變了好多次。

媽忽然站起身，從架子上取下止痛藥的瓶子，我以為她要確認它跟電視上的是不是一樣，但她只是打開瓶子，吞了一顆，然後又吞一顆。

「妳明天會找到字句嗎？」

「八點四十九分了，傑克，拜託你去睡覺好不好？」她把垃圾袋綁好，放在門旁。

我在衣櫃裡躺下，但清醒得不得了。

♥

今天是媽不在的日子。

她怎麼也醒不過來。她人在這兒，但又不是真的在。她整天躺在床上，用枕頭搗著頭。

愚蠢的陰莖翹了起來，我把它壓下去。

我吃了一百顆早餐穀片，我站在椅子上洗碗和熔化湯匙。水關掉後，變得非常安靜。我不知道老尼克昨晚有沒有來。我猜他沒有，因為垃圾袋還在門旁，但也可能他來過了，只不過沒把垃圾帶走？也許媽不僅是昏迷。也許他用更大的力氣揑她的脖子，如今她——

我爬上床，挨得很近，直到聽見呼吸聲。我距離媽不到一吋，我的頭髮碰到媽的鼻子，她舉起手遮住臉，於是我往後退開。

我沒有自己洗澡，就只把衣服換了。

過了一個小時又一個小時，幾百個小時。

媽起身尿尿，但沒有講話，她臉上沒有表情。我已經在床旁邊擺了一杯水，但她直接鑽進被子裡。

我討厭她這樣不在，但我也很高興可以整天看電視。最初我把音量開得很小，然後再慢慢開大聲一點點。看太多電視也許會使我變成殭屍，但今天的媽就像殭屍，而她甚至沒看電視。我看了《小小建築師巴布》、《神奇寵物救難隊》和《恐龍巴尼》。我上前觸摸他們每一個，向他們說哈囉，巴尼常跟他的朋友擁抱，我跑上去擠在中間，但有時候趕不上。今天講的是一個仙子晚上偷偷來把舊牙變成錢的故事。我要看朵拉，但她沒有來。

星期四該洗衣服，但我一個人做不來，而且反正媽也仍然躺在床上。

我又餓了，我去看錶，但他說只有九點四十七分。卡通演完了，所以我看足球，還有讓人贏獎品的星球。蓬蓬頭女人坐在她的紅沙發上，跟一個做過高爾夫球星的男人說話。還有一個星球，上頭的女人舉著一串串項鍊，說它們多精緻多精緻。「騙鬼！」媽每次看到那個星球總這麼說。她今天什麼也沒說，她根本沒發現我一直看電視看個不停，我的大腦開始發臭。

電視怎麼可能是真實事物的畫面？

我想到他們在牆外的外太空裡飄來飄去，沙發、項鍊、麵包、止痛藥、飛機，還有所有那些男的女的，拳擊手、一條腿的男人、蓬蓬頭女人，他們從天窗上飄過。我向他們揮手，還有摩天樓、牛群、輪船、卡車，外面真的好擠，我數著所有可能撞上房間的東西。我簡直不能呼吸了，我必須改數自己的牙齒，先數上排從左到右，然後下排從右到左，然後反過來數，每次都是二十顆，但我還是覺得可能數錯了。

好容易等到十二點零四分，可以吃午餐了，於是我開了一罐烤豆子，動作很小心。我不知道萬一我割到手，尖叫著求救，媽會不會醒來？我從來沒吃過冷豆子。我吃了九顆，然後就不餓了。我把剩下的倒在大碗裡，免得浪費。有些豆子黏在罐底，我加了水進去。也許等一下媽會起來，把它吃乾淨。也許她會肚子餓，她會說：「哦，傑克，你真體貼，還想到替我把豆子留在碗裡。」

我用尺量了更多東西，但我一個人要把所有的數字加起來有點難。我讓尺一輪一輪翻身，他是馬戲班演員。我玩遙控器，我拿他指著媽，小聲說：「醒來。」但她沒醒。氣球已經軟塌塌了，她坐黑棗梅汁的瓶子，飛到天窗附近去兜風，讓光線變出褐色的閃光。他們怕遙控器，因為他有個尖頭，所以我把他收回衣櫃，並且把門關好，我告訴每件東西，沒關係，明天媽就會醒來了。我自己把五本書都讀了，但《愛麗絲》只看了一點點。大部分時間，我就只是坐著。

我沒有吊嗓子，怕吵到媽。我想一天不吊應該沒關係。

然後我又打開電視，搖動兔寶寶，他讓那些星球不那麼模糊，但也只略好一點。現在播賽車。我喜歡看它們開得飛快，但它們繞著那個橢圓形跑了一百遍以後，就不怎麼有趣了。我很想把媽叫起來，問她那個有真實的人和東西飛來飛去的外面是怎麼回事，但她會生氣。也可能即使我搖她也不能讓她醒來。所以我沒那麼做。我靠得很近，她只露出半張臉和脖子。那痕跡已經變成紫色了。

我要狂踢老尼克，把他屁股踢爛。我要用遙控器的死光把門炸開，颼一下飛進外面的空間，去把真實商店裡所有的東西帶回來給媽。

我哭了一會兒，但沒發出聲音。

我看了氣象，還有個節目講敵人圍攻一座城堡，好人搭了路障，讓門打不開。我啃著手指，媽現在不能阻止我。我不知道我的腦子有多少已經變成糨糊，又有多少還管用。我覺得我快要像三歲那次一樣上吐下瀉了。要是我把地毯吐得一塌糊塗怎麼辦，只有我一個人要怎麼洗。

我看著地毯上我出生時留下的污痕。我跪下來撫摸，有點暖暖的、刺刺的，跟地毯其他部分沒什麼不同。

媽這種不在從來沒有超過一天。如果明天醒來她還是不在，我該怎麼辦？

後來我餓了，我吃了一根香蕉，雖然它還有點綠。

朵拉是電視上的圖畫，但她是我真正的朋友，這麼說有點令人困惑。吉普車是真的，我可以用手摸到他。超人只在電視上才有，樹是電視，但植物是真的，哦，我忘了給她澆水。我馬上去做，把她從五斗櫃搬進水槽。不知道她有沒有吃媽給的那一小塊魚肉。

滑板是電視，那些男孩、女孩也一樣，但媽說他們是真的，他們那麼扁平，怎麼可能是真的？媽跟我可以築一道路障，我們可以把床推過去頂著門，讓它打不開，這樣他豈不是會嚇一跳，哈哈。**讓我進來，他咆哮，否則我要哈氣，我要呼氣，我要把你們的屋子吹倒。**草是電視，火也一樣，但它也會真的出現在房間裡，只要我熱豆子的時候，讓紅光跳到我袖子上，把我燒掉。我很想看看那畫面，但不想它真的發生。空氣是真的，水只在浴缸和臉盆裡有，河和湖是電視，但海我就不確定了，如果有個海在外面轉來轉去，應該所有東西都會打濕吧。我很想把媽搖醒，問她海是不是真的。房間絕對是真的，但也許外面也是真的，只不過它披了一件隱形斗篷，就像故事裡的傑克傑克王子一樣？我猜耶穌寶寶也是電視，他的媽媽、表哥、外婆只出現在那幅畫裡，但上帝會用黃臉孔從天窗裡望進來，所以是真的，只不過今天他沒來，窗外一片灰色。

我很想上床跟媽躺在一起，但我只坐在地毯上，手剛好搭在被子上她腳尖凸起來的位置。手痠了，我就讓它垂下來一會兒，然後再放回去。我把地毯的邊緣捲起來，然後鬆開讓她彈回原位。我這麼做了幾百遍。

天黑以後，我試著再吃一點烤豆子，但真的好噁心。我改吃麵包夾花生醬。我打開冷凍庫，讓臉靠著那些裝豌豆、菠菜和可怕的青豆的袋子，我一直靠在那兒，直到眼皮都沒感覺了，才跳出來，關上門，用力搓臉頰，把它搓暖。我手摸著臉有感覺，臉卻沒有被手摸的感覺，好詭異。

天窗黑了，我希望上帝把銀臉孔照進來。

我換上睡衣T恤。不知道我髒不髒，因為我沒洗澡。我聞了聞自己的身體。我躺在衣櫃裡，蓋上毯子，但還是覺得冷。今天我忘了把溫度調節器調高，就是這個原因，我到現在才想起來，但已經到了晚上，不能調整了。

我好想喝點奶。今天一整天我都沒喝。我甚至有點想念右邊的，但還是寧可要左邊的。

但願能跟媽睡在一起，喝一點——但她可能把我推開，那就更慘了。

萬一我跟她一起睡在床上，而老尼克進來了怎麼辦？我不知道現在過了九點沒有。太黑了看不見錶。

我偷偷溜到床上，動作放得特別慢，媽不會察覺。我只躺在她附近，如果聽見嗶嗶聲，我可以用最快速度跳回衣櫃裡。

要是他來了，媽不醒來，他會更生氣嗎？他會在她身上留下更可怕的痕跡嗎？

我保持清醒，這樣才能聽見他進來。

他沒有來，但我一直保持清醒。

♥

垃圾袋仍放在門旁。今天早晨媽比我先起床，解開袋口，把她從罐頭裡刮下來的豆子倒進去。如果袋子還在，我猜這代表他沒來，他連續兩晚沒來了，萬歲！

星期五是床墊日。我們把它前面翻到後面，左邊翻到右邊，這樣才不會凹凸不平。她好重，我得用到每一根肌肉，她砰一聲倒下來的時候，把我撞倒在地毯上。我看到床墊上我第一次從媽肚子裡出來時留下的褐色痕跡。接著我們舉行撢灰塵比賽。灰塵小得看不見，是我們已經用不著的皮膚屑屑，因為我們像蛇一樣會長出新的皮膚。媽打了一個好高的噴嚏，像我們有次在電視上聽到的一個歌劇明星一樣。

我們開購物單，卻打不定主意週日禮要什麼。我說，「要糖果吧。不一定要巧克力。隨便哪種我們沒吃過的糖都可以。」

「很黏很黏的糖，結果你就會有跟我一樣的牙齒。」

我不喜歡媽的諷刺。

我們在讀一本沒有圖畫的書裡的句子，這本書叫《小屋》，封面是全白的雪地裡有棟陰森的房子。我讀到：「從那時起，他跟我，照這陣子青少年流行的說法，成了一掛的，一塊兒喝咖啡——雖然我喝的是滾燙還加豆奶的中國茶。」

「非常好。」媽說：「但是豆『奶』要念做『乃』，不能像『喝奶奶』一樣念做ㄋㄟ。」

書裡和電視裡的人總是口渴，他們喝啤酒、果汁、香檳、拿鐵和各式各樣的飲料，有時高興起來，他們會互相碰杯，而且不會把杯子弄破。我又把那個句子讀了一遍，還是看不懂。

「『他』和『我』是什麼人？他們是青少年嗎？」

「唔。」媽從我肩膀後面看過來。「我想『青少年』指的是一般的青少年。」

「『一般』是什麼意思？」

「很多青少年。」

我試著在想像中看見他們，很多人，都在一起玩。「真的人嗎？」

媽頓了一會兒沒開口，然後很小聲地說：「是的。」所以那是真的，她說的每一件事。

她脖子上的痕跡還在。我不知道它是否永遠不會消失。

♥

晚上她打閃光，我在床上被吵醒了。燈亮了，我數到五。燈熄了，我數到一。燈亮了，我數到二。燈熄了，我數到二。我呻吟一聲。

「再忍耐一下。」她仍然仰頭盯著一片漆黑的天窗。門旁邊沒有垃圾袋，代表我睡著的時候他來過了。「拜託，媽。」

「馬上就好。」

「我眼睛痛。」

她俯身到床上，在我嘴邊親一下。她拉起被子，蓋住我的頭。燈光還在閃，但暗了一點。

過了一會兒，她回到床上，給我喝一點，讓我好再入睡。

♥

星期六，媽幫我編了三根辮子，換個花樣感覺很有趣，我搖著腦袋，用辮子打自己。

今天早晨我不要看卡通星球，我選了一點兒園藝、一段健身，還有一段新聞，隨便看到什麼，我都問：「媽，這是真的嗎？」她說是，只除了一部有狼人和一個氣球般爆裂開來的女人的電影，那是特殊效果，是電腦繪製的。

午餐吃咖哩山藜豆罐頭配米飯。

今天我特別想尖叫，但週末不能吊嗓子。

下午大部分時間我們都在玩翻花鼓❼，我們會翻蠟燭和鑽石和馬槽和毛線針，我們還一直練習翻蠍子，但媽的手指每次都被套住。

晚餐吃迷你披薩，每人一片，還有一片公家。飯後我們看一個星球，那兒的人都穿鑲很多層花邊的衣服，戴大大的白色假髮。媽說他們是真的，但他們裝成幾百年前就死掉的人。這是一種遊戲，但聽起來不怎麼好玩。

她關掉電視，吸著鼻子說：「我還聞到午餐的咖哩味。」

「我也是。」

「吃起來還不錯，但這股氣味老是不散很討厭。」

我告訴她：「我覺得吃起來也很討厭。」

她笑起來。她脖子上的痕跡淡了一點，變成帶點黃又帶點綠。

「講個故事給我聽？」

❼註：翻花鼓（Cat's Cradle）是將繩圈套在兩手的不同手指上，形成各種圖案，然後由另一人用手指勾住圖案的關鍵位置，將它移轉到自己手上，若步驟不正確，圖案就會被破壞。

「哪一個？」

「妳從來沒講過的。」

媽對我微笑：「我覺得，到這時候，凡是我知道的事你都已經知道了。《基度山恩仇記》？」

「聽過幾百萬遍了。」

「《格列傑克小人國歷險記》？」

「幾億遍。」

「《曼德拉在海豹島》？」

「他被關在島上二十七年，後來當上總統。」

「《金髮小女孩和三隻熊》？」

「太恐怖了。」

「那三隻熊只是對她咆哮而已。」

「還是恐怖。」

「《黛安娜王妃》？」

「應該繫好安全帶。」

「看吧，你都知道了。」媽吐一口氣。「等等，有個講美人魚的……」

「《小美人魚》。」

「不，不一樣的。有天傍晚，這個美人魚坐在岩石上梳頭髮，一個漁夫偷偷爬上去，用漁網抓住她。」

「把她炸了當晚餐？」

「不，不，他把她帶回他的木屋，逼她跟他結婚。」媽說：「他拿走了她的魔梳，所以她再也不能回到大海了。隔了一段時間，美人魚生下一個貝比——」

我說：「——名叫傑克傑克。」

「答對了。每天漁夫出海捕魚，她都會在木屋裡東翻西找。終於有一天，她找到了他藏起來的梳子——」

「哈哈。」

「於是她跑到岩石上，滑進大海。」

「不要。」

媽仔細看著我。「你不喜歡這故事？」

「她不應該離開。」

「沒關係的。」她用手指擦掉我眼睛裡的淚水。「我忘了跟你說，她當然把她的小寶貝傑克傑克帶走了，她把他綁在她的頭髮裡。漁夫回來的時候，小木屋空了，他再也沒有見到他們。」

「他淹死了嗎？」

「漁夫？」

「不，傑克傑克，在水底下。」

「哦，不用擔心。」媽說：「他是半個人魚，記得嗎？他在空中和水裡都能呼吸。」她過去看錶，已經八點二十七分了。

我在衣櫃裡躺了好久，卻一點都不想睡。我們唱歌、禱告。我說：「再一首兒歌，拜託。」我選了〈傑克蓋房子〉，因為它最長。

媽的聲音帶著呵欠：「就是這個衣服破破爛爛的男人——」

「吻了那個孤單寂寞的少女——」

「少女幫那隻角彎彎的母牛擠奶——」

我趕緊搶背幾句：「母牛頂了那隻騷擾貓的狗，而貓殺了那隻老鼠，因為老鼠——」

嗶。嗶

我牢牢閉上嘴巴。

老尼克說的第一句話我沒聽見。

「唔，真抱歉。」媽說：「我們吃了咖哩。事實上，我在想，有沒有可能——」她聲音很高：「有沒有可能裝一台抽風機什麼的。」

他沒說話。我猜他們坐在床上。

她說：「一台小小的就好。」

「哼，好主意。」老尼克說：「讓所有的鄰居開始懷疑我在工作室裡煮什麼辛辣刺鼻的食物。」

我猜他又在諷刺了。

媽說：「哦，對不起，我沒想到——」

「要這麼做，我何不乾脆在屋頂上裝一個閃光的霓虹燈箭頭？」

我在想，箭頭要怎麼閃光。

「真的對不起。」媽說：「我不知道那氣味，它會，抽風機會——」

「我看妳日子過得太舒服了，一點都不知道感恩圖報。」老尼克說：「是嗎？」

媽沒吭氣。

「住在地面上，自然採光，中央空調，比起某些地方，簡直是天堂，我告訴妳。新鮮水果、梳妝用品，應有盡有，彈一下手指就送到面前。很多女孩有這種環境就要謝天謝地了，像房子一樣安穩。尤其對小孩而言——」

他在說我嗎？

他說：「不必擔心酒醉駕駛、毒販、色情狂……」

媽很快打斷他：「我不該要求抽風機的，是我愚蠢，一切都很好。」

「那就好了。」

有一會兒，沒有人說話。

我數自己的牙齒，每次都數錯，十九顆然後二十顆然後又十九顆。我咬自己的舌頭，直到痛了為止。

「當然東西用久了會舊，那很正常。」他的聲音換了位置，我猜他在浴缸旁邊。「接縫翹起來了，必須把它磨平，重新密封。還有看這裡，襯墊都露出來了。」

「我們很小心的。」媽很小聲地說。

「還不夠小心。軟木經不起經常走動。我本來是設計給一個活動量很低的人使用的。」

「你要上床了嗎？」媽又用那種奇怪的高音問道。

「我先把鞋子脫掉。」他哼了幾聲，我聽見什麼東西落到地板上。「我進門才不到兩分鐘就吵著要整修房子的人是妳……」

燈熄了。

老尼克把床弄得嘎吱響，我數到九十七下時，忽然覺得少算了一下，後來數目就亂掉了。

我一直醒著，豎起耳朵，雖然沒東西可聽。

♥

星期天，我們吃貝果當晚餐，很有嚼勁，還抹了果醬和花生醬。媽把嘴裡的貝果拿出來，上面插了一個尖尖的東西。她說：「終於。」

我拿起來看，整個黃黃的，有深褐色的小斑點。「壞牙？」

媽點點頭。她伸手到嘴巴裡摸。

真的好奇怪。「我們可以把它黏回去，用麵粉糊，也許？」

她搖搖頭，微笑道：「我很高興它出來了，以後不會再痛了。」

一分鐘前，他還是她的一部分，但現在不是了，只是一個東西。「對了，妳知道嗎，如果妳把他放在枕頭底下，晚上會有隱形仙子來把它變成錢。」

媽說：「這兒沒有仙子，抱歉。」

「為什麼沒有？」

「牙仙不知道房間的存在。」她眼睛彷彿看到牆壁外面。

所有的東西都在外面。現在我知道了，我想到的所有事物，像是滑雪、煙火、島嶼、電梯或溜溜球，我都得把它們當作真的，每件事都真的在外面發生。這弄得我的頭好累。還有人，救火員老師小偷嬰兒聖人足球員各種各樣的人，也都真的在外面。但我不在那兒，我和媽，我們是唯一不在那兒的人。那我們還算真的嗎？

吃過晚餐，媽給我講《漢斯與葛莉泰》、《柏林圍牆如何倒塌》、《皺皮斯狄根小矮人》的故事。我最喜歡皇后猜到小矮人的名字，不讓他把她的寶寶帶走的那一段。「故事是真的嗎？」

「哪個故事？」

「美人魚媽媽和漢斯和葛莉泰還有所有的故事。」

媽說：「唔，不能照字面上講——」

「什麼——」

「這些故事裡都有魔法，它們講的不是現代活生生的人。」

「所以都是假的？」

「不對，不對。故事是另一種真實。」

我努力想了解，整張臉都皺成一團。「柏林圍牆是真的嗎？」

「嗯，那兒曾經有一道牆，但現在已經不存在了。」

累死我了，我會像皺皮斯狄根一樣，裂成兩半。

媽關上衣櫃的門說：「晚晚，睡安安，蟲蟲不來煩。」

♥

我沒有關掉過的感覺，但老尼克已經來了，扯著喉嚨說話。

「但維他命——」媽在說話。

「公然搶劫。」

「你要我們生病嗎？」

老尼克說：「那是超級敲竹槓。我看過一篇內幕報導，最後都進了馬桶。」

誰進了馬桶？

「我只是想，如果我們的伙食好一點兒——」

「哼，又來了。抱怨，抱怨，抱怨……」我隔著門縫，看見他坐在浴缸邊緣。

媽的聲音也生氣了。「我打賭養我們比養狗還便宜。我們連鞋子都用不著。」

「妳根本不了解今天這個世界，我是說，妳以為錢會源源不斷進來嗎？」沒有人說話。然後是媽：「你什麼意思？一般的錢，還是——？」

「六個月了。」他雙手抱胸，他的手臂又粗又大。「我被資遣六個月了，妳可曾用妳那顆漂亮的小腦袋擔過一點兒心？」

隔著門縫，我也看見媽了，她幾乎就站在他身旁。「發生了什麼事？」

「好像妳在乎似的。」

「你有沒有去找別的工作？」

他們瞪著眼睛互看。

她問：「你負債嗎，你要怎麼——？」

「閉嘴。」

我沒打算要這麼做，但我太害怕他又要傷害她，那聲音直接從我腦子裡迸出來。

老尼克直盯著我，他走上前一步，又一步，又一步，敲敲門縫，我看見他手的影子。

「喂，裡面的。」

他在跟我說話。我的胸口跳得匡噹匡噹響。我抱住膝蓋，咬緊牙齒。我很想鑽到毯子底下，但我不能。我什麼也不能做。

「他睡著了。」媽的聲音。

「她整個晚上把你關在櫃子裡，白天也這樣嗎？」

他說的**你**就是我。我等著媽說**不是**，但她沒開口。

「似乎有點不正常。」我看得見他的眼睛，眼珠子顏色好淡。他看得見我嗎，我變成石頭了嗎？要是他開門怎麼辦？我想我會——

「我看他一定有問題。」他對媽說：「從出生以來，妳始終不讓我把他看個清楚。可憐的小怪物是長了兩個腦袋還是怎麼著？」

他幹嘛說這種話？我差點就要把我唯一的腦袋伸到衣櫃外面，只為了證明給他看。

媽擋在門縫前面，我可以透過她的T恤看到她肩胛骨的突起。「他只是怕生。」

「他沒必要在我面前怕生。」老尼克說：「我可從來沒碰過他一下。」

他為什麼要碰我？

「還買了那麼好的吉普車給他，不是嗎？我了解小男孩，我也做過小男孩。來吧，傑克——」

他叫我的名字。

「出來嘛，來拿棒棒糖。」

棒棒糖！

「我們上床去吧。」媽的聲音好奇怪。

老尼克發出一種奇怪的笑聲。「我就知道妳要什麼，小妞兒。」

媽要什麼？有寫在購物單上嗎？

「來嘛。」她又說了一遍。

「妳母親沒教妳一點規矩嗎？」

燈熄了。

但媽沒有母親。

床發出很響的嘎吱聲，他上床了。

我用毯子蒙著頭，摀住耳朵，一點也不想聽。我不想數他的嘎吱聲，但我還是數了。

♥

我醒來的時候，仍然在衣櫃裡，四周一片黑暗。

我不知道老尼克還在不在這兒。還有棒棒糖呢？

照規矩，我得待在衣櫃裡，直到媽來帶我出去。

我很想知道棒棒糖是什麼顏色的。黑暗中有顏色嗎？

我想再把自己關掉，但我卻全開了。

我可以把頭伸出去，只要——

我把門推開，非常慢，非常安靜。只聽見冰箱的嗡嗡聲。我站起來，走了一步、兩步、三步。我腳趾頭踢到一個東西，哎唷唷。我把它撿起來，是一隻鞋子，巨大的鞋子。我看著床上，他在那兒。老尼克，他的臉是石頭做的，我猜。我伸出一根手指頭，不是為了要摸他，但只差一點。

他眼睛一閃，一片白光。我往後一跳，把鞋子扔了。我以為他會大吼大叫，但他露出發亮的牙齒微笑，他說：「嗨，孩子。」

我不知道——

然後媽發出我從來沒聽過的大嗓門，甚至比吊嗓子的聲音還響亮。「走開，不要靠近他！」

我連忙跑回衣櫃，撞痛了頭，哎唷唷。她不斷尖叫：「不要靠近他。」

「閉嘴。」老尼克說：「閉嘴。」他在罵她，但在尖叫聲中我聽不見他罵些什麼，然後她的聲音變得模糊。他說：「不准亂叫。」

媽發不出字句，只有唔唔唔的聲音。我讓頭保持在剛才撞著的位置，雙手抱住頭。

「妳完全沒有行為能力了，懂嗎？」

「我會安靜。」她說，幾乎在說悄悄話。我聽見她在喘氣。「你知道我會多麼安靜，只要你別去動他。我就只要求這個。」

老尼克冷哼一聲：「我每次開門妳都有要求。」

「那都是為了傑克。」

「是啊，好吧，別忘了妳是從哪兒得到他的。」

我非常努力聽，但媽什麼也沒說。

聲音。他在收拾他的衣服嗎？他的鞋子，我猜他在繫鞋帶。

他走了以後，我沒再睡。我在衣櫃裡整晚開著。我等了幾百個小時，但媽沒來帶我出去。

♥

我抬頭望著天窗，忽然它掀開了，天空湧了進來，火箭和牛群和樹木紛紛往下砸，掉在我頭上——

不對，我躺在床上。光線開始從天窗漏進來，一定是早晨了。

媽摸摸我臉頰說：「做了噩夢啦。」

我喝了一點奶，但分量不多，好吃的左邊。

然後我想起來了。我在床上扭動身體，察看她身上有沒有新的痕跡，但沒找到。「我很對不起昨晚我從衣櫃裡出來。」

她說：「我知道。」

這算是原諒我了嗎？我想起更多事情。「『小怪物』是什麼意思？」

「哦，傑克。」

「他為什麼說我有問題？」

媽呻吟一聲：「你一點問題都沒有，從頭到腳都很正常。」她親一下我的鼻子。

「那他為什麼要那麼說？」

「他只是想要把我逼瘋。」

「他為什麼——」

「你知道你喜歡玩車子、氣球和其他東西。而他，他喜歡玩弄我的腦袋。」她敲敲自己的頭。

我不知道怎麼玩弄腦袋。「資遣跟買東西有關嗎？」

媽說：「無關，那意思是他丟掉了工作。」

我只知道東西會丟掉，好比我們原來有六根大頭針就丟了一根。大概外面的每件事都跟這兒不一樣。「為什麼他說不要忘記妳是從哪兒得到我的？」

「唉，你停個一分鐘好不好，不要問個沒完？」

我不出聲開始計數，一隻河馬兩隻河馬，整整六十秒鐘，一大堆問題在我腦子裡跳來跳去。

媽替自己倒了一杯牛奶，卻沒有倒給我。她瞪著冰箱裡面，燈沒亮，太奇怪了。她再次把門關上。

一分鐘到了。「為什麼他說不要忘記妳是從哪兒得到我的？難道不是天堂？」

媽撥弄燈的開關，但他不肯醒來。「他的意思是——你屬於什麼人。」

「我屬於妳。」

她給我一個淺淺的笑。

「燈泡用完了嗎？」

「我想不是。」她抖了一下，過去察看溫度調節器。

「他為什麼叫妳不要忘記？」

「唔，事實上是他搞錯了，他以為你屬於他。」

哈！「他是個大笨蛋。」

媽瞪著溫度調節器。「斷電了。」

「那是什麼？」

「現在所有的東西都沒有電了。」

真是奇怪的一天。

我們吃了穀片、刷了牙、換好衣服，也給植物澆了水。我們試著在浴缸裡放水，但除了剛開始有點熱水外，放出來的水冷得像冰，所以我們就用布擦擦身體。天窗外透進光線，亮了一點，但也不是非常亮。電視不能看，我想念我的朋友。我假裝他們出現在螢幕上，我用手指拍拍他們。媽說我們要再多穿一件上衣和長褲保暖，甚至每隻腳得穿兩隻襪子。我們跑了一哩又一哩又一哩的田徑暖身，然後媽讓我脫掉最外面那隻襪子，因為我的腳指頭都擠扁了。我告訴她：「我耳朵痛。」

她挑起眉毛。

「裡面太安靜了。」

「哦，那是因為我們聽不見那些習慣的小聲音，像是熱水器燒水或電冰箱的嗡嗡聲。」

我玩弄壞牙，我把它藏在不同的地方，好比五斗櫃底下、米桶裡或肥皂盒後面。我試著忘記它在哪兒，找到就大吃一驚。媽把冷凍庫裡的青豆都拿出來切碎，切那麼多要做什麼？

就在這時候，我想起昨晚唯一的一件好事。「對了，媽，棒棒糖。」

她繼續切豆子。「在垃圾桶裡。」

為什麼把它放在那兒？我跑過去，用腳踩踏板，蓋子砰地掀起，但我沒看見棒棒糖。我在橘子皮、米飯、湯汁和塑膠袋之間摸索。

媽抓住我的肩膀。「不要管它了。」

我告訴她：「那是我週日禮的糖果。」

「那是垃圾。」

「不，不是。」

「他頂多花了五毛錢。他在嘲笑你。」

「我從來沒吃過棒棒糖。」我掙脫她的手。

什麼都不能用爐子加熱，因為沒有電。所以午餐就是滑溜溜的冷凍青豆，比煮過的青豆更難下嚥。我們還得把它吃光，要不然它們融化後就會爛掉。其實我不在乎，但那是種浪費。

「想聽《逃家小兔》嗎？」我們在寒冷中清洗完畢後，媽問道。

我搖搖頭。「什麼時候才會停止斷電？」

「我不知道，真抱歉。」

我們到床上去取暖。媽掀起所有的衣服，我喝了好多，先喝左邊，然後右邊。

「要是房間愈來愈冷怎麼辦？」

「哦，不會的。再三天就四月了。」她輕拍著我說：「外面不會那麼冷的。」

我們小睡了一會兒，但我只睡了一下下，我等到媽呼吸變得沈重，就偷偷溜下床，再次到垃圾桶裡搜尋。

我在桶底找到了那根棒棒糖，是個紅色的圓球，我洗了手臂，也洗了棒棒糖，因為上頭黏著噁心的湯汁。我盡快把塑膠紙剝掉，然後吮了又吮，這是我吃過最甜的東西。我很好奇，這是否就是外面的滋味。

如果我逃跑，我要變成一把椅子，讓媽猜不出是哪一把。或者我讓自己隱形，附著在天窗上，好讓她看不見我。我或許還可以變作一小粒灰塵，鑽進她鼻子裡，她一打個噴嚏就把我打出去。

她眼睛睜開了。

我把棒棒糖藏在背後。

她又閉上眼睛。

我繼續吮了好幾個小時，雖然後來我覺得有點噁心。最後只剩一根棍子，我把它扔進垃圾桶。

媽起床以後，一個字也沒提棒棒糖，也許她雖然睜開眼睛，但還在睡覺。她再試試燈，但他還是不亮。她說要讓開關開著，這樣電一來我們就會立刻知道。

「萬一他半夜亮起來，把我們吵醒怎麼辦？」

「我認為這種事不會發生在半夜。」

我們用跳跳球和字紙球玩保齡球，擊倒維他命丸的瓶子，我四歲的時候，我們給那些瓶子裝上不同的頭顱，像是龍、外星人、公主和鱷魚。多半是我贏。我練習加法、減法、數列、乘法、除法，並寫下最大的數字。媽用我做貝比時穿的小襪子縫了兩個新布偶，他們有縫上去的笑容和不同鈕釦的眼睛。我會縫紉，但不怎麼好玩。真希望我還記得小時候自己的模樣。

我寫了一封信給海綿寶寶，背面畫著我和媽為了取暖而跳舞。我們玩神經病蓋棉被❽、記憶力測驗和釣魚，媽想下西洋棋，但那會讓我大腦當機，所以她同意改玩跳棋。

我手指變得好僵硬，我把它們放進嘴裡。媽說那樣會散播細菌，她逼我用冷死人的水把手再洗一遍。

我們用麵團做了好多顆串項鍊用的珠子，但要等它們乾透變硬才能穿。我們用盒子和碗做了一艘太空船，膠帶快沒了，但媽說「有何不可」，就把它用光了。

天窗變黑了。

晚餐吃出汗的乳酪和融化的青花菜。媽說我非吃不可，否則會覺得更冷。

❽註：神經病蓋棉被（snap）亦稱「心臟病」，是一種不限人數玩的撲克牌遊戲。這項遊戲跟台灣的玩法略有不同，改為由第一個伸手壓住牌堆的人取走所有中央的牌張，並由取得全部牌張的人獲勝。

她吞了兩顆止痛藥，用一大口水灌下去。

「壞牙已經出來了，為什麼妳還會痛？」

「我想是因為現在我對其他顆壞牙的存在更有感覺了。」

我們換上睡衣T恤，但在外面套了更多件衣服。媽起頭唱一首歌：「山的另一邊——」

我唱：「山的另一邊——」

「山的另一邊——」

「他只看得到那麼遠。」

我唱〈牆上掛了九十九個啤酒瓶〉，一直唱到七十。

媽用手摀著耳朵求饒說，拜託剩下的明天再唱好不好。「說不定到時候電力已經恢復了。」

我說：「好棒噢！」

「即使不恢復，他也不能阻止太陽升起。」

老尼克嗎？「他為什麼要阻止太陽升起？」

「我是說他不能，」媽緊緊抱我一下說：「我很抱歉。」

「為什麼要抱歉？」

她歎口氣：「是我的錯。我惹他生氣了。」

我瞪著她的臉，但幾乎看不見。

「他不能忍受我尖叫，我已經好幾年沒這麼做了。他要處罰我們。」

我的心跳得好響。「他打算怎麼處罰我們？」
「不，我的意思是，他已經在處罰我們了。他切斷了電源。」
「哦，無所謂。」
媽哈哈大笑。「你是什麼意思？我們在受凍，我們吃爛爛的蔬菜……」
「沒錯，但我以為他會用別種方式處罰我們。」我試著想像：「好比，如果有兩個房間，他把我放在其中一間，而妳在另一間。」
「傑克，你太神奇了。」
「為什麼說我神奇？」
媽說：「我也不知道。你就這麼生了出來。」
我們在床上相擁得更緊。我對她說：「我不喜歡黑。」
「嗯，現在是睡覺的時候，本來就會黑。」
「我想是吧。」
「我們不需要看就知道對方長什麼模樣，不是嗎？」
「是啊。」
「晚晚，睡安安，蟲蟲不來煩。」
「我不是該到衣櫃裡去嗎？」
「今晚不需要。」媽說。

我們醒來，空氣冷得更令人發抖。錶說七點零九分，他有電池，那是他藏在身體裡面自己一個人的小能源。

媽不斷打呵欠，因為晚上她一直醒著。

我肚子痛，她說也許是吃了生蔬菜的關係。我想要一顆瓶子裡的止痛藥，她只給我半顆。我等啊等啊，但肚子不覺得有什麼不一樣。

天窗漸漸亮了起來。

我告訴媽：「我很高興他昨晚沒有來。我打賭他再也不會來了，那真是酷斃了。」

「傑克，」她皺起眉頭：「好好想想。」

「我在想啊。」

「我是說，會發生什麼事。我們的食物從哪裡來？」

我知道答案：「來自外面的田地，耶穌寶寶賜給我們的。」

「不，我是說——誰替我們拿來？」

哦。

媽下了床，她說水龍頭還管用是個好預兆。「他可以把水也關掉，但他沒這麼做。」

我不知道那能預兆什麼。

早餐吃貝果，但它是冷的，還有點爛糊糊。

我問：「萬一永遠斷電下去，會發生什麼事？」

「我相信他會打開電源的，也許就是今天，晚一點兒。」

我不時試試電視的按鈕。如今它就只是個愚蠢的灰箱子，我可以看見自己的臉，但不及鏡子那麼清楚。

為了保暖，我們做了所有想得到的運動。空手道、跳島求生、老師說、跳蹦床。還有跳房子，就是從一塊軟木地磚跳到另一塊，不可以踩線，也不能跌倒。媽選了鬼抓人，她用我的迷彩長褲矇住眼睛。我躲在床底下蛋蛋蛇旁邊，連呼吸都停止，像書裡一頁紙一樣扁平，結果她花了幾百個小時才找到我。接著我選攀岩，媽握住我的手，我沿著她的腿往上走，直到我的腳超過我的頭，然後我倒掛在空中，我的辮子搔到我的臉，逗得我大笑。我翻個觔斗，又恢復頭上腳下。我想要再多做幾次，但她受傷的手腕痛了起來。

然後我們都累了。

接著我們在幾根線上黏了些東西，分別綁在一根長麵條上，做成一個動態平衡吊飾。迷你小畫片中橘色是我，綠色是媽，還有扭成一圈圈的鋁箔和剪成細絲的衛生紙。媽用工具盒裡最後一根大頭針，把上端的線固定在屋頂上，我們站在下面用力吹氣，麵條就開始擺盪，帶著所有的小東西飛起來。

我餓了，媽說我可以吃最後一個蘋果。

要是老尼克不再拿蘋果來怎麼辦？

我問：「為什麼他還要處罰我們？」

媽撇撇嘴說：「他認為我們屬於他，因為房間屬於他。」

「怎麼可能？」

「哦，這是他蓋的。」

好奇怪，我還以為房間本來就存在。「不是說萬事萬物都是上帝造的嗎？」

媽好一會兒沒說話，然後她揉揉我脖子：「只限好的東西，應該這麼說。」

我們在桌上玩挪亞方舟，像梳子、小盤子、橡皮刀、書、吉普車等東西，都排成一列，趕在大洪水來臨前，以最快速度進入箱子。媽沒有用心在玩，她用雙手捧著臉，好像臉很沈重似的。

我把蘋果咬得喀吱響：「妳其他的牙在痛嗎？」

她隔著手指縫看我，眼睛顯得更大。

「哪一顆？」

媽突然站起來，害我差點嚇到。她坐進搖搖椅，張開手臂說：「過來，我講個故事給你聽。」

「新故事？」

「是的。」

「好極了。」

她等著我把身子整個兒窩進她懷裡。我小口小口啃著蘋果的第二邊，好讓它撐久一點。

「你知道愛麗絲不是一直住在仙境裡的吧？」

是這一招啊，我早就知道了。「是啊，有次她跑進兔子的家，然後變得太大了，只好把手臂伸到窗外，一隻腳伸進煙囪，後來壁虎比爾被她砰噹一腳踢飛出去，那段好好笑。」

「不是，在那之前。記得她躺在草地上嗎？」

「然後她掉進洞裡，墜落四千哩，卻沒有受傷。」

「對了，我就像愛麗絲。」媽說。

我笑起來：「不可能。她是個小女孩，長了個大頭，比朵拉的頭還大。」

媽咬緊下唇，有塊地方已經發青了。「沒錯，但是我也是從別的地方來的，就像她。很久以前，我在——」

「天堂。」

她用手指壓住我嘴唇，讓我不要說話。「我出生到人間，跟你一樣是個小孩，我跟我父親和母親住在一起。」

我搖頭：「妳就是母親啊。」

「但我也有我自己的母親，我喊她姆媽。」她說：「她還活著。」

她為什麼要這樣假裝，這是一種我還不會玩的遊戲嗎？

「她……我想你該叫她外婆。」

就像朵拉的abuela。圖畫裡讓聖母馬利亞坐在她腿上的聖安妮。我在啃蘋果核，幾乎已經沒什麼可吃了。我把它放在桌上。「妳在她肚子裡長大？」

「嗯——事實上不是，我是領養的。她跟我爸——你該叫他外公。此外我——我還有一個哥哥叫保羅。」

我搖頭：「他是聖徒。」

「不，是另外一個保羅。」

怎麼可能有兩個保羅？

「你該叫他保羅舅舅。」

太多個名字了，我腦子已經裝滿了，但肚子還是空的，好像沒吃進那顆蘋果似的。「午餐吃什麼？」

媽沒有笑：「我在跟你講你的親人呢。」

我搖頭。

「雖然你從來沒見過他們，但那並不代表他們不是真的。地球上的東西多到你做夢也想不到。」

「還有沒有不出汗的乳酪？」

「傑克，這件事很重要。我跟我爸、姆媽和保羅住在一棟房子裡。」

我得陪她玩這個遊戲，否則她會生氣。「電視裡的房子？」

「不，在外面。」

這太荒唐了，媽從來沒到過外面。

「但它看起來很像你在電視上看到的那種房子，是的。位在城市邊緣的房子，後面有個院子，還有一張吊床。」

「什麼是吊床？」

媽從架子上取下一支鉛筆，畫了兩棵樹，中間牽著繩子，繩子打結編織在一起，有個人躺在繩子上。

「這是個海盜？」

「這是我，躺在吊床上搖來搖去。」她把紙對摺起來，變得很興奮。「我經常跟保羅去遊戲場、盪鞦韆、吃冰淇淋。你外公外婆會開車帶我們出去玩，去動物園和海灘。我是他們的寶貝女兒。」

「少來。」

媽把那張畫揉得皺皺的。桌上有水漬，她的眼白一閃一閃發亮。

我說：「不要哭。」

「我沒辦法。」她把眼淚揉得滿臉都是。

「妳為什麼沒辦法？」

「但願我能把它講得更生動。我好懷念它。」

「妳懷念吊床？」

「所有的一切。外面的生活。」

我握住她的手。她要我相信，所以我努力這麼做，但這讓我的頭好痛。「妳真的有段時間住在電視裡？」

「我告訴過你，那不是電視。那是真實的世界，它大到你無法相信。」她張開手臂，指著四面的牆壁：「房間只是它一個又小又臭的碎片。」

我幾乎在吼叫：「房間不臭，只有妳放屁的時候才會臭。」

媽又在擦眼睛。

「妳的屁比我的屁臭得多。妳只是想愚弄我，最好馬上給我停止。」

「好吧。」她說，她吁了一口氣，像氣球一樣發出嘶嘶的聲音。「我們吃個三明治。」

「為什麼？」

「你剛剛說你餓了。」

「不，我不餓。」

她表情又兇了起來。她說：「我要做一個三明治，你把它吃掉，可以嗎？」

只有花生醬，因為乳酪都變得糊糊爛爛的。我吃的時候，媽坐在我旁邊，但她自己沒吃。她說：「我知道它很難消化。」

三明治嗎？

我們吃了一個橘子罐頭當甜點，所有大片的都歸我，因為她喜歡小片的。

「我沒有騙你。」我舔吮糖汁的時候，媽說：「先前我沒法子告訴你，因為你還太小，不會懂，所以我猜，那時候我算是對你撒謊吧。但現在你五歲了，我覺得你有能力了解了。」

我搖頭。

「我現在做的事是撒謊的相反。該說是，吐露事實。」

我們睡了很長的午覺。

媽已經醒了，在兩吋的距離外，低頭看著我。我扭動身體，湊著左邊喝了些奶奶。

我問她：「妳為什麼不喜歡這兒？」

她坐起身，把T恤拉好。

「我還沒喝完。」

「喝完了。」她說：「你在說話。」

我也坐起身：「妳為什麼不喜歡跟我一起住在房間裡？」

媽緊緊抱住我。「我一直都喜歡跟你在一起。」

「可是妳說它又小又臭。」

「哦，傑克。」她停了好一會兒沒說話。「是的，我寧願在外面。但還是要跟你在一起。」

「我喜歡跟妳一起在這裡面。」

「好吧。」

「他怎麼把它做出來的？」

她知道我說的是誰。我以為她不會告訴我，但她卻說：「事實上，最初這兒是花園裡一個堆東西的棚子。很基本的十二呎寬，十二呎長，鋼架外面包塑膠。但他加了一個隔音天窗，還在牆壁裡填了很多有隔音效果的保麗龍，再加上一層鉛板，因為鉛可以吸收所有的聲音。對了，還有一扇用密碼鎖開關的安全門。他得意洋洋地說，這件工作他做得完美無缺。」

下午過得好慢。

我們在把人凍僵的明亮光線裡，讀完了每一本有圖畫的書。今天的天窗不一樣。它長了一個小黑點，像一隻眼睛。「看啊，媽。」

她抬頭看一眼，微笑道：「是一片樹葉。」

「為什麼？」

「一定是風把它從樹上吹下來，落在玻璃上。」

「從外面真正的樹上？」

「是啊，你瞧，這就可以證明，外面有一整個世界。」

「我們來玩豆莖。我們來把我的椅子搬到桌面上……」她幫我的忙。「然後把垃圾桶放在我的椅子上，」我對她說：「然後我一路爬上去——」

「這樣不安全。」

「安全的。只要妳站在桌上，扶著垃圾桶，我就不會搖。」

「唔。」媽說，幾乎等於「不行」的意思。

「就只試試看嘛，拜託，拜託？」

效果很好，我絕對不會跌下來。我站上垃圾桶，就真的摸到屋頂上斜斜伸向天窗的軟木板。玻璃上有一種我沒見過的東西，「蜂窩。」我摸摸它，告訴媽。

「那是聚碳酸酯護網。」她說：「弄不破的。你出生前，我常爬上去往外看。」

「樹葉是黑色的，上面還有洞。」

「是啊，我想它枯死很久了，應該是去年冬季的落葉。」

我看到它周圍有藍色，那是天空，裡面有些白色。媽說那是雲。我透過蜂窩看出去，我不停地看啊看啊，但我只看到天空。天空裡沒有太空船或火車或馬或女孩或摩天大樓飛來飛去。

我爬下來，下了垃圾桶，下了椅子，我把媽的手臂推開。

「傑克——」

我自己跳到地板上。「騙人騙人，鼻子長一吋，根本沒什麼外面！」

她開始解釋更多，但我用手指堵住耳朵，大喊：「哇啦哇啦哇啦哇啦。」

我自己跟吉普車玩。我快要哭了，但我裝作不想哭。

媽在櫃子裡東翻西找，她拿了罐頭過來，我想我聽見她在數。她在數我們還剩下些什麼。

我現在覺得冷得不得了，套在襪子裡的手已經整個兒凍麻了。

晚餐時我問了好幾遍，可不可以把最後一份早餐穀片吃掉，最後媽說好。我撒出來一些，因為手指已經沒感覺了。

黑暗又來臨了，但媽把《兒歌大全集》裡每一首兒歌都記在腦子裡。我要聽〈橘子與檸檬〉❾，我最喜歡的一句是「寶城大鐘說，不知道」，因為每個字都低沉有力，像獅子吼。還有「刀斧砍你頭」那句。「什麼是刀斧？」

「一種很大的刀，我猜。」

「我說不是。」我告訴她：「那是直升機上面的刀片，它轉得非常快，可以把頭削掉。」❿

「好噁。」

我們沒有睡意，但什麼都看不見，也不能做什麼。我們坐在床上，自己編兒歌。「我們的朋友亞歷山大，在花園種花。」

「我們的朋友花園小尖兵，經常去溜冰。」

「好棒。」我稱讚媽。「我們的朋友克萊，贏比賽。」

「要說『贏得』。」媽糾正我：「我們的朋友珍妮佛，愛吃胡蘿蔔。」

「我們的朋友巴尼，住在農場裡。」

「作弊。」

我說：「好吧，我們的舅舅保羅，出車禍。」

「他真的有一次從摩托車上摔下來。」

我都忘了他是個真人。「他為什麼會從摩托車上摔下來？」

❾ 註：兒歌〈橘子與檸檬〉（Oranges and Lemons）用韻文模仿各地教堂的鐘聲，讓兒童理解日常語言的抑揚頓挫本身就是一種音樂。

❿ 註：原文為chopper，既是切肉斷骨用的利刀或斧頭，也可用作直升機的代稱，傑克所謂的「刀片」，就是直升機上的螺旋槳葉片。

「是意外事故。救護車把他送到醫院，後來醫生把他治好了。」
「他們有沒有割開他的身體？」
「沒有，沒有，他們只給他手臂上了石膏，讓它不再疼痛。」
所以醫院也是真的，還有摩托車。必須相信這麼多新事情，我的頭快要爆炸了。
周圍全都黑了，只除了天窗發出一種黑暗的亮光。媽說城市裡無論如何都會有些光線，來自街燈或建築物裡的燈什麼的。
「城市在哪裡？」
她指著床牆說：「就在外面。」
「我從天窗望出去，沒有看見它。」
「是啊，所以你生我的氣。」
「我沒有生妳的氣。」
她把我的親吻還給我。「天窗只能看到天空。我告訴你的大部分東西，都在地面上，如果要看見它們，就需要開向側面的窗戶。」
「我們可以要求一個開向側面的窗戶做週日禮。」
媽差點笑出來。
我忘記老尼克不會再來了。也許我那根棒棒糖就是最後一件週日禮。
我覺得快要哭了，但實際發出的卻是一個大呵欠。我說：「晚安，房間。」
「時間到了嗎？好吧，晚安。」媽說。

「晚安，燈和氣球。」我等媽接腔，但她不說話。「晚安吉普車，晚安遙控器，晚安地毯，晚安毛毯，還有晚安蟲蟲，不准來煩我。」

♥

一種一再重複的噪音把我吵醒。媽不在床上。微弱的光線裡，空氣仍然冷得像冰。我從被子邊緣望去，她在地板中間用手砰砰砰拍打。「地板做錯了什麼？」

媽停下手，吁出一口長氣。她說：「我很想打爛什麼東西，但我不想造成破壞。」

「為什麼不？」

「事實上，我很想破壞什麼東西。我想把所有的東西都打壞。」

我不喜歡她這樣。「早餐吃什麼？」

媽瞪著我看，然後起身走到櫃子前面，取出一個貝果，我猜那是最後一個。

她只吃了四分之一，她不怎麼餓。

我們呼出來的空氣都有霧。媽說：「這是因為今天更冷了。」

「妳說過，天氣不會變得更冷了。」

「對不起，我說錯了。」

我把剩下的貝果吃掉。「我還是有外公、外婆和保羅舅舅嗎？」

「是啊。」媽說，她淺淺一笑。

「他們在天堂嗎？」

「不，不。」她抿緊嘴唇說：「至少我認為還沒有。保羅只比我大三歲，他——哇，他已經二十九歲了。」

「事實上，他們在這裡。」我低聲說：「躲起來了。」

媽四下張望：「哪兒？」

「在床底下。」

「哦，那一定擠得不得了，他們有三個人耶，而且塊頭都滿大的。」

「跟河馬一樣大。」

「沒那麼大。」

「也許他們在……衣櫃裡。」

「跟我的洋裝在一起？」

「是啊，如果聽見喀啦喀啦的聲音，就是他們在敲衣架。」

媽神情一黯。

我告訴她：「我只是開玩笑。」

她點點頭。

「他們可以真正到這兒來嗎？」

「我希望可以。」她說：「我禱告得好用力，每天晚上。」

「我沒聽見妳這麼禱告。」

「只在我腦子裡。」媽說。

我都不知道她會在腦子裡做我聽不見的禱告。

她說：「他們也在禱告。但他們不知道我在哪裡。」

「妳在房間裡，跟我一起。」

「但他們不知道房間在哪裡，而且他們一點都不知道你的事。」

好奇怪。「他們可以在朵拉的地圖上找，等他們來的時候，我會突然衝出來，給他們一個驚喜。」

媽有點想笑，卻又笑不出來。「任何地圖上都沒有房間。」

「我們可以打電話告訴他們，小小建築師巴布有一支電話。」

「但我們沒有。」

我想到了：「我們可以要一支當作週日禮。等老尼克不生氣的時候。」

「傑克。他永遠不會給我們電話或窗戶的。」媽抓起我的大拇指，把它們捏住。「我們就像書裡的人，他不要別人讀這本書。」

上體育課的時候，我們跑田徑。用感覺好像不存在的手搬桌子和椅子很困難。我跑了十個來回，身體還是沒有暖起來，我的腳趾跌跌撞撞。我們跳蹦床、練空手道，哈─呀，然後我又選了爬豆莖。媽說可以，只要我不要因為什麼都看不見就發脾氣。我爬上桌子，爬上椅子，爬上垃圾桶，晃都沒晃一下，我緊緊抓住屋頂跟天窗的接縫，透過蜂窩看著藍天，看得太用力了，眼睛開始眨個不停。過了一會兒，媽說她要下去做午餐。

「不要再吃蔬菜了，拜託，我的肚子消化不了。」

「我們得在它們爛掉之前吃光。」

「我們可以吃麵條。」

「幾乎沒有了。」

「那就吃飯。要是——」然後我就忘了說話，因為我隔著蜂窩看見它，那東西小到我原先以為它只是我眼睛裡的一個飄浮體，但它不是。它是一根小線條，在天空裡畫出一條粗粗的白線。「媽——」

「什麼？」

「一架飛機！」

「真的？」

「真到不能再真。哎唷——」

接著我就摔在媽身上，然後摔到地毯上。垃圾桶乒乒砸在我們身上，還有椅子。媽喊著哎唷哎唷哎唷，揉她的手腕。「對不起，對不起。」我說，親它讓它少痛一點。「我看見了，那是一架真的飛機，但非常小。」

「因為它在很遠的地方。」她笑咪咪地說：「我打賭你如果在很近的地方看見它，就會發現它大得不得了。」

「最神奇的是，它在天空裡寫了一個字母I。」

「那叫做……」她敲敲自己的頭。「想不起來了。那是利用氣流，是飛機噴出的煙。」

媽讓我在被窩裡喝一點。上帝的黃臉給我們光，但不夠做日光浴。我關不掉自己，我瞪大眼睛看上面的天窗，用力到眼睛發癢，卻沒再看見飛機。我爬在豆莖上的時候，真的看到那架飛機。我看到它在外面飛，所以真的有外面存在，媽媽在那兒做過小女孩。

我們起來翻花鼓、玩牌九，還有潛水艇和手指偶，還有很多其他遊戲，但每種都只玩一下下。我們也哼哼歌，但那些歌都太容易猜了。我們回到床上去捂暖身體。

我說：「明天我們到外面去。」

「哦，傑克。」

我枕在媽套了兩件毛衣變得粗粗的手臂上。「我喜歡那兒的氣味。」

她轉過頭，瞪著我看。

「九點鐘以後，門打開的時候，鑽進來的空氣跟我們的空氣不一樣。」

她說：「你注意到了。」

「我注意到每件事。」

「是啊，那種空氣比較新鮮。夏季有新割青草的味道，因為我們在他家的後院裡，有時我會看到一眼灌木和樹籬。」

「誰家的後院？」

「老尼克的。房間是用他的工具棚改建的，還記得嗎？」

要記這麼多細節很困難，而且聽起來都不像是真的。

「外面那具密碼鎖要按哪幾個數字才能打開，只有他一個人知道。」

我瞪著密碼鎖，我都不知道另外還有一個。「我來按數字。」

「是啊，但按不出開門的數字——就像一把隱形鑰匙。」媽說：「然後他要回房子裡去的時候，會再按一次密碼，在這兒」——她指著那具密碼鎖。

「是那棟有吊床的房子嗎？」

「不是。」媽說得很大聲：「老尼克住的是不一樣的房子。」

「我們能不能有一天到他的房子裡去？」

她用手摀住嘴巴。「我寧可到你外公外婆的房子去。」

「我們可以在吊床上盪鞦韆。」

「我們愛做什麼都可以，那時候我們就自由了。」

「等我六歲？」

「總有那麼一天。」

水從媽臉上滴到我臉上。我跳起來，那水是鹹的。

「我沒事。」她擦著自己的臉頰說：「不要緊的。我只是——我有點害怕。」

「妳不可以害怕。」我幾乎在吼叫：「壞點子。」

「一點點而已。我們不會有事的，我們有最基本的東西。」

這下我更害怕了。「但如果老尼克不給我們電力，也不拿食物來，永遠永遠，怎麼辦？」

「他會的。」她的聲音仍然有點哽咽。「我幾乎百分之百確定他會的。」

幾乎百分之百，那就是九十九。九十九夠嗎？

媽坐起身，用毛衣袖子擦臉。

我的肚子咕嚕咕嚕叫，不知道我們還有什麼可吃的。天又快黑了，我覺得光明的一邊不會勝利。

「聽我說，傑克，我必須告訴你另一個故事。」

「都是真的？」

「完全是真的。你知道從前我多麼傷心？」

我喜歡這個。「後來我從天堂下來，在妳肚子裡長大。」

「是啊，但你知道我為什麼難過嗎——都是因為房間的緣故。」媽說：「老尼克——我甚至不認識他，當時我十九歲，他把我偷走了。」

我努力理解。搗蛋鬼狐狸喜歡偷東西，但每次都被阻止。我從來沒聽說人也可以偷走。

媽把我抱得好緊。「我是個學生。那天一大清早，我穿過公園要去大學圖書館，邊走邊聽——有個小機器，裡頭有幾千首歌，在耳邊播放，我是我們那群朋友中第一個得到這機器的。」

但願我也能有那個機器。

「反正——有個男人跑過來求助，說他的狗突然發病了，他覺得牠可能會死。」

「叫什麼名字？」

「這個男人？」

我搖頭。「那隻狗。」

「不，狗只是把我騙上小卡車的藉口。老尼克的卡車。」

「什麼顏色的？」

「卡車嗎？咖啡色，他還開同一輛車，他總在抱怨那輛車。」

「有幾個輪子？」

媽說：「我希望你專心聽重點。」

我點點頭。媽把我抓得太緊，我扳開她的手。

「他給我戴上眼罩——」

「就像玩鬼抓人？」

「是的，但這不是為了好玩。他開車走了好遠好遠，我好害怕。」

「我在哪裡？」

「那時你還不存在，記得嗎？」

我忘了。「狗也在卡車上嗎？」

「根本沒有狗。」媽的聲音又開始生氣了。「你得讓我講完這個故事。」

「我可以選別的故事嗎？」

「這是真正發生過的事。」

「我可以聽《巨人剋星傑克》嗎？」

「聽著。」媽用手摀著我嘴巴說：「他強迫我吃一些很壞的藥，讓我睡著。等我醒來，就在這兒了。」

天差不多黑了，我完全看不見媽的臉，她把臉轉開，我只聽見她說話。

「他第一次把門打開，我就尖叫求救，他把我打倒，後來我再也沒嘗試做這種事了。」

我的肚子都打結了。

「從前我很怕睡著，怕他萬一又回來。」媽說：「但睡著的時候是我唯一沒在哭的時候，所以我每天睡十六個小時。」

「妳有沒有造出一個水池？」

「什麼？」

「愛麗絲哭出一個水池，因為她記不起來所有的詩和數字，後來她差點淹死。」

「沒有。」媽說：「但我的頭一直在痛，我的眼睛發癢。軟木墊的氣味讓我噁心。」

什麼氣味？

「我不斷看錶、讀秒，把自己逼得要發瘋。所有的東西好像都變成了妖魔鬼怪，我盯著它們看，它們就在我面前變大或縮小，我看向別處，它們就開始移動。他終於弄來一台電視時，我每天二十四小時、每週七天開著它，愚蠢的節目，我記得的那些食品的廣告，每樣我都想吃，想得嘴巴痛。有時我聽見電視裡的聲音告訴我一些事。」

「像是朵拉？」

她搖頭。「他去工作的時候，我試著逃跑，我什麼都試過。我一連好幾天，踮著腳尖站在桌子上，刮天窗四周，把手指甲都刮斷了。我拿所有想得出來的東西砸它，但那層網太堅固了，我甚至連玻璃都打不破。」

天窗只剩一個比較不那麼黑的四方塊。「妳用過哪些東西？」

「大湯鍋、椅子、垃圾桶……」

哇，我真想看她扔垃圾桶的樣子。

「還有一次，我挖了一個洞。」

我很困惑。「在哪？」

「你可以摸得到，想試試嗎？我們得爬到地上……」媽掀開被子，從床底下把盒子拖出來，她鑽進去時悶哼了一聲，我滑到她身旁，我們離蛋蛋蛇很近，但還不至於壓壞他。「我從電影《第三集中營》得來的點子。」她貼著我的腦袋說話，會有回音。

我想起那個納粹集中營的故事，跟吃烤棉花糖的夏令營完全不一樣，是幾百萬個人喝蛆肉湯的冬令營。盟軍把營門炸開，所有的人都跑出來。我認為盟軍是像聖彼得一樣的天使。

「手指頭拿過來……」媽拉著我的手指。我摸到地板上的軟木。「就在這兒。」忽然有塊地方可以伸進去，邊緣很粗糙。我的心開始咚咚跳，我一直不知道這兒有個洞。她說：「小心，別割傷自己。我是用鋸齒刀挖的。我把軟木挖起來，下面的木頭地板花了我一點時間，然後鋁箔和保麗龍很容易解決，但你知道我接下來發現什麼？」

「愛麗絲的兔子洞？」

媽發出生氣的聲音，聲音好大，嚇得我猛一抬頭撞到床。

「對不起。」

「我發現鐵絲網編的籬笆。」

「在哪兒？」

「就在洞裡面。」

洞裡面的籬笆？我伸手往下，再往下。

「有個金屬的東西，摸到了嗎？」

「是啊。」冰冷，光滑，我用手指抓住它。

媽說：「他把棚子改裝成房間的時候，在地板的托架底下裝了一層鐵絲網，而且所有的牆壁和屋頂也都夾了一層這種東西，所以我怎麼也破壞不了。」

我們從床底下爬出來，背靠著床坐在地上，我氣喘噓噓。

媽說：「他發現那個洞時，怪吼了一陣。」

「像一頭狼？」

「不是，哈哈大笑。當時我很怕他會傷害我，但他只覺得好笑。」

我咬緊牙齒。

媽說：「那時候他比較常笑。」

老尼克是小偷殭屍臭強盜。我告訴她說：「我們可以叛變。我要用我的強棒密卡登雷射死光砲把他打成碎片。」

她在我眼睛旁邊親了一下。「傷害他沒有用。我試過一次，是我來到這兒一年半時的事。」

這真是太令人訝異了：「妳打傷過老尼克？」

「我的方法是，我拿了馬桶水箱的蓋子，還準備好光滑刀，有天晚上快要九點的時候，我站在門牆旁邊——」

我又不懂了。「可是馬桶水箱沒有蓋子。」

「本來有的，那是房間裡最重的東西。」

「床才是超級重。」

「我搬不動床，不是嗎？」媽問道。「所以我聽見他進來——」

「嗶嗶。」

「完全正確。我就把水箱蓋砸在他頭上。」

我把大拇指放進嘴裡，不停地啃啊啃啊啃。

「但我的力氣不夠大，蓋子掉在地板上，斷成兩截，而他——老尼克——設法把門關上了。」

我嘗到奇怪的東西。

媽的聲音哽住了。「我知道我唯一的機會就是逼他給我密碼。於是我拿刀抵住他喉嚨，像這樣。」她用指甲頂著我下巴，我不喜歡這種感覺。「我說：『告訴我密碼。』」

「他說了嗎？」

她吐了一口氣。「他說了幾個數字，我去把它們敲進密碼鎖。」

「哪些數字？」

「我想那不是正確的數字。他跳起來，扭住我手腕，搶走了刀。」

「妳受傷的那隻手腕？」

「應該這麼說，在那之前，那隻手腕沒有受傷。不要哭。」媽對著我的頭髮說：「那是很久以前的事了。」

我試著說話，但話跑不出來。

「所以，傑克，我們不可以再嘗試傷害他。第二天晚上，他回來的時候，他說，第一，他無論如何都不會告訴我密碼；第二，如果我再做同樣的事，他就離開，讓我一直挨餓，餓死為止。」

我想她說完了。

我肚子咕嚕咕嚕叫得好響，我終於明白媽為什麼要跟我講這個可怕的故事了。她要我知道，我們會——

我忽然開始眨眼，用手摀住眼睛，每件東西都發出刺眼的光，因為燈亮起來了。

濒死

這兒好溫暖。媽已經起床了。桌上有一盒新的早餐穀片，還有四根香蕉，好棒。老尼克昨晚一定來過了。我跳下床。還有通心粉，還有熱狗、橘子和——

媽一樣東西也不吃，她站在五斗櫃前面盯著植物看。掉了三片葉子。媽碰一下植物的莖，然後——

「不！」

「她已經死了。」

「妳把她折斷了。」

媽搖搖頭。「活生生的東西會彎曲，傑克。我想是寒冷，植物從裡面開始凍僵了。」

我試著把她的莖接回去。「她需要膠帶。」我想起我們的膠帶都用光了，媽把最後一截膠帶貼在太空船上，蠢媽。我跑過去，拖出床底下的箱子，找出太空船，把一段一段的膠帶撕下來。

媽只站在旁邊看。

我把膠帶壓在植物上，但它不斷掉下來，她碎成好幾片。

「真的很抱歉。」

「讓她活過來。」我對媽說。

「如果辦得到我一定做。」

她等我停止哭泣，替我擦乾眼睛。現在太熱了，我把多餘的衣服脫下來。

媽說：「我想最好把她放進垃圾桶。」

「不要。」我說：「丟進馬桶。」

「可能會堵塞管子。」

「我們可以把她撕成小碎片……」

我親吻幾片植物的葉子，放水把它們沖掉，然後再拿幾片，一樣沖掉，最後是碎成許多片的莖。我輕聲說：「再見，植物。」也許到了大海，她的碎片會拼湊回去，重新生長，進入天堂。

海是真的，我剛剛才想起來。外面的一切都是真的，每一件東西，因為我看見藍天裡有飛機飛在白雲的旁邊。媽和我出不去，因為我們不知道密碼，儘管如此，它仍然是真的。

從前我甚至不知道，門打不開是一件令人生氣的事，我的腦袋太小，裝不下外面。小時候我的思想就像個小孩，但現在我已經五歲，什麼都知道了。

我們吃完早餐立刻洗澡，水熱騰騰地冒著蒸汽，棒透了。我們裝了滿滿一浴缸的水，差點造成水災。媽躺著放鬆，幾乎睡著，我弄醒她，替她洗頭髮，然後她幫我洗。我們還洗了衣服，床單上沾了長頭髮，必須先揀出來，我們比賽看誰揀得多，揀得快。

卡通播完了，現在播小孩幫逃家小兔畫彩蛋。我仔細看著每個不同的小孩，在腦子裡說：**你是真的。**

「復活節小兔，不是逃家小兔。」媽說：「我和保羅——我們小時候，復活節小兔會在晚上送巧克力蛋來，把它們藏在後院的各個地方，樹叢下、樹洞裡，甚至藏在吊床上。」

我問：「他會拿走妳的牙齒嗎？」

「不，完全是免費的。」她的表情又黯淡下來。

我想復活節小兔一定不知道房間在哪裡，而且我們這裡沒有樹叢也沒有樹，那都在門的另一邊。

今天過得算是相當快樂，因為有暖氣和食物，但媽不快樂。也許她想念植物。

體育課我選遠足，我們牽著手在田徑跑道上走，描述我們沿路看到的東西。「看啊，媽，瀑布！」

過了一會兒，我又說：「看啊，非洲大羚羊！」

「哇。」

「輪到妳了。」

媽說：「哦，看啊，一隻小蝸牛！」

我彎腰把牠看個清楚。「看啊，一台巨型挖土機把摩天大樓推倒了！」

她說：「看啊，一隻火鶴飛過去了！」

「看啊，一隻殭屍流口水。」

「傑克！」這句話逗她笑了半秒鐘。

然後我們加快腳步，一邊唱著〈這是你的土地〉。

接著我們把地毯鋪回地上，她是我們的飛毯，我們飛越北極。

媽選擇扮屍體，我們必須動也不動地躺著，後來我忘了，伸手去抓鼻子，所以她贏了。

再來我選跳蹦床，但她說她不想再上體育課了。

「妳就負責播報，我來跳就好。」

「不了，抱歉，我要回床上躺一下。」

她今天真不好玩。

我用很慢的速度從床底下把蛋蛋蛇拖出來，我好像聽見他用針舌發出嘶嘶的聲音，嘶—你好—嘶，我撫摸他，尤其是那些裂開或有凹洞的蛋。有顆蛋被我壓碎了。我用一小撮麵粉做了糨糊，把碎片貼在橫格紙上，做成一座崎嶇起落的山。我想拿給媽看，但她閉著眼睛。

我到衣櫃裡去，裝作是一個礦工。我在枕頭底下找到一塊金子，事實上是顆牙齒。他沒有生命，他不會彎曲，他壞了，但我們不會把他放進馬桶沖掉。他跟媽是一個模子，他是媽嗑出來的。

我把頭探出來，媽睜著眼睛。我問她：「妳在做什麼？」

「想事情。」

我沒法子一邊想事情一邊做有趣的事。她能嗎？

她起來做午餐，是一盒橘紅色的乳酪通心粉，美味無比。

飯後，我假裝是翅膀融化的伊卡魯斯⓫。媽洗碗洗得好慢。我等她洗完來跟我一起玩，但她不想玩，就只坐在搖搖椅上搖個不停。

「妳在做什麼？」

「還在想事情。」過了一會兒，她問：「那個枕頭套裡裝的是什麼？」

「這是我的逃生背包。」我綁起枕頭套的兩個角，套在脖子上。「得救的時候，我要帶這些東西到外面去。」裡面有牙齒、吉普車、遙控器、我和媽各一套內衣，還有襪子、剪刀和四顆預防肚子餓的蘋果。「外面有水嗎？」我問她。

媽點點頭：「河流、湖……」

「不，我是說可以喝的水，有水龍頭嗎？」

「很多水龍頭。」

我很慶幸不用帶水壺，因為背包已經很重了，我得用手拉著它，否則它卡住脖子，我就不能講話了。

媽還在搖啊搖啊搖。她說：「我曾經夢想得救。我寫了字條，藏在垃圾袋裡，但沒有被人發現。」

「妳應該放進馬桶沖掉。」

「我們尖叫也沒有人聽見。昨晚我花了半個晚上開燈關燈打閃光，我終於想到，沒有人

⓫註：希臘神話中，伊卡魯斯（Icarus）是戴達羅斯之子，父子二人被克里特島國王邁諾斯囚禁，手藝卓越的戴達羅斯用蠟和鳥羽做成翅膀，繫在身上，帶兒子從空中逃走。逃亡途中，伊卡魯斯不慎飛得太高，太陽熱力把蠟融化，羽毛落盡，翅膀失去了作用，最後墜海溺死。

在看。」

「但是——」

「沒有人會來救我們。」

我不說話。最後我說：「妳也不是每件事都知道。」

她露出我所見過最奇怪的表情。

我寧願她昏睡一整天，也不要這樣，這麼不像原來的媽。

我把所有的書從架子上拿下來，一本一本讀，《機場立體書》、《兒歌大全集》和我最喜歡的《挖土機狄倫》，還有《逃家小兔》，最後這本我讀到一半就停了，把它留給媽，我讀了一點《愛麗絲》，跳過那個讓人害怕的公爵夫人。

媽終於停止搖晃。

「可以喝一點嗎？」

她說：「當然。過來。」

我坐在她腿上，掀起她的T恤，我喝了好多，喝了好久。

「好了嗎？」她在我耳邊問。

「嗯。」

「聽我說，傑克。你有在聽嗎？」

「我一直都在聽。」

「我們一定要離開這裡。」

我瞪著她。

「而且我們要靠自己的力量做到這件事。」

但她說我們就像書裡的人，書裡的人怎麼從書裡逃走呢？

「我們得想一個計畫。」她聲音很高。

「像是什麼？」

「我不知道，不是嗎？我已經想了七年。」

「我們可以把牆推倒。」但我們沒有吉普車，更別說挖土機了。「我們可以……把門炸開。」

「用什麼？」

「《湯姆貓和傑利鼠》裡那隻貓就做過——」

媽說：「你的腦力激盪很精彩，但我們需要一個真正行得通的點子。」

我說：「一場真正的大爆炸。」

「如果真的很大，就會連我們一起炸掉。」

我倒沒想到這一點。我重新腦力激盪。「有了，媽！我們可以……哪天晚上老尼克來的時候，妳可以說：『看我們做了一個好好吃的蛋糕，請吃一大塊我們美味的復活節蛋糕。』但是蛋糕裡有毒藥。」

她搖搖頭：「我們害他生病，他也不會給我們密碼。」

我想得好用力，頭開始痛了。

「還有別的點子嗎？」

「每一個妳都說不行。」

「對不起，對不起。我只是想實際一點。」

「什麼樣的點子才算是實際呢？」

「我不知道，我不知道。」媽舔舔嘴唇：「我總想著門打開的那一剎那，如果我們時間算得恰恰好，可不可能在那一瞬間從他身旁跑出去？」

「哦，好耶，這點子好酷。」

「只要你能跑出去，我可以攻擊他眼睛——」媽搖搖頭：「不可能。」

「可能。」

「他會抓住你的，傑克。你還沒跑過半個院子，他就會把你抓住，而且——」她停止說話。

過了一會兒，我說：「還有別的點子嗎？」

「就是同樣的東西翻來覆去，像滾輪老鼠一樣。」媽咬緊牙齒說。

什麼是滾輪老鼠？是不是像遊樂場裡的摩天輪？

我對她說：「我們該使個巧妙的計策。」

「像是什麼？」

「像是，也許就像妳做學生的時候，他用他的狗把妳騙上卡車，但那不是真正的狗。」

媽吁了一口氣。「我知道你很想幫忙，但你能不能安靜一會兒，讓我好好思考？」

但我們在思考啊，我們一塊兒努力思考。我起身去吃了一根有一大塊褐斑的香蕉，變成褐色的部分最甜。

「傑克！」媽瞪大眼睛，說得非常快：「你剛說到那隻狗——事實上那是個絕頂聰明的點子。要是我們假裝你生病怎麼樣？」

我有點困惑，然後我懂了。「就像那隻不存在的狗？」

「完全正確。他進來的時候——我就跟他說你病得很嚴重。」

「什麼樣的病？」

「也許是非常、非常嚴重的感冒。」媽說：「咳幾聲嗽看看。」

我咳了又咳，她聽著。「唔。」她說。

我覺得我做得不是很好。我咳得更大聲一點，感覺就像我的喉嚨快要裂開了。

媽搖搖頭：「算了。」

「我還可以咳得更大聲——」

「你咳得很好，但聽起來還是像假裝的。」

我發出一陣好大聲、好恐怖的咳嗽。

「我不知道。」媽說：「也許裝咳嗽太難了。反正——」她敲敲自己的頭：「我就是那麼笨。」

「不，妳不笨。」我揉她敲過的地方。

「必須是老尼克把病傳染給你，懂嗎？只有他會把細菌帶進來，但是他沒有感冒。有了，我們需要……食物裡有什麼？」她惡狠狠地瞪著香蕉。「大腸桿菌怎麼樣？會引起發燒嗎？」

不該問我，她該知道才對。

「真正發高燒，燒到你不能說話，也不能走路……」

「為什麼我不能說話？」

「你不說話會讓偽裝容易一點。是的，」媽眼睛發亮，說道：「我來告訴他：『你一定要開車送傑克去醫院，請醫生對症下藥。』」

「我坐那輛咖啡色卡車？」

媽點頭。「去醫院。」

我無法相信。但我隨即想起醫藥星球。「我可不想被割開。」

「哦，醫生不會真的對你做什麼，因為你沒有真的生病，記得嗎？」她拍拍我肩膀。「這只是我們大逃亡的計策。老尼克會把你抱進醫院，然後你看到第一個醫生——護士也可以——就大聲喊：『救命！』」

「妳也可以叫。」

我以為媽沒聽見我說話。然後她說：「我不會在醫院。」

「妳在哪裡？」

「留在這兒，房間裡。」

我有更好的點子。「妳也可以裝病，就像那次我們兩個一起拉肚子，那麼他就會把我們兩個一起載上他的卡車。」

媽咬緊嘴唇。「他不會相信的。我知道你一個人去感覺很奇怪，但我每分鐘都會在你腦子裡跟你說話，我保證。還記得愛麗絲掉進洞裡，一直往下跌的時候，她都在腦子裡跟她的貓黛娜說話嗎？」

媽不會真的在我腦子裡。想到這件事，我的肚子就痛了起來。「我不喜歡這個計畫。」

「傑克——」

「這是個壞點子。」

「事實上——」

「沒有妳，我就不要到外面去。」

「傑克——」

「做夢都別想做夢都別想做夢都別想。」

「好吧，冷靜下來，算了。」

「真的？」

「是啊，如果你沒有準備好，就沒有理由嘗試。」

她聽起來還是很不高興。

今天是四月，所以我可以吹一個氣球。還剩三個，紅色、黃色和另一個黃色。我選了黃色，這樣下個月就還有紅色和黃色各一個。我把它吹起來，然後放氣，讓它繞著房間飛，飛很多遍，我喜歡那種劈劈啪啪的噪音。很難決定什麼時候把氣球綁起來，因為這麼一來，氣球就不會到處亂飛，只會慢慢飛了。但我必須把氣球綁起來，才能玩網球氣球。所以我讓它啪啪亂飛一陣，又把它吹起來三次，才替它打結，卻不小心把自己的手指綁進去了。終於綁好以後，媽跟我打網球氣球，七回中我贏了五回。

她說：「想喝一點奶嗎？」

「請給我左邊。」我爬上床說。

分量不多，但真是美味。

我想我打了一會兒盹，但後來媽湊在我耳邊說：「記得他們怎麼爬過黑漆漆的地道，逃出納粹集中營的嗎？每次只能一個人。」

「記得。」

「所以我們也要這麼做，等你準備好的時候。」

「地道在哪裡？」我四下張望。

「就像地道，但不是真正的地道。我的意思是，那些戰俘必須非常勇敢，才能自己一個人逃走。」

我用力搖頭。

「這是唯一有希望成功的計畫。」媽的眼睛太亮了。「你是我勇敢的傑克傑克王子。你先去醫院，懂嗎，然後你帶警察回來——」

「他們會逮捕我嗎？」

「不，不，他們會幫助你。你帶他們回到這兒來救我，然後我們又可以在一起。」

「我不會救人。」我對她說：「我只有五歲。」

媽對我說：「但是你有超能力。你是唯一能做這件事的人。你願意嗎？」

我不知道該說什麼，但她一直等，一直等。

「好吧。」

「那麼你答應了嗎？」

「我答應。」

她給我一個大得不得了的吻。

我們下了床，每人吃了一個橘子罐頭。

我們的計畫有很多小漏洞，媽一個接一個找到它們，然後說哎呀不好，但她又會想出解決的辦法。

我說：「警察不知道放妳出去的密碼。」

「他們會想出辦法的。」

「什麼辦法？」

她揉揉眼睛：「我不知道，火焰槍吧？」

「什麼是──」

「是一種會噴火的工具，可以把門燒開。」

「那我們來做一個。」我跳上跳下喊道：「我們可以的，我們拿一個有龍頭圖樣的維他命瓶子，把他放在爐子上，火力全開，讓他燒起來，然後──」

「然後把我們自己燒死。」媽的口氣很不友善。

「但是——」

「傑克，這不是遊戲。我們把計畫再複習一遍……」

所有的部分我都記得，但前後次序總是不對。

媽說：「聽著，這就像《朵拉》，她從第一個地方到第二個地方再到第三個地方。我們現在就是**卡車**、**醫院**、**警察**。說一遍。」

「**卡車**、**醫院**、**警察**。」

「事實上，也可以改成五個步驟，**生病**、**卡車**、**醫院**、**警察**、**救媽**。」她等我複述。

「**卡車**——」

「**生病**。」

我說：「**生病**。」

「**醫院**——說錯了，對不起，應該是**卡車**才對。**生病**、然後**卡車**——」

「**生病**、**卡車**、**醫院**、**救媽**。」

「你忘了**警察**。」她說：「掐著手指頭數。**生病**、**卡車**、**醫院**、**警察**、**救媽**。」

我們複習了一遍又一遍。我們在格子紙上畫了有圖畫的地圖，生病的人是我，閉著眼睛，舌頭整個兒掛在外面，然後有一輛咖啡色的小卡車，一個穿白色長袍的人代表醫生，然後有輛裝閃光蜂鳴器的警車，然後媽揮手微笑，因為她自由了，旁邊的火焰槍像惡龍般噴出一大蓬烈火。我的頭好累，但媽說我們還得練習生病，那是最重要的部分。「如果不能讓他相信，後面的計畫就都不會實現。我有個辦法，我要把你的額頭弄得非常燙，然後叫他來摸……」

「不要。」

「沒關係的，我不會燙傷你——」

她沒弄懂。「不要他碰我。」

「啊。」媽說：「只碰一次，我保證，而且我就在旁邊。」

我還是拼命搖頭。

「可以的，這樣會成功。」她說：「你來躺在暖氣出風口……」她跪下來，把手伸到床底下、靠近床牆的地方，然後皺起眉頭說：「不夠熱。也許……裝一袋熱水敷在你額頭上，就在他進來之前？你躺在床上，一聽見嗶嗶聲，我就把熱水袋藏起來。」

「藏在哪兒？」

「無所謂。」

「有所謂。」

媽看著我。「你說得對，我們必須考慮所有的細節，不讓任何事破壞我們的計畫。我把那袋水扔在床底下，可以嗎？這樣老尼克摸你額頭的時候，它就會燙得不得了。我們來試試看好嗎？」

「用熱水袋？」

「不，先上床練習全身無力，就跟我們玩屍體遊戲一樣。」

這一招我很行，我歪起嘴巴，半開半閉。她裝作老尼克，用很低沈的聲音說話。她把手放在我額頭上，粗聲粗氣說：「哇，好燙啊。」

我咯咯笑。

「傑克。」

「對不起。」我躺著動也不動。

我們又練習了好多遍，終於我受夠了，所以媽讓我休息。

晚餐吃熱狗。媽幾乎沒吃她那份。她問：「那麼計畫你都記得嗎？」

我點頭。

「說一遍。」

我吞下最後一口麵包：「**生病、卡車、醫院、警察、救媽**。」

「好棒！那麼，你準備好了嗎？」

「做什麼？」

「我們的大逃亡。今天晚上。」

我不知道是今天晚上。我沒準備好。「為什麼是今天晚上？」

「我不想再等下去。在他斷電之後——」

「但是昨天晚上他把電接回來啦。」

「是啊，隔了三天。植物都被凍死了，誰知道明天他會做出什麼事？」媽拿著盤子站起身，她幾乎在吼叫：「他外表像個人，但裡頭什麼也沒有。」

我困惑了。「像機器人？」

「更壞。」

「《小小建築師巴布》裡有次出現一個機器人——」

媽打斷我：「你知道你有顆良心，傑克？」

「咚—咚—咚。」我在胸口比畫給她看。

「不，我是說你的感覺從哪裡來，你悲傷、害怕、歡笑的時候？」

那是在比較低的位置，我想它在我的肚子裡。

「但是他沒有。」

「沒有肚子？」

「沒有良心。」媽說。

我看著我的肚子。「那他這兒是什麼？」

她聳聳肩膀：「就只有一個洞。」

像彈坑？但那是因為先發生過一些事而造成的。發生了什麼事呢？

我還是不懂，為什麼老尼克是個機器人，就必須趁今天晚上實施我們的妙計。「改天晚上好不好？」

「好。」媽無力地倒在她的椅子上。

「真的好？」

「是啊。」她揉揉自己的額頭。「對不起，傑克，我知道我在逼你。我花了很長的時間考慮這件事，但對你而言，一切都是新的。」

我拼命點頭。

「我想再等兩天，應該沒關係。只要我小心點，不要再惹他生氣。」她對我微笑。「也許再等兩天？」

「也許等我六歲。」

媽瞪著我看。

「是啊，等我六歲，我就會準備好，我會騙過他，逃到外面去。」

她趴下來，臉靠在手臂上。

我拉拉她：「不要。」

她抬起頭來時，表情很嚇人。「你說你要做我的超級英雄的。」

我不記得說過這種話。

「你不想逃走嗎？」

「想啊，不過不是真的。」

「傑克！」

我看著最後一塊熱狗，但已經不想吃它了。「我們留下來吧。」

媽搖頭。「已經太小了。」

「什麼？」

「房間。」

「房間不會太小。看。」我爬上我的椅子，張開手臂跳躍、轉圈。我沒有碰到任何東西。

「你甚至不明白它對你的傷害。」她的聲音在發抖：「你必須去看、去摸各種東西——」

「我有啊。」

「更多的東西，別的東西。你需要更大的空間。草地。我以為你會想見外公、外婆、保羅舅舅，到遊戲場去盪鞦韆，吃冰淇淋……」

「不用了，謝謝。」

「好吧，那就算了。」

媽脫下衣服，換上睡衣T恤。我也跟著做。她氣壞了，一句話也不跟我說。她綁好垃圾袋，把它放在門旁。今晚袋子上沒有購物單。

我們刷牙。她吐掉牙膏，嘴邊還有白色的痕跡。她眼睛看著鏡子裡我的眼睛。她說：「如果能夠，我願意給你更多時間。我發誓，如果我認為我們夠安全，我會讓你愛等多久就等多久。但我們不安全。」

我快速轉身朝向真正的她。我把臉藏在她肚子裡。我把一些牙膏弄在她的T恤上，但她一點也不在意。

我們躺在床上，媽讓我喝一點，左邊的，我們沒說話。

我在衣櫃裡睡不著，我小聲唱歌：「約翰・賈可柏・金格海默・施密特。」⓬我等了一會兒，又唱了一遍。

最後媽回應道：「他的名字也是我的名字。」

「我們每次出門——」

「所有人都大聲喊——」

「約翰·賈可柏·金格海默·施密特來了——」

通常她會跟我一起唱最後的「啦啦啦啦啦」，那是最好玩的部分，但這次她沒有。

♥

媽把我叫醒，但夜還很黑。她探頭到衣櫃裡，我坐起來時撞痛了肩膀。她小聲說：「過來看。」

我們站在桌子旁邊，仰頭望去，上帝的銀臉又圓又大，照亮了整個房間，水龍頭、鏡子、鍋子、門，甚至媽的臉頰。她小聲說：「你知道，有時月亮是半圓形，有時像眉毛，還有時只剩一個小弧形，像剪下的指甲。」

⓬註：這是一首有戲劇張力的唱遊曲，可以不斷反覆。這首歌開始時小聲唱，逐漸放大聲，緊接著「所有人都大聲喊」之後，要用最大音量吶喊。「啦啦啦啦啦」過場後，再從頭開始。

「不知。」只在電視上看過。

她指著天窗。「你只看過剛好在天頂的滿月。但等我們離開這裡，就可以看到它低低掛在天邊，它的各種形狀。甚至白天也看得到。」

「做夢都別想。」

「我告訴你的都是事實。你會好喜歡外面的世界。等你看到太陽西下，滿天粉紅色、紫色……」

我打呵欠。

「對不起。」她說，又重新小聲說話：「來床上睡吧。」

我伸過頭去看垃圾袋還在不在，不在了。「老尼克來過了嗎？」

「是啊。我告訴他你有點抽筋，還拉肚子。」媽的聲音裡有濃濃的笑意。

「妳為什麼──」

「這樣他會慢慢中我們的計，明天晚上就可以進行下一步了。」

我把手從她手中抽出來。「妳不應該跟他說那種話。」

「傑克──」

「壞點子。」

「那是個好計畫。」

「是笨到不能再笨的計畫。」

媽用響亮的聲音說：「這是我們唯一的計畫。」

「但我說過不要了。」

「是啊，但之前你說也許，再之前你還說好。」

「妳作弊。」

「我是你母親。」媽幾乎在咆哮：「所以有時候我可以替我們兩個做決定。」

我們睡到床上。我蜷起身體，背對著她。

我真希望週日禮能拿到那種特製的拳擊手套，我就可以打她。

♥

我醒來時好害怕，而且一直都好害怕。

大便以後，媽不讓沖掉，她用木湯匙的把柄把它攪碎，看起來像大便湯，臭死了。

我們什麼遊戲也不玩，只練習我全身無力，一個字也不說。搞得我好像真的生病了。媽說那是暗示的力量。「你很會假裝，甚至騙過了你自己。」

我又一次收拾背包，那事實上是個枕頭套，我把遙控器和黃氣球放進去，但媽說：「如果你把所有的東西都帶著，老尼克就會猜到你要逃走。」

「我可以把遙控器放在褲子口袋裡。」

媽搖頭。「你只能穿睡衣T恤和內褲，如果你真的燒得渾身發燙，就只會穿那麼多衣服。」

我想到老尼克把我抱進卡車的情景，就覺得頭昏，好像快要跌倒了。

媽說：「你這種感覺叫做害怕，但你的行為其實很勇敢。」

「啊？」

「怕又敢。」

「怕敢。」

文字三明治總是逗她發笑，但我根本沒有逗她的意思。

午餐吃牛肉湯，我只把餅乾含在嘴裡吮。

媽問：「你現在擔心的是哪個部分？」

「醫院。要是我話說不對該怎麼辦？」

「你只需要告訴他們，你母親被關起來，就是送你進去的這個男人幹的。」

「但這些話——」

「怎麼樣？」她等著。

「要是我說不出來怎麼辦？」

媽用手指抵著嘴唇。「我總是忘記，你除了我以外，沒有跟任何人說話的經驗。」

我等著。

媽長長吁了一口氣，發出嘶嘶的怪聲。「這樣好了，我有個辦法。我來寫一張紙條，你把它藏起來，紙條會把一切都解釋清楚。」

「好─喔。」

「你就把它交給第一個人──病人不可以，我指的是第一個穿制服的人。」

「那個人拿到它會怎麼做？」

「當然是讀呀。」

「電視上的人會讀？」

她盯著我看：「他們都是真的人，記住，跟你和我一樣。」

我還是不相信，但我沒說。

媽把字條寫在一小片有格子的紙上。字條講了我們和房間的故事，還說**請盡快給予協助**，接近開頭的地方，有兩個我從來沒看過的字，媽說那是她的名字，就像電視上的人都有名字一樣，外面的人都這麼稱呼她，只有我才叫她媽。

我的肚子又痛了，我不喜歡她有別個我從來都不知道的名字。「我也有別的名字嗎？」

「沒有，你一直都是傑克。啊，對了──你會姓我的姓。」她指著第二個字。

「為什麼？」

「嗯，代表你跟世界上其他的傑克不一樣。」

「什麼其他的傑克。童話故事裡的那些嗎？」

「不，真正的男孩。」媽說：「外面有幾千幾百萬人，沒有足夠的名字分配給每一個人，所以只好共用。」

我不要跟別人共用我的名字。我的肚子痛得更厲害了。我沒有口袋，所以我把字條塞在內褲裡，有點癢癢的。

光線逐漸漏出去了。我但願白天停留得久一點，晚上不要來。

現在是八點四十一分，我躺在床上練習。媽在一個塑膠袋裡裝了非常熱的水，把它緊緊綁住，一滴水都不漏。她把它裝進另一個袋子，也一樣綁起來。「哎唷。」我試著逃開。

「碰到你眼睛了嗎？」她把它放回我臉上。「一定要非常熱，否則沒有用。」

「但是會痛耶。」

她自己試一試。「再一分鐘。」

我雙手握拳，擋在中間。

「你要跟傑克傑克王子一樣勇敢。」媽說：「否則我們的計畫不會成功。還是要我跟老尼克說，你的病已經好了？」

「不要。」

「我打賭在必要的時候，巨人剋星傑克會把熱水袋放在自己臉上的。來吧，再忍耐一下下。」

「我自己來。」我把熱水袋放在枕頭上，皺起臉孔，把它摀在熱水上。有幾次我抬起頭，休息一會兒，媽會摸摸我額頭或臉頰說：「煮開了。」然後又要我把臉放回去。我哭了一會兒，不是因為燙，而是因為老尼克要來，不知他今晚會不會來，我希望他不要來，我覺得我真的快要生病了。我豎起耳朵等候嗶嗶聲，但願他不要來，我一點也不怕敢，我只有一般的害怕。

我跑到馬桶上，解了更多大便，媽又把它攪散。我想沖掉，但她說不可以。房間必須臭烘烘的，像是我拉了一整天肚子。

我回到床上，她親吻我後頸說：「你做得很好，流眼淚非常有幫助。」

「為什——」

「因為它讓你看起來病得更嚴重。我們來處理一下你的頭髮……我該早點兒想到的。」她倒一點洗碗精在手上，用力搓在我額頭上。「這樣顯得油膩膩的，很好。啊，聞起來太香了，你得臭一點。」她再次跑過去看錶。「我們快沒有時間了。」她緊張地說：「我好白癡，你身上得發臭，真的——等一下。」

她俯身到床上，發出一陣奇怪的咳嗽，又把手指伸進嘴裡。她不斷發出那種奇怪的聲音。接著有東西從她嘴裡掉出來，像痰，但更濃稠。我看見裡面有我們晚餐吃的炸魚塊。她把那東西揉在枕頭上和我的頭髮上。「不要。」我尖叫，還扭動身體逃開。

「對不起，必須這麼做。」媽的眼睛好奇怪，亮晶晶的。她把吐出來的東西抹在我的T恤上，甚至我嘴上。聞起來噁心極了，一股刺鼻的毒氣。「繼續把臉貼在熱水袋上。」

「但是——」

「照著做，傑克，快一點。」

「我要停止。」

「這不是玩遊戲，不能停。照我說的做。」

我開始哭，因為那臭味，還有臉貼在熱水袋上好像要融化了。「妳好壞。」

媽說：「我有很好的理由。」

嗶嗶。嗶嗶。

媽一把搶走熱水袋，我的臉皮好像被撕了下來。「噓。」她幫我閉上眼睛，把我的臉壓在那個可怕的枕頭裡，然後把被子拉上來，蓋住我的背。

冷空氣跟著他一起進來。媽立刻喊道：「你終於來了！」

「聲音小一點。」老尼克低聲說，像在咆哮。

「我只是——」

「噓。」又一次嗶嗶，然後轟隆一聲。他說：「妳知道規矩。門關上前，妳一聲也不准出。」

「對不起。對不起。只是，傑克的情況很糟。」媽的聲音發抖，一開始連我都幾乎相信她，她比我會假裝得多了。

「這裡臭死了。」

「那是因為他上吐下瀉。」

「過一天就好了。」老尼克說。

「已經超過三十個小時了。他渾身發燙，還一直喊冷——」

「給他吃顆頭痛藥。」

「你以為我這一整天都在做什麼？他把藥都吐出來了，他連水都喝不下去。」

老尼克重重哼了一聲。「我們來看看他。」

媽說：「不要。」

「別鬧了，讓開——」

「不要，我說不要——」

我把臉埋在枕頭裡，枕頭黏搭搭的。我緊閉著眼睛，老尼克站在那兒，就在床旁邊，他看得見我。我覺得他的手摸到我的臉，我發出一點聲音，因為我好害怕。媽說他會摸我的額頭，但結果不是，他摸的是我的臉，他的手跟媽的手不一樣，又冷又重。

然後他的手離開了。「我到二十四小時藥局去替他買點比較強的藥。」

「比較強的藥？他才剛滿五歲，人已經完全脫水了，還有天曉得什麼引起的高燒。」媽在尖叫，她不該尖叫，老尼克會生氣的。

「安靜一分鐘，讓我思考一下。」

「他必須立刻進急診，這是唯一的辦法，你知道的。」

老尼克發出一種聲音，我不知道那代表什麼意思。

媽的聲音像在哭。「如果你不馬上給他看病，他會，他可能會——」

「妳歇斯底里夠了。」他說

「求求你，我求你。」

「門都沒有。」

我差點跟著說**做夢都別想**，但只在心裡想，沒說出口。我什麼也沒說，只好好地扮演昏迷不醒，全身無力。

「就跟他們說，他是非法移民，沒有證件。」媽說：「他這種狀況也說不出話來，等他們給他打完點滴，你就馬上載他回來……」她的聲音跟著他移動：「求求你，要我做什麼都可以。」

「我跟妳沒什麼好談的。」聽聲音好像他站在門口。

「不要走，求求你，求求你……」

什麼東西掉在地上。我好害怕，從頭到尾都沒有睜開眼睛。

媽在哀哀哭。嗶嗶。轟隆，門關上，又只剩我們了。

好安靜。我數自己的牙齒，數了七遍，每次都是二十顆，只有一次數成十九顆，但我重新再數，直到又是二十顆為止。我往兩旁偷看。最後我抬起頭，離開發臭的枕頭。

媽坐在地毯上，臉頰貼著門旁的牆。她眼神沒在看任何東西。我小聲喊；「媽？」

她做了件奇怪得不得了的事，她好像在笑。

「我的假裝搞砸了嗎？」

「哦，沒有。你是大明星。」

「但他沒有帶我去醫院。」

「沒關係。」媽站起身，到水槽那兒打濕一塊布，走過來替我擦臉。

「但是妳說的，」所有那些燙我的臉、嘔吐、讓他碰我等等：「生病、卡車、醫院、警察、救媽。」

媽點點頭，她掀起我的T恤，擦拭我的胸口。「那是A計畫，值得一試。但是不出我預料，他怕得要死。」

她搞錯了。「他會怕？」

「萬一你告訴醫生房間的事，警察就會把他關起來。我本來希望他相信你有生命危險之後，會冒這種險——但實際上我根本不認為他會這麼做。」

我終於懂了。「妳騙我。」我怒吼道：「我沒機會坐卡車。」

「傑克。」她說，她緊緊抱著我，她的骨頭弄痛了我的臉。

我掙脫她。「妳說不會再撒謊了，但妳現在就在撒謊，妳撒了一個又一個的謊。」

媽說：「我盡力了。」

我咬緊嘴唇。

「聽著，你可以聽我說一分鐘嗎？」

「我聽夠了。」

她點頭。「我知道。但還是聽著。接下來要進行B計畫，A計畫其實是B計畫的前半部。」

「妳沒告訴過我。」

「情況很複雜。我也是東想西想好幾天，到現在才想清楚。」

「是哦，哼，我有幾百萬個大腦可以東想西想。」

媽說：「你確實有。」

「比妳還會想。」

「這是真的，但我不要你同時在腦子裡裝兩個計畫，你可能會搞糊塗。」

「我已經糊塗了。我百分之百糊塗了。」

她親吻我黏搭搭的頭髮。「讓我告訴你B計畫是怎麼回事。」

「我才不要聽妳又臭又蠢的計畫。」

「好吧。」

我沒穿T恤，全身在發抖。我在五斗櫃裡找到一件乾淨的，藍色的。

我們躺上床，那股味道真難聞。媽示範給我看，只用嘴巴呼吸，因為嘴巴聞不到味道。

「我們可不可以睡床的另一頭？」

媽說：「好主意！」

她刻意巴結我，但我不打算原諒她。

我們把腳抵著臭烘烘的牆壁，睡在床尾。

我覺得我再也不可能關掉了。

♥

已經八點二十一分了，我睡了好久，現在正在喝奶奶，左邊奶香味好濃。我猜老尼克沒再回來。

我問：「今天是星期六？」

「是的。」

「酷，我們洗頭髮。」

媽搖頭：「你不可以有乾淨的味道。」

那一分鐘我忘記了一切。「要怎麼做？」

「什麼？」

「B計畫。」

「你準備好要聽了嗎？」

我不說話。

「好吧，是這樣的。」媽清清喉嚨。「我想了一遍又一遍，把所有可能的發展都考慮到了，我覺得它很可能會成功。我不知道，連我也無法確定，聽起來很瘋狂，甚至危險得無法想像，但是——」

我說：「告訴我就是了。」

「好，好，好。」她大聲吸了口氣。「你記得基度山伯爵嗎？」

「他被關在一座小島上的地牢裡。」

「對了。記得他怎麼逃出來的嗎？他偽裝成他死去的朋友，躲在屍袋裡，獄卒把他拋進海裡，但伯爵沒有淹死，他掙脫袋子，游泳逃走了。」

「講給我聽，後來怎麼樣了？」

媽揮揮手。「這不重要。重要的是，傑克，你也要做同樣的事。」

「讓人把我抛進海裡？」

「不，你要用基度山伯爵的方式逃走。」

我又糊塗了。「我沒有死去的朋友啊。」

「我的意思是說，你要裝成死人。」

我瞪著她。

「事實上，這很像我高中看過的一齣戲。有個叫茱麗葉的女孩，為了跟她男朋友一起逃跑，喝一種藥裝死，隔了幾天，她清醒過來，就成功了。」

「不對，這是耶穌寶寶的故事。」

「啊，不盡然。」媽搓搓額頭：「他是真的死了三天，然後又復活。你不是真死，而是假裝，像那齣戲裡的女孩一樣。」

「我不會假裝女孩。」

「不是那樣，你要假裝你死了。」媽的聲音又開始不高興了。

「我們沒有屍袋。」

「啊哈，我們可以利用地毯。」

我低頭看地毯，看她紅、黑、褐三色的鋸齒圖案。

「老尼克回來的時候——今晚、明晚，或隨便哪一天——我會告訴他你已經死了，我會讓他看捲起來的地毯，你在裡頭。」

這是我所聽過最瘋狂的事。「為什麼？」

「因為你的身體水分不足，而且我猜發燒使你的心臟停止跳動。」

「不是啦，為什麼要捲在地毯裡？」

「啊。」媽說：「聰明的問題。那是你的偽裝，讓他猜不到你事實上還活著。瞧，昨晚你裝病裝得好極了，但裝死人的難度更高。如果被他發現你還在呼吸，即使只有一次，他也會知道這是詭計。此外，死人身體都很冷。」

「我們可以敷冰水袋……」

她搖頭。「那得全身冰冷才行，不僅是臉而已。對了，死人身體會僵硬，你必須像機器人一樣躺著。」

「不是全身軟綿綿的？」

「軟綿綿的相反。」

但那個老尼克才是機器人，我有一顆心。

「所以我想，唯一的辦法就是把你裹在地毯裡，這樣他才不至於猜到你還活著。然後我會跟他說，他必須把你帶到某個地方埋葬，懂了嗎？」

我的嘴唇開始打顫。「為什麼他必須埋葬我？」

「因為屍體很快就會發臭。」

今天房間已經很臭了，因為馬桶沒有沖，再加上有嘔吐物的枕頭等等。「蟲子爬進去，蟲子爬出來……」

「完全正確。」

「我不想被埋葬，變得黏搭搭的，滿身爬著蛆。」

媽撫摸我的頭。「這只是我們的計策，記得嗎？」

「就像玩遊戲。」

「但你不能笑，這是很嚴肅的遊戲。」

我點頭。我覺得快哭出來了。

媽說：「相信我，如果有別條路，再怎麼鋌而走險……」

我不知道什麼叫做鋌而走險。

「好了。」媽下了床。「我來告訴你會發生哪些事，這樣你就不會害怕了。老尼克會敲密碼，把門打開，然後他會抱著捲在地毯裡的你走出房間。」

「妳也會在地毯裡嗎？」我知道答案，但仍然懷著萬一的希望。

「我會在這裡，等待。」媽說。「他會把你抱到他的卡車上，他會把你放在後面，開放式的車廂——」

「我也要在這裡等待。」

她用一根手指壓住我的嘴唇，讓我不要再說話。「然後你的機會就來了。」

「什麼？」

「卡車呀！只要它一在停車號誌前停下來，你就趕緊鑽出地毯，跳到街上逃跑，然後帶警察回來救我。」

我瞪著她看。

「所以這次的計畫變成**死掉、卡車、逃跑、警察、救媽**。說一遍。」

「**死掉、卡車、逃跑、警察、救媽**。」

我們吃了早餐，每人一百二十五顆穀片，因為我們需要額外的精力。我不餓，但媽說我該把它們吃光。

然後我們穿好衣服，練習裝死的部分。這是我們上過最奇怪的體育課。我躺在地毯邊緣，媽用她包住我身體，然後叫我翻身臉朝上，背朝上，然後再一次臉朝上、背朝上，直到我整個人被緊緊包住。地毯裡有股怪味道，灰塵和其他的東西。跟只是躺在她上面的感覺不一樣。

媽把我抱起來，我被壓得不能動。她說我像一個笨重的長形包裹，但老尼克可以輕鬆拿起我，因為他有更多肌肉。「他會把你帶到後院，說不定放在他的車庫裡，就像這樣——」我覺得我們在房間裡繞來繞去。我的脖子被壓得很不舒服，但我完全沒有動。「也可能扛在他肩膀上，像這樣——」她悶哼一聲，把我扛起來，我被拗成兩半。

「路很長嗎？」

「你指什麼？」

我的聲音悶在地毯裡。

「慢著。」媽說：「我剛想到，他可能把你放下來幾次，為了開門。」她把我放下，我的頭先著地。

「哎唷。」

「但是你不能發出聲音，懂嗎？」

「對不起。」地毯壓在我臉上，弄得我鼻子發癢，但我抓不到。

「他會把你放在他卡車的後廂，像這樣。」

她咚一聲把我抛下，我咬緊嘴唇，不讓自己叫出聲。

「不要動，保持僵硬，僵硬，像一個機器人。不論發生什麼事，好嗎？」

「好。」

「因為你如果變得柔軟，或發出任何聲音，傑克，如果你犯了任何一個錯誤，他都會知道，你事實上還活著，他會生氣，他會——」

「什麼？」我等著聽。「媽，他會怎麼樣？」

「別擔心。他一定會相信你已經死了。」

她怎麼會這麼有把握？

「然後他會到卡車前座去開車。」

「開去哪裡？」

「哦，大概去郊外吧。某個他挖洞不會被人看見的地方，像樹林之類的。但重點是，只要引擎一發動——它聲音很大，嗡嗡嗡，搖搖晃晃，就像這樣」——她隔著地毯對我咂舌頭，通常這種動作都會逗得我哈哈大笑，但這次我沒有——「那就是你該設法從地毯裡鑽出來的信號。可以嗎？」

我努力扭動身體，卻動彈不了，包得太緊了。「我被卡住了。我被卡住了，媽。」

她立刻把我放開。我吸進一大堆空氣。

「還好嗎？」

「還好。」

她對我微笑，但那是一種很奇怪的笑，好像她在假裝。然後她重新把我捲起來，但捲得稍微鬆一點兒。

「還是很緊耶。」

「對不起，我沒想到地毯這麼硬。等一下——」媽重新把我打開。「這樣好了，試著把手臂彎起來，手肘突出一點，把空間撐大一點。」

這次我彎著手臂讓她捲起來，我可以把手臂伸到頭上，我把手指從地毯一端伸出去擺動。

「好極了。現在試著鑽出來，把它當作一條隧道。」

「太緊了。」我真不知道伯爵怎麼能在快要淹死的時候鑽出來。「放我出去。」

「再撐一下。」

「馬上放我出去！」

媽說：「如果你一直這麼驚慌，我們的計畫就不會成功了。」

我又哭起來了，臉上的地毯也濕濕的。「我要出去！」

地毯打開，我又開始呼吸。

媽用手撫摸我的臉，但我把它推開。

「傑克——」

「不要。」

「聽我說。」

「笨蛋B計畫！」

「我知道這很可怕。你以為我不知道嗎？但我們必須試試看。」

「沒有必須。等我六歲。」

「有一種情況叫做強制執行。」

「什麼？」我瞪著媽。

「很難解釋。」她歎口氣。「老尼克不是真正擁有他的房子，它屬於銀行。如果他失業，而且手頭沒有錢付給銀行，他們——銀行就會生氣，可能會設法拿走他的房子。」

我很想知道銀行怎麼做這件事。也許開一台大挖土機來？我問：「那時候老尼克會在房子裡嗎？就像《綠野仙蹤》的龍捲風把桃樂絲吹走時，她也在房子裡一樣？」

「好好聽我說。」媽用力捏著我的手臂，幾乎捏痛我了。「我要告訴你的是，他絕對不會讓任何人進入他的房子或後院，因為這麼一來，他們就會發現房間了，不是嗎？」

「然後救我們出去！」

「不，他無論如何都不會讓這種事發生的。」

「那他會怎麼做？」

媽把嘴唇吮進嘴裡，看起來好像沒有嘴唇。「重點是，我們必須在那種事發生之前逃走。你得馬上回到地毯裡，繼續做練習，直到你學會鑽出來的竅門為止。」

「不要。」

「傑克，求求你——」

「我怕死了。」我喊道：「我再也不要練習了，而且我恨妳。」

媽的呼吸變得很奇怪，她坐在地板上。「不要緊。」

我恨她怎麼會不要緊？

她手撫著肚子。「是我把你帶進這個房間的，我沒打算這麼做，但事情發生了，我也從來沒有後悔過。」

我望著她，她也回看我。

「我把你帶到這兒，今晚我要把你弄出去。」

「好吧。」

我說得很小聲，但她聽見了。她點點頭。

「而妳，要靠火焰槍。一次出去一個，但兩個都要出去。」

媽還在點頭。「我只在乎你。只有你。」

我搖頭搖得團團轉，不可以只有我。

我們四眼對望，沒有一點笑容。

「準備好回地毯裡了嗎？」

我點頭。我躺下。媽把我捲得特別緊。「我不行——」

「你當然行。」我覺得她隔著地毯拍拍我。

「不行。我不行。」

「你幫我數到一百好嗎？」

我數了，這很容易，我數得很快。

「你聽起來已經很鎮定了。我們趕緊來想個辦法。」媽說：「唔。我想——要是鑽不出來，你可以，呃……把自己打開嗎？」

「但我在裡面耶。」

「我知道。但你可以用手摸到上面的邊緣，你會找到地毯的一角。我們來試試看。」

我摸來摸去，終於摸到一個尖角。

「就是它。」媽說：「好極了，現在拉它。不是那個方向，換一個方向，你會發現它鬆動了。就像剝香蕉皮。」

只鬆動了一點點。

「你剛好躺在邊緣上，壓住它了。」

「對不起。」眼淚又回來了。

「不需要對不起，你做得好極了。你試著滾動一下，看看會怎麼樣？」

「哪個方向？」

「只要能讓它變鬆，哪個方向都可以。也許先趴著，重新找到地毯的邊緣，再拉一下。」

「我不行。」

我做到了，我把半隻手臂伸了出來。

「真是棒透了。」媽說：「你把它上半截都弄得鬆鬆的了。這麼著，坐起來好不好，你想你坐得起來嗎？」

會痛，完全不可能。

我非但坐了起來，還把兩隻手臂都伸了出來，本來裹著我的臉的地毯也都鬆開來了。我把她整個兒剝下來。我喊道：「我辦到了。我是香蕉。」

「你是香蕉。」媽說。她親吻我濕答答的臉。「現在我們再來一次。」

我累得非停止不可的時候，媽就講給我聽，到了外面會發生什麼事。「老尼克會沿著街道往前開。你在後面，卡車的後廂是敞開的，他看不見你。懂嗎？抓緊卡車邊緣，小心別掉下去，車子的速度會很快，就像這樣。」她拉著我左右搖晃。「然後當他踩煞車，車速減慢的時候，你會有種感覺——好像要往相反的方向倒下去。這就代表前面有暫停號誌，所有駕駛到那種地方，都必須停下來一秒鐘。」

「包括他。」

「哦，是啊。你一覺得卡車幾乎不動了，就可以安全地從旁邊跳下來。」

跳進外太空。我沒說出口，我知道這麼說不對。

「你會跳到人行道上，它很硬，就像——」她四下張望：「就像陶瓷，但比較粗糙。然後你就要像薑餅人傑克一樣，拼命跑啊跑、跑啊跑。」

「狐狸把薑餅人傑克吃掉了。」

「好吧，例子舉得不好。」媽說：「但這一次變成我們詭計多端。『傑克真靈活，傑克動作快——』」

「傑克跳過蠟燭台。」

「你要沿著街道跑，遠離卡車，跑得超級快，就像——記得我們一起看過的卡通《嗶嗶鳥》？」

「還有《湯姆貓和傑利鼠》，他們也常追來追去。」

媽不斷點頭。「唯一重要的是，不要讓老尼克抓到你。還有，盡量不要離開人行道，它比路面高一點兒，車子就撞不到你。還有，你要邊跑邊叫，這樣就會有人來幫助你。」

「誰？」

「我不知道。任何人。」

「任何人是誰？」

「就跑到你看見的第一個人面前。或者——時間已經很晚，也許沒有人在外面。」她啃著自己的大拇指，咬指甲，我沒叫她停止。「如果你沒看見任何人，就只能向汽車揮手，讓它停下來，然後告訴車上的人，你和你媽被綁架了。或者如果沒有車——哎呀，天哪——我想你得找一棟房子——任何開著燈的房子——握起拳頭，使出全身的力氣敲門。但只能找那些有燈亮著的房子，不能找空房子。而且一定要敲前門，你知道什麼是前門嗎？」

「就是在前面的門。」

「現在來試試看好嗎？」媽等了一下。「就像你跟我說話一樣，跟這些人說話。假裝我是他們。你要說什麼？」

「我和妳被——」

「不對，假裝我是房子裡的人，或汽車上的人，或人行道上的人，告訴他們，你和你媽……」

我再試一次：「你和你媽——」

「不對，你要說：『我媽和我……』」

「妳和我——」

她吐了一口氣。「好吧，不管它了，把紙條交給他們就是了——紙條還安全嗎？」

我看內褲裡面。「不見了！」然後我發覺它卡在我屁股中間。我拿出來給她看。

「把它放在前面。如果你不小心弄丟了，還是可以告訴人家：『我被綁架了。』說說看，就這麼幾個字。」

「我被綁架了。」

「說得又清楚又大聲，這樣他們才聽得見。」

「我被綁架了。」我大喊。

「太好了。然後他們會打電話給警察。」媽說：「然後——我猜警察會找遍每一家後院，直到找到房間為止。」她看起來很沒把握。

「帶火焰槍來。」我提醒她。

我們練習了又練習。**裝死、卡車、鑽出來、跳車、逃跑、某個人、字條、警察、火焰槍**。一共九件事。我覺得不可能同時把它們裝進腦子裡。媽說我當然能，我是她的超級英雄，五歲歲先生。

但願我還是四歲。

午餐輪到我挑，因為這是個特別的日子，這是我們在房間裡吃的最後一頓午餐。媽是這麼說的，但我有點兒不信。我忽然覺得餓得不得了。我選了乳酪通心粉加熱狗加餅乾，等於一次吃三頓午餐。

下跳棋的時候，我一直在擔心我們的大逃亡，所以輸了兩次，後來我就不想玩了。

我們試著睡午覺，卻睡不著。我喝了一些，先左邊再右邊然後又左邊，直到簡直一滴奶都不剩為止。

我們不想吃晚餐，兩個人都不想。我必須把那件有嘔吐物的T恤穿回身上。媽說我不用脫掉襪子。「否則在街上跑可能會扎痛腳。」她擦擦眼睛，先擦一隻，再擦另一隻。「穿最厚的那雙。」

我不知道她為什麼要為襪子哭。我鑽進衣櫃，從枕頭底下拿了牙齒。「我要把它塞在襪子裡。」

媽搖頭。「萬一你踩到它，傷了腳怎麼辦？」

「我不會的。他會乖乖待在旁邊。」

六點十三分了，已經快到晚上了。媽說我應該趁早裹進地毯裡，因為我生病的關係，老尼克很可能提早來。

「還不要。」

「呃……」

「拜託不要。」

「那就坐在這兒，好嗎，這樣的話，必要的時候，我可以盡快把你裹好。」

我們把計畫重複了一遍又一遍，我溫習那九件事。**裝死、卡車、鑽出來、跳車、逃跑、某個人、字條、警察，火焰槍**。

我每次聽到嗶嗶聲，都會全身一抽，但那都不是真的，只是想像。我瞪著門看，它像匕首一樣亮閃閃的。「媽？」

「什麼事？」

「我們改到明天晚上好不好？」

她靠過來，緊緊抱住我。意思是不行。

我又開始有點恨她了。

「如果我能替你做，我一定會。」

「妳為什麼不能？」

她搖著頭。「很抱歉必須是你，而且必須是現在。但我會在你腦子裡陪著你，記得嗎？我每分鐘都會跟你說話。」

我們又把B計畫複習了很多遍。我問：「要是他打開地毯怎麼辦？只為了看一眼我的屍體？」

媽停了一分鐘沒說話。「你知道打人是壞事？」

「是啊。」

「不過今晚例外。我真的相信他不會看，他只會想快點做個了結，趁今天晚上把這件事處理掉，但如果有任何意外──你該做的就是，使出你所有的力氣打他。」

哇。

「踢他、咬他、戳他眼睛──」她用手指戳著空氣。「盡一切可能，只要你能逃脫。」

我簡直無法相信。「我甚至可以踢他？」

媽跑到櫃子前面，所有清洗過的餐具都在那兒晾乾。她把光滑刀拿出來。

我看著他閃閃發光，我想起媽拿他抵著老尼克咽喉的故事。

「你想你可以握著這東西，藏在地毯裡，如果──」她對著光滑刀看了一會兒，然後又把他放回碗盤架，跟叉子擺在一起。「我在想什麼呀？」

如果連她自己都不知道，我又怎麼知道？

媽說：「你會戳傷自己。」

「我不會。」

「你會的，傑克，怎麼不會呢？你拿一把沒有外鞘的刀裹在地毯裡，東揮西揮，一定會把自己割得滿身是傷──我真是不知道腦子長到哪裡去了。」

我搖頭。「就在這裡啊。」我輕拍她的頭髮。

媽撫摸我的背。

我察看襪子裡的牙齒，塞在內褲前面的字條。我們唱歌打發時間，但唱得很小聲。〈放開自己〉、〈大聲吶喊〉，還有〈牧場上的家〉。

我唱：「鹿和羚羊嬉戲的地方——」

「從來聽不到洩氣的話——」

「整天看不到一朵烏雲——」

媽把地毯攤開，說：「時間到了。」

我真的不想。但我躺下，雙手搭在肩上，手肘稍微撐開，等著媽把我捲起來。

但她只是看著我。我的腳我的腿我的手臂我的頭，她的眼光在我整個人身上來回地看，好像在數數。

我說：「什麼？」

她一個字也不說。她靠上來，甚至沒有親我，她只把臉貼在我臉上，直到我再也分不出哪張臉是誰的。我的胸口跳得匡噹匡噹響。我不想放開她。

「好了。」媽說，她聲音好沙啞。「我們很怕敢，是不是？我們最怕敢。到外面再見嘍。」她替我把手臂擺成特別的角度，讓手肘突出來一點。她用地毯把我捲好，光線沒有了。

我被捲在癢癢刺刺的黑暗裡。

「不會太緊吧？」

我試著把手舉到頭頂上再收回來，有點摩擦。

「可以嗎？」

「可以。」我說。

然後就只是等待。有什麼東西從地毯上端跑進來，揉揉我的頭髮，那是她的手，我不需要看就知道。我聽見自己的呼吸很大聲。我想到伯爵躺在屍袋裡，蟲子爬進來。一路墜落墜落，噗通掉進海裡。蟲子會游泳嗎？

裝死、**卡車**、**逃跑**、**某個人**——不對，先**鑽出來**，然後**跳車**、**逃跑**、**某個人**、**字條**、**火焰槍**。我又忘了**火焰槍**前面還有**警察**，太複雜了。我一定會搞得亂七八糟，老尼克會真的把我埋掉，媽永遠也等不到我了。

過了很長一段時間，我小聲問：「他到底來不來？」

「我不知道。」媽說：「怎麼可能不來？如果他還有一點點像個人……」

我想，「像人不像人」可真是個問題，如果一個人只有一點點像人，那他的其他部分會像什麼呢？

我等啊等啊。我的手臂已經沒有感覺了。地毯緊貼著我的鼻子，我很想抓一抓。我試啊試啊，終於抓到了。「媽？」

「我在。」

「我也在。」

嗶嗶。

我跳起來，我應該是個死人，但我沒辦法。我很想馬上從地毯裡鑽出來，但我動不了，我不能嘗試做任何動作，否則他會發現——

什麼東西壓在我身上，一定是媽的手。她要我做超人王子傑克傑克，於是我躺著，格外靜止不動。再也不動了，我是一具屍體，我是基度山伯爵，不，我是他那個死透了的朋友。我全身僵硬，像一個壞掉而且切斷了電源的機器人。

「拿去吧。」老尼克的聲音。他聽起來就跟往常一樣。他還不知道我已經死了。「抗生素，剛過期。那小子說，小孩子吃半顆就夠了。」

媽沒有回答。

「他在哪兒，在衣櫃裡嗎？」

是我，他口中的**他**。

「他在地毯裡？妳瘋了嗎？把個生病的孩子包成這樣？」

「你沒有回來。」媽在說話，她的聲音真的好奇怪。「晚上他情況一直惡化，今天早晨他就再也醒不過來了。」

無聲。然後老尼克發出一種古怪的聲音。「妳確定嗎？」

「我確定嗎？」媽在尖叫，但我沒動，我不動，我全身僵硬，什麼也聽不見，什麼也看不見。

「哦，不會吧。」我一直聽見他的呼吸。「真是太不幸了。可憐的女孩，妳——」

好一會兒，沒有人說話。

「我看這場病真的很嚴重。」老尼克說：「我拿來的藥大概也起不了作用。」

「是你殺了他。」媽在哀嚎。

「別鬧了，鎮定下來。」

「我怎麼鎮定得下來，傑克他——」她的呼吸跟平常很不一樣，每個字都帶著嗚咽。她裝得好逼真，我都幾乎相信她了。

「我來。」他的聲音很接近，我緊張起來，全身繃緊、繃緊。

「不許碰他。」

「好啦，好啦。」老尼克說：「但是妳不能把他留在這兒。」

「我的貝比！」

「我知道，這件事真是太不幸了，但我得馬上把他送走。」

「不要。」

「已經多久了？」他問：「今天早晨，妳說？還是昨天深夜？他一定已經開始——這很不健康，不行把他留在這兒。我最好把他帶走，找個地方。」

「不可以在後院裡。」媽低聲咆哮。

「好啦。」

「如果你把他埋在後院裡——絕對不可以那麼做，太近了。如果你把他埋在後院裡，我會聽見他哭。」

「我說好啦。」

「你得開車送他到很遠的地方，可以嗎？」

「好啦。讓我——」

「還不行。」她哭了又哭。「你不可以打擾他。」

「我會把他包得好好的。」

「不准你碰他——」

「好啦。」

「發誓你不會用你的髒眼睛看他一眼。」

「好啦。」

「發誓。」

「我發誓，可以了吧。」

我死了死了死了。

「我會知道的。」媽說：「如果你把他埋在後院，我會知道的，以後你每次開門，我都會尖叫，我要把這地方拆了，我發誓我再也不會安安靜靜。你必須殺了我才能讓我閉嘴，我什麼都不在乎了。」

她幹嘛要叫他殺了她？

「放輕鬆點。」老尼克好像在對一隻狗說話。「我現在要把他抱起來，送到卡車上去，可以嗎？」

「動作輕點。替他找個好地方。」媽哭得好傷心，我幾乎聽不到她的話。「要有樹木花草的地方。」

「當然，我走了。」

有人隔著地毯抓住我，我被抱住，是媽，她說：「傑克，傑克，傑克。」然後我被舉起來，起先我以為是媽，但立刻發現其實是他。不要動不要動不要動，傑克傑克保持僵硬僵硬僵硬。我在地毯裡被壓得扁扁的，連呼吸都不順暢，但死人用不著呼吸。

千萬不要讓他打開地毯。但願光滑刀在我手中。

又是嗶嗶，然後喀搭一聲，代表門開了。食人魔抓到我了，呼乞哈嗤。我腿上熱呼呼的，哎呀不好，陰莖放出來幾滴尿，還有一些大便從我屁股裡跑出來，媽沒提到會發生這種事。好臭哦。**對不起，地毯。**我耳邊傳來一陣咕嚕聲，老尼克緊緊抓住我。我好害怕，我勇敢不起來，停止停止停止，但我不能發出任何聲音，否則他會猜出這是個詭計，他會把我吃掉，先吃我的頭，然後撕開我的腿……

我數自己的牙齒，但每次都數錯，十九、二十一、二十二。我是機器人王子超人傑克傑克五歲歲先生，我不動。**你在嗎，牙齒？我感覺不到你，但你一定在我襪子裡，在側面。你是媽的一部分，媽嗑出來的模子，一小部分的媽跟我一起坐車。**

我的手臂沒感覺了。

空氣不一樣。仍然有地毯的灰塵味，但我稍微仰起鼻子，吸到的空氣是……外面。

這可能嗎？

不再移動。老尼克站著不動。他為什麼在後院裡站著不動？他想要——？

又動了。我保持僵硬僵硬僵硬。

哎唷，摔在一個硬東西上。我想我沒發出聲音，我沒聽見。我好像咬到自己的嘴唇，有鮮血的味道。

又一個嗶聲，不一樣的。一陣好像金屬碰撞的嘩啦聲。我又被舉起來，然後扔下去，我的臉迎面撞上，哎唷哎唷哎唷。砰。然後我身體的下面，所有的東西忽然開始搖晃、震動、隆隆響，地震了……

不對，這是卡車，一定是。跟咂舌頭完全不一樣，厲害一百萬倍。媽！我在腦子裡大叫。**裝死**，**卡車**，九件事做到了兩件。我在咖啡色卡車的後廂裡，就跟故事裡講的一樣。

我不在房間裡了，我還是我嗎？

開始動了。我千真萬確真的在卡車裡移動了。

對了，我得設法**鑽出來**，差點忘了。我開始像條蛇扭動身體，但這次地毯裹得比較緊，我不知道該怎麼辦，我卡住了，我卡住了，媽、媽、媽……我不能像練習的時候那樣逃出來，雖然我們練習了那麼多遍，整個兒出問題了，*對不起*，老尼克會把我帶到某個地方，把我埋掉，*蟲子鑽進來*，*蟲子鑽出去*……我又哭起來了，我在流鼻水，我的手臂在胸口下面打結，我跟地毯打架，她再也不是我的朋友了，我像空手道一樣猛踢，但她纏住我，她是包在沈入大海的屍體外面的屍袋。

噪音變小了。不動了。卡車停下來了。

這是暫停，出現暫停號誌，所以他暫停，這代表我應該執行**跳車**指令，那是單子上的第五項任務，但我第三項都還沒有完成。如果我鑽不出地毯，怎麼可能跳車？我做不到四五六七八九。我被困在三，他會把我埋在蛆蟲堆裡……

又動了，**轟轟轟**。

總算我的一隻手摸到了滿是鼻涕眼淚的臉，我把手伸到地毯外面，然後把另一隻手臂也伸出去。我的手指摸到新奇的空氣，某種冰冷的金屬物品，還有另外一個不是金屬、表面有很多小突起的東西。我四處亂抓，用力拉、拉、拉，踢，我的膝蓋，哎唷哎唷。不行。沒有用。**找到地毯的一角**，這是媽依照她的承諾在我腦子裡說話，還是我自己記起來了？我沿著地毯到處摸，但找不到任何一個角，最後終於找到了，我用力拉，它好像鬆動了一點。我翻身仰躺，它卻變得更緊，然後我又找不到那個角了。

停了。卡車又停了，我還沒有脫離地毯。我應該在第一個暫停號誌就跳車的。我把地毯往下扯，直到我的手臂都差點被她弄斷，我看見一大片刺眼的亮光，但卡車又開始**轟轟轟**移動時，它就消失了。

我想我看見的就是外面。外面真的存在，而且那麼亮，但我不能——媽不在，不是哭的時候，我是傑克傑克王子，我必須做傑克傑克，否則蟲子要爬進來了。我又恢復臉朝下，我縮起膝蓋，屁股往上頂，我要炸開地毯衝出去，而且她現在也變得比較鬆動，不再蓋住我的臉了。

我大口吸入美妙的黑色空氣。我坐起身，把地毯一層層掀開，好像我是一根壓爛的香蕉。我的馬尾巴鬆開了，一大堆頭髮遮住我的眼睛。我抽出腿，一條、兩條，我整個人都出來了，我辦到了，我辦到了，真希望朵拉看見我，她會唱〈我們辦到了〉的歌。

又一片強光颼地飛過去。天上有東西飛過，我猜那是樹。我看到房子和裝在大柱子上的燈，還有一些汽車，每樣東西都移動得極快。我好像走進一部卡通裡，只不過這兒比較混亂。我抓住卡車的邊緣，這部車到處都又冷又硬，天空大得不得了，除了一小片粉橘色，其他部分都是灰色的。我往下看，街道好黑，而且非常長。跳躍我很拿手，但不是在每件東西都發出隆隆怪響、搖來晃去、光線模糊、空氣又散發出奇怪的蘋果香氣的時候。我的眼睛不能適應，我害怕得連怕敢都做不到。

卡車再次停下來。我不能跳。我連動都不能動。我奮力站起來，我往外看，但是——

我滑了一跤，從車廂這一頭摔到另一頭，我的頭撞到一個東西好痛，我不小心大叫一聲**哎唷**——

車又停了下來。

金屬的聲音。老尼克的臉。他下了車，臉上帶著我從未見過最憤怒的表情，而且——

跳車。

地面折斷我的腳撞傷我膝蓋打擊我的臉，但我在奔跑奔跑奔跑，**某個人**在哪裡，媽說要對某個人或經過的車或有燈光的房子尖叫，我看見一輛車，但車裡很黑，而且反正我嘴裡都是頭髮，發不出聲音，但我不斷奔跑，薑餅人傑克要靈活動作要快，媽不在這裡，但她保證會在我腦子裡給我加油**跑跑跑**。我背後傳來咆哮聲，是他，是老尼克，他要把我撕成兩半呼**乞哈嗤**，我一定要找到**某個人**，大喊**救命救命**，但這兒沒有人。我得永遠這樣跑下去，但我快沒氣了，我什麼也看不見，而且——

一隻熊？

一頭狼？

一隻狗，狗可以算數嗎？

狗的背後有人走過來，但那是個很小的人，一個小貝比在走路，推著一個有輪子的東西，裡面有一個更小的貝比。我想不起來該喊什麼，我忽然變成靜音了，我只是繼續向他們跑去。那個小貝比在笑，他幾乎沒有頭髮。推車裡的那個小貝比不是真人，我猜，是個洋娃娃。狗不大，但是真的，牠在地上大便。我從沒見過電視上的狗做這種事。有個人從貝比身後走出來，撿起大便，裝進一個袋子，好像當它是什麼寶物似的。我猜那是個男人，頭髮像老尼克一樣短，但比較鬈曲，他皮膚的顏色比貝比黑。我喊「救命」，但聲音並不大。我一直跑，幾乎跑到他們面前時，狗忽然汪汪叫，跳起來要**吃我**——

我張開嘴，要發出最瘋狂的慘叫，但沒有聲音出來。

「大王！」

我的手指整個變成紅色。

「大王，坐下。」那個男人抓住狗的脖子。

血從我手上滴下來。

然後砰，有人從背後抓住我，是老尼克，他的大手扣住我的肋骨。我搞砸了，他抓到我了，對不起對不起對不起媽。他把我拎起來。這時我才開始尖叫。我甚至叫不出字句。他把我夾在手臂下面，他要把我帶回卡車，媽說我可以打他，我可以殺他，我打了又打，但就是打不到他，我只打得到我自己——

「請原諒。」拉著那隻大便狗的人喊道：「這位先生？」他的聲音不低沈，比較柔和。

老尼克連我一塊兒向後轉。我忘了要尖叫。

「真對不起，你的小女兒還好吧？」

什麼小女兒？

老尼克清了一下喉嚨，他夾著我，仍然朝卡車的方向走，但是倒退著走。「沒事。」

「大王平常很溫和的，但她突然不知從哪兒冒出來，向牠衝過來……」

「一時鬧脾氣罷了。」老尼克說。

「喂，等一下，我看她的手在流血。」

我看一眼我被吃過的手指，血還在滴。

然後他抱起那個小貝比，他一手托著貝比，另一手拿著裝大便的袋子，看起來非常困惑。

老尼克放下我，讓我站著，他的手指捏著我的肩膀，感覺像火燒一樣。「一切都在控制之下。」

「還有她的膝蓋，看起來傷勢不輕。那可不是大王幹的。你女兒跌倒了嗎？」那人問道。

「我不是女孩。」我說，但聲音卡在喉嚨裡。

「你何不少管點閒事，讓我處理自家的問題？」老尼克幾乎在咆哮。

媽，媽，我要妳說話。她已經不在我腦子裡了，她不在任何地方。她寫了字條，我忘了，我把沒有被吃過的手伸進內褲裡，卻找不到字條，但後來就找到了，上頭沾了尿。我不能說話，但我拿它朝著那個人揮舞。

老尼克把它從我手上搶走，讓它消失不見。

「好吧，我不——我不喜歡這情況。」他手上拿著一個小電話，是從哪兒來的？他在說話：「是的，請幫我接警察局。」

一切都跟媽說的一樣，我們已經做到第八項了，就是警察，我甚至還沒有把紙條拿出來，也沒有提到房間，次序是反過來的。我應該告訴某個有良心的人。我開口想說「我被綁架了」，但聲音小得像悄悄話，因為老尼克又把我拎起來，他要上卡車，他在奔跑。我快要被搖成碎片了，我找不到地方打，他馬上就要——

「我記住你的車牌了，先生！」

那個男人喊道，他在對我喊叫嗎？什麼車牌？

「K93——」他喊出一串數字，他為什麼要喊數字？

忽然間，哎唷，街道撞上我的肚子、手和臉。老尼克跑掉了，但沒有帶我。他把我丟下，每秒鐘他都離我更遠。那些數字一定有魔法，才能讓他放開我。

我想爬起來，但我不記得該怎麼做。

一陣噪音，像個惡魔，卡車轟隆隆地向我開過來，它要在人行道上把我碾成碎片，我不知道怎麼辦去哪兒做什麼事——小貝比在哭，我從來沒聽過真正的貝比的哭聲——卡車走了，它只是從我旁邊開過，轉個彎，停也不停。有一會兒我還聽見它的聲音，然後就再也聽不見了。

比較高的地方，人行道，媽說要走在人行道上。我必須爬行，但我不把受傷的膝蓋放下來。人行道上鋪著大的四方塊，表面很粗糙。

一股臭味。狗鼻子就在我身旁，牠回來把我吃掉，我驚聲尖叫。

「大王。」那個男人把狗拉開。他蹲下來，小貝比坐在他一側的腿上，不停地扭來扭去。裝大便的袋子已經不在他手中了。他看起來就像電視上的人，但是比較近，也比較寬，還有氣味，像是洗碗精跟薄荷和咖哩統統混合在一起。他沒用來抓狗的那隻手想要摸我，但我翻個身，及時滾到一旁。「沒事了，乖女孩，沒事了。」

誰是乖女孩？他直視我的眼睛，原來我就是乖女孩。我不敢看他，讓他看見我，還跟我說話，真是太奇怪了。

「妳叫什麼名字？」

電視上的人從不問問題，只有朵拉例外，但她已經知道我的名字了。

「可不可以告訴我，妳叫什麼名字？」

媽說要跟某個人說話，那是我的任務。我試著說話，卻發不出聲音。我舔舔嘴唇：「傑克。」

「妳說什麼？」他挨得更近一點，我縮起身子，用手抱住頭。「不用怕，沒有人會傷害妳。告訴我妳的名字，大聲一點。」

如果不看他，說話就容易一點。「傑克。」

「潔琪？」

「傑克。」

「哦，好吧，抱歉。你爹走了，傑克。」

他在說什麼呀？

小貝比開始拉扯他穿在襯衫外面的那件衣服，那是一件西裝外套。男人說：「順便告訴你，我名叫艾吉特，這是我女兒——等一下，蕾莎，傑克需要膠布貼他膝蓋上的痛痛，我們來找找看，有沒有……」他在口袋裡東摸西找。「大王很抱歉他咬了你。」

那隻狗看起來並不覺得抱歉，他有好多尖尖的髒牙齒。牠是不是像吸血鬼一樣吸我的血？

「你看起來不怎麼健康，傑克，最近生病了嗎？」

我搖搖頭：「是媽。」

「怎麼說？」

「媽在我的T恤上嘔吐。」

小貝比的話很多，但都不是真正的句子。她抓住大王的狗耳朵，為什麼她一點都不怕牠？

「抱歉，我聽不懂。」叫做艾吉特的男人說。

我沒再說話。

「警察應該馬上就到了，好吧？」他轉身往街上張望，小貝比蕾莎哭了幾聲，他把她放在腿上，上下搖。「馬上回家去找阿米，回家上床床了。」

我想念床。床的溫暖。

他又在按電話上的小按鈕，說了更多話，但我沒在聽。

我很想離開。但我擔心我一動，大王狗會咬我，喝掉更多我的血。我坐在一條線上，所以一部分的我在一個方塊裡，另一部分在另一個方塊裡。我被吃過的手指頭好痛好痛，還有我的膝蓋，右邊那個，破皮的地方有血流出來，血本來是紅的，但它漸漸變成黑色。我腳邊有個兩頭尖尖的橢圓形，我試著把它撿起來，但它黏住了，我用手指把它揭起來，是一片樹葉。它是一片真的樹葉，來自一棵真的樹，跟昨天天窗上那片一樣。我抬頭望，一定是我上面那棵樹掉落的葉子。巨大的路燈照得我什麼也看不見。它背後一大片的天空已經完全黑了。那一小片粉橘色到哪兒去了？我臉上有風吹過，我意外地發起抖來。

「你一定很冷。你冷嗎？」

我以為男人艾吉特是在問小貝比蕾莎，但他其實是在問我，因為他脫下外套拿給我。

「來。」

我搖頭，因為這是別人的外套，我從來沒有過外套。

「你怎麼把鞋子搞丟的？」

什麼鞋子？

此後艾吉特就不再說話了。

一輛車停下來。我知道它是什麼車，是電視上的警車。有人下車，一共兩個，都是短髮，一個黑髮，另一個黃髮，都走得很快。艾吉特跟他們說話。貝比蕾莎想逃走，但他把她抱在懷裡，我猜那樣抱不會痛。大王躺在一些咖啡色的東西上，那是草，我猜它本來應該是綠色的，整條人行道上都是一格一格的方塊。我真希望字條還在，但老尼克讓它消失了。我不記得那些字句，它們從我腦子裡撞出去了。

媽還在房間裡，我好想好想好想她到這裡來。老尼克開著他的卡車逃得好快，但他要去哪裡呢，不會再去湖邊或森林，因為他已經看到我沒死。我可以殺他，但我沒辦到。

我忽然有個可怕的念頭。也許他會回到房間，也許他正在那兒，嗶嗶把門打開，而且他好生氣，都是我的錯，誰叫我沒死——

「傑克？」

我先看是誰的嘴在動。是警察，我猜她是女的，但很難分辨，她是黑頭髮，不是黃頭髮。她又說一遍：「傑克。」她怎麼會知道？「我是歐警官，可以告訴我你幾歲嗎？」

我必須**救媽**，我必須跟警察說話才能拿到**火焰槍**，但我的嘴巴沒有作用。她腰帶上有個東西，是把槍，就跟電視上的警察一樣。要是他們像囚禁聖彼得的那批人一樣是壞警察怎麼辦，我從來沒考慮這一點。我看著腰帶，不看臉。這是條很酷的腰帶，有釦環。

「你知道自己的年紀嗎？」

簡單。我伸出五根手指頭。

「五歲，好棒。」歐警官說了幾句話，但我沒聽見。然後說到什麼洋裝。她說了兩遍。

我盡量大聲說話，但不看她。「我沒有洋裝。」⓭

「沒有嗎？你晚上睡哪裡？」

「衣櫃裡。」

「衣櫃裡？」

再試試，媽在我腦子裡說，但老尼克在她旁邊，他從來沒這麼生氣過——

「你說，在衣櫃裡？」

我說：「妳有三件洋裝，我是指媽。一件粉紅色的，一件綠色有條紋的，還有一件咖啡色的，但妳——她比較喜歡牛仔褲。」

歐警官問：「你的意思是說，那些洋裝都是你媽的？」

點頭比較容易。

「今晚你媽在哪裡？」

「在房間裡。」

她說：「房間，好吧。哪個房間？」

⓭註：歐警官詢問傑克的住址（ad-dress），但傑克誤解為洋裝（a dress）。

「就是房間。」

「你能告訴我，它在哪兒嗎？」

我記起一些句子。「任何地圖上都沒有。」

她嘆了口氣，我想我的答案沒什麼幫助。

另一個警察可能是個男的，我從來沒看過那樣的真頭髮，像一層透明紗。他說：「我們在納瓦荷街和奧科特街口，找到一個受驚的兒童，可能是本國人。」我猜他是在講電話，但那支電話看起來像隻玩具鸚鵡。他說的每個字我都知道，卻聽不懂他在說什麼。他向歐警官走來：「有啥樂子？」

「進展很慢。」

「證人這邊也一樣，嫌犯是男性白人，身高約五尺十吋，四十多歲或五十多歲，駕駛暗紅色或深咖啡色小貨車逃離現場，車型可能是福特F-150或道奇公羊，車牌前三位數字K93，再來可能是B或P，沒有州名……」

「跟你在一起的那個男人，是你爹嗎？」歐警官又開始跟我說話。

「我沒有爹。」

「你媽的男朋友？」

「我沒有爹。」這句話我剛才說過了，可以連說兩遍嗎？

「你知道他的名字嗎？」

這下我想起來了。「艾吉特。」

「不，另外那個人，開卡車跑掉的那個。」

「老尼克。」我說得很小聲，因為他一定不高興我這麼稱呼他。

「再說一遍？」

「老尼克。」

「沒有。」男警官在講電話：「嫌犯於到達時已離開，名叫尼克或尼可拉斯，姓什麼不知道。」

「你媽叫什麼名字？」歐警官問。

「媽。」

「她有別的名字嗎？」

我豎起兩根手指頭。

「兩個名字？很好。你記得是什麼嗎？」

都寫在字條上了，但他消失了。我忽然想到一些事。「他偷走我們。」

歐警官在我身旁坐下，坐在地上。這兒跟地板不一樣，很硬而且讓人發冷。「傑克，你想要一條毛毯嗎？」

我不知道，毯子不在這兒。

「你身上有好幾處傷口，都很嚴重。那個叫尼克的人傷害你嗎？」

男警察回來了，他把一個藍色的東西交給我，我不肯碰它。「請講。」他對著電話說。

歐警官把藍色的東西披在我身上，它不像毛毯那種毛茸茸的灰色，比較粗糙。「你這些傷口怎麼來的？」

「那隻狗是吸血鬼。」我四下找大王和牠的人類，但他們都消失了。「手指頭是牠咬的，我的膝蓋是地面弄傷的。」

「請再說一遍？」

「街道，它打我。」

「請講。」這句話是男警察說的，他又在講電話了。然後他看著歐警官說：「要不要聯絡兒童保護專線？」

「再給我兩分鐘。」她說：「傑克，我打賭你很會講故事。」

她怎麼知道的？男警察看著他戴在手腕上的錶。我想起媽那隻壞掉的手腕？老尼克已經趕到那兒了嗎，他是不是正扭住她的手腕或脖子，他有沒有把她撕成碎片？

「你想你可以把今晚發生的事講給我聽嗎？」歐警官對我微笑。「最好你能慢慢地講，清楚地講，因為我耳朵不好。」也許她是聾子，但她沒有像電視上的聾人用手說話。

「知道了。」男警察說。

「準備好了嗎？」歐警官說。

她眼睛看著我。我閉上眼睛，假裝是在跟媽說話，這讓我勇敢起來。「我們想出一個計策。」我說得很慢：「我和媽，我們假裝我病了，然後死了，但事實上我得從地毯裡鑽出來，然後跳下卡車，問題是我應該在第一次減速時就跳，但我沒做到。」

「好，後來發生了什麼事呢？」歐警官的聲音，就在我耳畔。

我還是不看她，否則我會忘記故事。「我內褲裡有張字條，但他把它弄不見了。但我還有牙齒。」我把手指伸進襪子去找他。我睜開了眼睛。

「可以給我看看嗎？」

她想把牙齒拿走，但我不給她。「這是媽的。」

「你是說你的媽？」

我猜她的腦子跟她的耳朵一樣不好，媽怎麼會是一顆牙齒？我搖搖頭。「只是她嗑出來的模子，它掉下來了。」

歐警官仔細看那顆牙齒，表情變得很嚴肅。男警察搖搖頭，說了幾句我聽不見的話。

她說：「傑克，你告訴過我，你應該在卡車第一次減速的時候跳下來。」

「是啊，但我還捲在地毯裡，後來我把香蕉剝開，但我不夠怕敢。」我在說話的同時看著歐警官。「但第三次停車的時候，卡車呼一下——」

「它做了什麼？」

「就像是——」我表演給她看：「走完全不同的方向。」

「轉彎？」

「是啊，我撞到頭，他——老尼克很生氣，爬出來，我就在那時候跳車了。」

歐警官拍手道：「賓果！」

男警官說：「啥？」

「三個停車號誌加上一次轉彎。左轉還是右轉？」她等了一會兒。「不管它了，做得很好，傑克。」她望著街道另一頭，然後手裡忽然變出一個像是電話的東西，哪兒來的？她盯著小小的螢幕說：「要他們搜尋那張不完整的車牌……試試卡林佛路，也許還有華盛頓路……」

我怎麼也找不到大王和艾吉特和蕾莎的蹤影。「那隻狗進監獄了嗎？」

「沒有，沒有。」歐警官說：「那真的是個誤會。」

「請講。」男警察對他的電話說。他對歐警官搖頭。

她站起身。「有了，或許傑克能幫我們找到那棟房子。你想坐巡邏車兜個風嗎？」

我站不起來，她伸手扶我，但我裝作沒看見。我先放下一隻腳，然後另一隻，只覺得一陣陣頭昏。到了車旁，我從開著的門爬進去。歐警官跟我一起坐後座，替我把安全帶喀一聲扣上，我縮得小小的，她的手就碰不到我了，只能碰到藍毯子。

車子開始動了，不像卡車那麼喀啦喀啦，它很輕柔，嗡嗡地響。有點像電視星球上那個總在發問的蓬蓬頭女士的沙發，只不過現在是歐警官在發問。她說：「這個房間，是在平房裡，還是有樓梯？」

「它不是房子。」我注視著汽車中間一個亮晶晶的小東西，有點像鏡子，但很小。我在裡面看見男警察的臉，他是司機。他的眼睛在小鏡子裡回看我，所以我改看窗外。所有的東西快速滑過，我覺得眼花。車子發出亮光照在路上，在每樣東西上塗了顏色。前面來了另一輛車，白車開得超快，它會撞上——

歐警官說：「不要緊的。」

我放開摀在臉上的手，那輛車已經不見了，是這輛車讓它消失的嗎？

「有沒有認識的感覺？」

我什麼也不認識。到處都是樹木房子汽車黑漆漆的。媽，媽，媽。我腦子裡聽不見她的聲音，她沒在說話。他的手把她勒得那麼緊，愈來愈緊愈來愈緊愈來愈緊。她不能說話，她不能呼吸，她什麼也不能做。活生生的東西會彎曲，但她不斷彎曲彎曲然後——

「這兒看起來像你的街嗎？」歐警官問。

「我沒有街。」

「我是說那個叫尼克的傢伙今晚載你離開的地方。」

「從來沒見過。」

「怎麼說？」

我已經說累了。

歐警官砸一下舌頭。

「除了後面那輛黑色的，看不到任何小卡車。」男警察說。

「停下來好了。」

車停了。我覺得很可惜。

「你想會不會是某種祕密宗教？」他說：「長頭髮，沒有姓，那顆牙齒的狀況……」

歐警官抿緊嘴。「傑克，你那個房間有沒有太陽光？」

「現在是晚上。」我告訴她，她難道沒注意到？

「我是說白天，光線從哪兒來？」

「天窗。」

「有天窗。好極了。」

「請講。」男警察對他的電話說。

歐警官又在看她那個會發光的小螢幕。「衛星顯示卡林佛路上有幾棟房子的閣樓上裝了天窗……」

「房間不是房子。」我再說一遍。

「我聽不懂，傑克。那它在什麼東西的裡面？」

「它不在任何東西裡面。房間就是裡面。」

媽在那兒，老尼克也在，他要某個人死，但不是我。

「那麼房間的外面是什麼？」

「外面。」

「告訴我，外面有些什麼？」

男警察說：「交給妳了。妳就是不肯放棄。」

他在說我嗎？

「說呀，傑克。」歐警官道：「告訴我。最靠近這個房間的外面是什麼？」

「外面。」我大聲說，為了媽，我必須用很快的速度解釋，等我，媽，要等我唷。「有冰淇淋、樹木、商店、飛機、農場和吊床這些真實的東西。」

歐警官點著頭。

我必須更加努力嘗試，但我不知道該做什麼。「它上了鎖，我們不知道密碼。」

「你要把鎖打開，到外面去？」

「就像愛麗絲。」

「愛麗絲是你另外一個朋友？」

我點頭：「她在書裡。」

男警察說：「《愛麗絲夢遊仙境》。顯而易見。」

這我也知道。但他怎麼會讀到我們的書，他沒有來過房間呀？我問他：「你知道她哭出一個小池塘那段嗎？」

「什麼？」他在小鏡子裡看著我。

「她的眼淚造成一個池塘，記得嗎？」

歐警官問：「你媽常哭嗎？」

外面的人真的什麼都不懂。我猜他們大概看了太多電視。「不對。哭的是愛麗絲。她總想到那個小花園裡去，就像我們。」

「你也想到花園裡去？」

「那是個後院，但我們不知道密碼。」

她問：「房間在後院旁邊？」

我搖頭。

歐警官揉揉她的臉。「跟我合作，傑克，這個房間很靠近後院是嗎？」

「不是靠近。」

「好吧。」

媽，媽，媽。「它在它四周。」

「房間在後院裡？」

「對啦！」

我讓歐警官很快樂，但我不知道原因。「這就對了，這就對了。」她盯著她的小螢幕，不停地按鍵：「卡林佛路和華盛頓路，後院裡的獨立建築物……」

男警察說：「天窗。」

「對了，還有天窗……」

我問：「那是電視嗎？」

「唔？不是，這是所有這些街道的照片。照相機在高高的天上。」

「外太空？」

「是啊。」

「酷。」

歐警官的聲音變得很興奮：「華盛頓路三四九號，後院有工具棚，天窗裡有燈光……就是它。」

「地址是華盛頓路三四九號。」男警察對他的電話說：「請講。」他在後視鏡裡回望：「屋主姓名不符，但是一個男性白人，出生日期六一年十二月十日……」

「車輛呢？」

「請講。」他又說。他等著：「二〇〇一年，車款Silverado，咖啡色，K93P742。」

歐警官說：「賓果！」

他說：「我們在途中。請求支援，前往華盛頓路三四九號。」

車子右轉，上了另一條路。然後加速，我覺得像在漩渦裡打轉。

我們停下。歐警官望著窗外的一棟房子。她說：「沒開燈。」

我說：「他在房間裡。他要把她弄死。」但字句在我的哭泣中融化了，我聽不見。

我們後面有輛跟這輛一模一樣的車，更多警察走下車來。「坐著別動，傑克。」歐警官打開車門：「我們去找你媽。」

我跳起來，但她用手按著我，讓我留在車裡。「我也要去。」我試著說，但話說出來都變成了眼淚。

她打開一個很大的手電筒。「這位警官會留在這兒陪你——」

一張我沒見過的臉擠進來。

「不要！」

「給他一點空間。」歐警官對新警察說。

「火焰槍。」我想起來了，但已經太遲了，她已經離開了。

嘎吱一聲，車子的後面彈起來，行李廂，該這麼稱呼它。

我用手抱著頭，不讓任何東西進來，不要臉孔不要光線不要聲音不要氣味。媽媽不要死不要死不要死……

我照歐警官說的數到一百，但我沒有鎮定下來。我數到五百，這數字也不管用。我的背在跳在發抖，一定是因為太冷了，毯子掉到哪兒去了？

一陣可怕的聲音。是前座那個警察在擤鼻涕。他擠出一個小小的微笑，把衛生紙塞進鼻孔，我把頭轉開。

我望著窗外，瞪著那棟沒開燈的房子。有個本來沒打開的部分現在打開了，我想是的，那是車庫，一個好大好大、黑黝黝的四方形空間。我看了幾百個小時，我的眼睛刺痛。有人從黑暗中走出來，但那又是一個我沒見過的警察。然後有個人，那是歐警官，在她身旁——

我對車門又踢又打，但不會開門，我要砸破玻璃，但做不到，媽媽媽媽媽媽媽——媽打開車門，我半個人跌了出去。她接住我，她一把抱起我。真的是她，她百分之百活著。

「我們成功了。」我們一起坐在汽車後座時，她說：「事實上，都是你的功勞。」

我搖頭：「我每次都把計畫搞砸。」

「你救了我。」媽說，她親吻我的眼睛，緊緊抱住我。

「他回來過嗎？」

「沒有，就我一個人，一直在等，這是我這輩子最漫長的一個小時。接下來我只知道門轟隆炸開，我還以為我心臟病發作了呢。」

「是火焰槍！」

「不是，他們用槍。」

「我要看爆炸。」

「只有一秒鐘。下次一定讓你看，我保證。」媽咧嘴笑道：「現在我們可以做任何事了。」

「為什麼？」

「因為我們自由了。」

我頭好昏，眼睛不聽我的話自己閉上了。我好睏，我覺得我的頭快要掉下來了。

媽在我耳邊說話，她說我們必須跟更多警察說話。我依偎在她身上，我說：「想上床。」

「再過一會兒，他們會替我們另外找個地方睡覺。」

「不，要睡床。」

「你是說，回到房間？」媽往後退，她盯著我眼睛看。

「是啊，我看過了世界，現在我累了。」

她說：「哦，傑克，我們再也不會回去了。」

車開始動了，我哭得好傷心，怎麼也停不下來。

事　後

歐警官坐在前座，從背後看，她像是另外一個人。

她回過頭來對我微笑，說：「分局到了。」

「你爬得出來嗎？」媽問：「我背你進去。」她打開車門，冷空氣跳了進來。我把身體縮小。她拉我，強迫我站起來，我耳朵撞到汽車。她讓我坐在她屁股上向前走，我緊緊扣住她的肩膀。這兒很黑，但有很多亮光飛快地一閃一閃，像放煙火。

歐警官說：「禿鷹。」

在哪兒？

男警官喊：「不許拍照。」

拍什麼照？我沒看見禿鷹啊，我只看見很多張臉，閃光的機器和粗粗的黑色短棒。他們在喊叫，但我一個字也聽不懂。歐警官試著把一條毯子蓋在我頭上，我把它推開。媽在奔跑，我全身發抖，我們進了一棟建築物，裡面更亮上百分之一千倍，我用手遮住眼睛。地板發光發硬，跟房間裡的地板不一樣，牆壁是藍色的，好多堵牆，太吵了。到處都是人，沒有一個是我的朋友。有個像太空船的東西，裡面好亮，許多小方格陳設著耀眼的袋裝玉米片、巧克力糖等。我想跑過去看，伸手去摸，但它們都鎖在玻璃裡面。媽拉住我的手。

「這邊走。」歐警官說：「不對，這裡——」

我們進到一個比較安靜的房間。一個胖胖的高大男人說：「對於媒體的出現，實在很抱歉，我們的通訊已經升級成主幹線系統，但他們又裝了新式的追蹤掃描器……」他伸出一隻手，媽放下我，握住他的手舉上舉下，就跟電視上的人一樣。

「還有你，先生，聽說你是一位非常勇敢的年輕人。」

他說這話時眼睛看著我，但他不認識我，而且為什麼稱呼我年輕人？媽在一張不屬於我們的椅子上坐下，並讓我坐在她腿上。我試著搖晃，但這不是搖搖椅。所有的東西都不對勁。

胖男人說：「是的，我知道時間已經很晚了，令郎的擦傷也需要處理，目前有專人在康伯蘭醫院待命，那是一家很好的醫院。」

「什麼樣的醫院？」

「呃，精神方面的。」

「我們不是——」

他打岔說：「他們會為你們安排最適當的照護，那兒很重視隱私。但今晚第一要緊的是，我需要妳完成一份盡可能詳盡的筆錄。」

媽點頭。

「是的，我提出的若干問題可能有點不愉快，妳希望面談時有歐警官在場嗎？」

「隨便，不要吧。」媽說，同時打了個呵欠。

「令郎今晚經歷了很多事，或許他應該在外面等候，以便我們討論，呃……」

但我們不是已經在外面了嗎？

「不要緊。」媽把我裹在藍毯子裡。「別關門。」她趕緊對正走出去的歐警官說。

「好。」歐警官說，她讓門保持半開著。

媽跟那個胖男人說話，他用她另外的名字中的一個稱呼她。我看著牆壁，它們變成一種幾乎沒有顏色的乳白色。牆上掛著幾個寫了很多字的鏡框，其中一面畫著一隻老鷹，寫著**天空不是極限**。有人從門口走過，我跳起來。我真希望門是關著的。我好想喝一點。

媽把T恤拉下來，蓋到褲子上，低聲說：「現在不行，我在跟隊長說話。」

他問：「這件事發生在——日期記得嗎？」

她搖頭：「一月底。我返校才一、兩個星期……」

我還是很渴，又去掀她的T恤，這次她歎口氣，讓我稱心，她要我縮起身子，把我抱在胸前。

「妳，呃，是否寧願……？」隊長問道。

媽說：「不用，我們繼續吧。」我吸的是右邊，分量不多，但我不想爬下來換邊，因為她可能會說**夠了**，但實際上根本不夠。

媽談著房間和老尼克和其他一切，一說就是幾百年，我累得沒力氣聽了。一個女人走進來，跟隊長說了幾句話。

媽說：「有問題嗎？」

隊長說：「沒事，沒事。」

「那她為什麼盯著我們看？」她手臂緊緊的抱著我。「我餵我兒子吃奶，妳不介意吧，女士？」

也許外面不知道吃奶奶是什麼，那是個祕密。

媽跟隊長又談了好久。我差點睡著，但光線太亮了，而且我就是覺得不舒服。

她問：「怎麼了？」

「我們必須馬上回房間去。」我告訴她：「我要上馬桶。」

「沒關係，分局這兒也有馬桶。」

隊長替我們帶路，經過那台神奇的機器，我碰了一下離巧克力棒最近的玻璃。但願我知道把它們取出來的密碼。

一共有一二三四個馬桶，每個都在那個大房間裡佔據一個單獨的小房間，大房間裡還有四個臉盆和一大堆鏡子。是真的，外面的馬桶水箱上有蓋子，我不能往裡面看。媽尿尿完站起來的時候，傳出一陣可怕的隆隆聲，我哭了。她說：「不要緊。」用手掌替我擦臉：「這是自動沖水裝置。你瞧，馬桶用這個小眼睛看，見我們上好了，它就把自己沖乾淨，是不是很聰明？」

我不喜歡聰明的馬桶看我們的屁股。

媽幫我從內褲裡走出來。我告訴她：「老尼克扛著我的時候，我不小心拉出來一點便便。」

「別擔心。」她說，然後做了一件奇怪的事，她把我的內褲扔進垃圾桶。

「但是——」

「你不需要它了，我們買新的給你。」

「週日禮嗎？」

「不，任何一天，只要我們高興都可以。」

好奇怪。我覺得週日比較好。

水龍頭跟房間裡的真水龍頭很像，但形狀不對。媽把它打開，沾濕了紙巾替我擦腿和屁股。她把手放在一個機器下面，就會有熱風噴出來，像我們的暖氣風口，只不過比較熱，也比較吵。「這是烘乾機，要試試看嗎？」她對我微笑，但我累得笑不出來。「好吧，那就在你的T恤上把手擦乾。」然後她用藍毯子裹住我，我們又走了出去。我想把那台關了好多罐頭、袋子和巧克力棒在監牢裡的機器看個清楚。但媽拉著我往前走，回到隊長的房間，為了說更多話。

經過幾百個小時，媽要我站起來，我整個人都在搖晃。在房間以外的地方睡覺，讓我覺得很不舒服。

我們要到某種醫院去，但那不就變成了舊的A計畫，**生病**、**卡車**、**醫院**嗎？媽也拿了一條藍毯子披在身上，我本來以為那是我披的那條，但我那條還在我身上，所以她披的一定是另外一條。巡邏車看起來像是原來那輛，但我也不確定，外面的東西還真狡詐。我在街上滑了一跤，差點跌倒，好在媽及時抓住了我。

我們向前行駛。每次看到車子開過來，我都閉上眼睛。

媽說：「它們在對面，你知道。」

「什麼對面？」

「看到路中間有條線嗎？它們只能待在線的那一邊，我們只能待這一邊，這樣才不會相撞。」

我們忽然停了。車子打開，一個沒有臉的人往裡看。我在尖叫。

媽說：「傑克，傑克。」

「殭屍來了。」

我把臉埋在她肚子上。

「我是克雷大夫，歡迎光臨康伯蘭。」沒有臉的人用我所聽過最低沈的聲音隆隆說話。「戴口罩是為了保障你們的安全。要看下面是什麼嗎？」他把白色的東西掀起來，露出一張微笑的臉，非常深的咖啡色皮膚，下巴是個極小的黑色三角形，他鬆開手，口罩啪一聲回到原位。他的聲音隔著白口罩傳出來：「你們每人都有一個。」

媽接過口罩。「一定要戴嗎？」

「妳想想，飄浮在令郎周圍的每一樣東西，他可能都沒有接觸過。」

「好吧。」她自己戴上一個口罩，然後也替我戴上一個，把釦環套在我耳朵上。我不喜歡它的壓迫感。我小聲對媽說：「我可沒看見周圍有什麼飄浮的東西。」

她說：「細菌。」

我還以為它們只存在房間裡，我不知道它們在這個世界裡也到處都是。

我們走進一棟明亮的大建築，我以為又到了分局，但其實不是。有個叫做住院服務部的人在敲一個——我知道，那是電腦，跟電視上的一樣。這兒的人看起來都很像醫藥星球上的人，我得一再提醒自己，他們是真的。

我看到一個酷得不得了的東西，是一個很大的玻璃方塊，但裡面裝的不是罐頭和巧克力，而是活生生的魚，在游泳或跟石頭捉迷藏。我拉媽的手，但她不肯跟我過來，她還在跟那個身上有標籤的住院服務部講話，標籤上有她的名字，叫做琵拉。

克雷大夫說：「聽我說，傑克。」他半蹲下來，像一隻巨大的青蛙，他幹嘛這麼做？他的頭跟我的頭靠得很近，他頭髮很短，大概只有零點五公分長。他沒戴口罩，只有媽和我戴。「我們要把你媽帶到走廊另一頭的那個房間去，仔細看一看，可以嗎？」

他在跟我說話。但他不是已經看到她了嗎？

媽搖頭。「傑克得跟我在一起。」

「恐怕坎德莉克大夫——她是值班的全科醫師——馬上要過來做全套的採證檢查，包括血液、尿液、頭髮、指甲採樣，還有口腔、陰道、肛門等部位的抹片。」

媽瞪大眼睛看他。她歎口氣，指著一扇門對我說：「我就在那裡頭，有事你叫一聲，我一定聽得見，好嗎？」

「不好。」

「拜託嘛，今晚你真的是一個超級勇敢的傑克傑克，再多撐一下下，好嗎？」

我抓著她不放。

「唔。說不定可以讓他進來，中間放一個屏幕，如何？」坎德莉克大夫說，她的頭髮是奶油黃，全部盤在頭上。

我小聲對媽說：「她說的是電視螢幕嗎？那邊就有一台。」這台電視比房間裡那台大多了，有人在跳舞，色彩也更鮮豔。

「其實，這樣好了。」媽說：「他可以坐在接待室嗎？那或許更能分散他的注意力。」叫琵拉的女人坐在桌子後面講電話，她對我微笑，但我假裝沒看見。這兒有好多椅子，媽替我挑了一張，我看著她跟醫生離開。我必須緊緊抓住把手才沒有追過去。

星球換到足球賽，打球的人都有寬闊的大肩膀、戴著頭盔。我不知道這是真正發生的事，或只是圖片。我向有魚的玻璃望去，太遠了，我看不見魚，但牠們一定還在，牠們不會走路。媽進去的那扇門在另一頭，我好像聽見她的聲音。他們為什麼要拿她的血液、尿尿和指甲？即使我看不見她，她也還在，就像我執行我們的大逃亡計畫時，她一直都在房間裡。老尼克開著卡車跑掉了，現在他既不在房間裡，也不在外面。我沒在電視上看到他。這麼多奇怪的事，想得我的腦子好累。

我討厭口罩壓得耳朵痛，我把它拉到頭上，它有一塊硬硬的地方，我猜裡面有鐵絲。它讓我的頭髮不再掉到眼睛裡。現在播的是坦克車，在一座完全砸爛的城市裡，有個老人在哭。媽在另一個房間裡好久好久了，他們在傷害她嗎？叫琵拉的女人還在講電話。另一個星球裡有男人在無敵霸的大房間裡講話，他們都穿著西裝，我覺得他們好像在吵架。他們講了好多好多個小時。

然後又換了畫面，是媽，她背著一個人，**那是我**。

我跳起來，衝到螢幕前面。有個我，就像鏡子裡的我，只不過很小。下面有字滑過，**地方新聞最新報導**。一個女的在說話，但我看不見她：「……單身獨居者把花園裡的工具間改建成沒有可能逃脫的二十一世紀地牢。這個暴君的受害者，從漫長的幽禁噩夢中醒來，恍如隔世，顯得蒼白瘦弱，而且處於不知所措的緊張狀態。」這就是歐警官企圖用毯子蒙住我的頭，但我不讓她那麼做的時候。看不見的聲音繼續說：「營養不良的男孩不能走路，我們可以看到他痙攣發作，手腳亂揮，打到一位救援者。」

「媽！」我喊道。

她沒過來。我聽見她喊：「再兩分鐘。」

「是我們。我們在電視裡！」

但螢幕黑了。琵拉站起來，用遙控器指著它，並瞪著我看。克雷大夫走出來，他生氣地對琵拉說話。

「再打開。」我說：「是我們。我要看我們。」

「真的非常非常抱歉——」琵拉說。

「傑克，要去跟你媽在一起嗎？」克雷大夫伸出手，他手上戴著奇怪的白色塑膠。我不肯碰他。「口罩戴好，記得嗎？」我把口罩扣在鼻子上，跟在他後面，但保持一段距離。

媽坐在一張窄小的高床上，穿一件紙做的衣服，背後是裂開的。外面的人穿的衣服真奇怪。「他們必須脫掉我真正的衣服。」是她的聲音，但我看不見它是從口罩的哪個位置發出來的。

我爬到她腿上，把紙揉得沙沙響。「我在電視上看到我們了。」

「我聽見了。我們看起來怎麼樣？」

「小小的。」

我拉扯她的衣服，但沒法子進去。「現在不行。」她用親吻我的眼睛旁邊代替，但我想要的不是親吻。「你剛才說……」

我剛才什麼也沒說。

「關於妳的手肘，是的。」克雷大夫說：「在某個階段，可能必須再打斷。」

「不要！」

「噓，沒關係的。」媽對我說。

坎德莉克大夫看著我說：「事情發生的時候，她會睡著。外科醫生會在裡面打一根鋼釘，幫助關節運作得更好。」

「就像生化人？」

「那是什麼？」

「是的，就像生化人。」媽說，對我咧嘴微笑。

坎德莉克大夫說：「但短期而言，我認為牙醫應列為第一優先。所以我會馬上幫妳開抗生素，以及強效止痛藥……」

我打了一個大呵欠。

媽說：「我知道。已經過了上床時間好幾個小時了。」

坎德莉克大夫說：「我能給傑克做一個快速檢查嗎？」

「我已經說過不要了。」

她要給我什麼？我小聲問媽：「那是玩具嗎？」

她對坎德莉克大夫說：「沒必要。相信我。」

克雷大夫說：「我們只是遵守這種個案的處理步驟。」

「哦，你們處理過很多這樣的個案，是嗎？」媽生氣了，我聽得出來。

他搖頭。「其他類型的精神創傷是有的，但我跟妳說老實話，從來沒有妳這種案例。因此，我們才必須從一開始就遵守正確的步驟，提供兩位最好的治療。」

「傑克不需要**治療**，他需要的是睡眠。」媽從牙縫裡說話。「他從不曾走出我的視線，從來沒發生過任何事，從來沒有你們暗示的那種遭遇。」

醫生面面相覷。坎德莉克大夫說：「我的意思不是——」

「這麼多年來，我維護他的安全。」

「聽來妳確實做到了。」克雷大夫說。

「是的，我做到了。」媽滿臉是淚，她口罩的一角變成了黑色。他們為什麼把她弄哭了？「而今晚，他不得不——他站著睡覺——」

我沒有睡覺。

「我了解，完全了解。」克雷大夫說：「量個身高、體重，然後讓她治療他的擦傷，這樣可以嗎？」

過了一下，媽終於點頭了。

我不想讓坎德莉克大夫碰我，但我不介意站在那台顯示我體重的機器上，我不小心靠在牆上時，媽叫我要站直。然後我又站在數字前面，就像我們在門旁邊一樣的做法，但這兒的數字比較多，線也比較直。克雷大夫說：「你做得很好。」

坎德莉克大夫記下好多東西，她用機器指著我的眼睛、我的耳朵、我的嘴巴，她說：「每個地方都亮晶晶耶。」

「我們每次吃過都刷牙。」

「請再說一遍？」

媽對我說：「說話慢一點，大聲一點。」

「我們吃完東西就刷牙。」

坎德莉克大夫說：「但願我所有的病人都這麼會照顧自己就好了。」

媽幫我把T恤從頭上脫下來。口罩被拉掉了，我把它戴回去。坎德莉克大夫要我把衣服都脫光。她說我的屁股長得很好，但有機會該做一次骨質密度掃描，那是一種X光。我的手心和大腿內側有擦傷，是我跳下卡車時造成的。膝蓋的血跡已經乾了，但坎德莉克大夫碰到它時，我跳了起來。

她說：「對不起。」

我靠在媽肚子上，紙皺成好幾摺。「細菌會跳進洞裡，然後我就死了。」

坎德莉克大夫說：「別擔心。我有一種特別的紙巾，可以把它們擦光光。」

會刺痛。她也治療了我被咬的手指，就是左手被那隻狗吸過血的地方。然後她把一些東西放在我膝蓋上，像膠帶，但上面有臉孔，原來是朵拉和布滋在向我招手。「啊，啊——」

「會痛嗎？」

「妳讓他樂壞了。」媽對坎德莉克大夫說。

克雷大夫說：「你是朵拉迷？我姪女和姪子也是。」他牙齒笑得像雪一樣白。

坎德莉克大夫在我手指上也貼了朵拉和布滋，好緊。

牙齒仍然安全地藏在我右腳襪子側邊。我把T恤和毯子穿回去的時候，兩個醫生小聲交談，然後克雷大夫問道：「你知道針是什麼嗎，傑克？」

媽呻吟道：「哦，不要啦。」

「這樣明天一早化驗室就可以做完整的血球計算。感染指標、缺乏哪些營養素……這都是可採信的證據，更重要的是，它可以幫助我們評估傑克目前的需求。」

媽看著我：「你可以再做一分鐘超級英雄，讓坎德莉克大夫刺一下你的手臂嗎？」

「不要。」我把兩隻手臂都藏進毯子裡。

「拜託。」

還是不行。我所有的勇敢都用光了。

「就只要這麼多。」坎德莉克大夫舉起一根試管說。

那比狗或蚊子要的多太多了。我就幾乎一滴血都不剩了。

「然後你就可以得到……他喜歡什麼？」她問媽。

「我喜歡睡覺。」

「她是說送你禮物。」媽告訴我：「像是蛋糕什麼的。」

「嗯，我想我們現在沒有蛋糕，廚房休息了。」克雷大夫說：「棒棒糖怎麼樣？」

琵拉拿來滿滿一罐棒棒糖。

媽說：「去吧，挑一根。」

但糖太多了，有黃色的、綠色的、紅色的、藍色的、橘色的，都是扁圓形，不像老尼克拿來被媽扔進垃圾桶但我還是吃掉的那根是球形的。媽替我選了一根紅色的，但我搖頭，因為他給的那根也是紅色的，我覺得我又要哭了。媽選了一根綠色的。琵拉剝掉玻璃紙。克雷大夫把針刺進我胳膊，我尖叫著想逃走，但媽抓住我，她把棒棒糖塞進我嘴裡，我吸吮著，卻完全不能讓疼痛停止。她說：「快好了。」

「我不喜歡。」

「看，針抽出來了。」

克雷大夫說：「做得很好。」

「不對，是棒棒糖。」

媽說：「你已經得到棒棒糖了。」

「我不喜歡。我不喜歡綠色的。」

「沒關係，吐出來。」

琵拉接過去。她說：「試試看橘色的。我最喜歡橘色的。」

我不知道我可不可以吃兩根。琵拉替我拆開一根橘色的，味道很好。

♥

起先很溫暖，後來愈來愈冷。溫暖很舒服，但冷是一種濕冷。媽和我睡在大床上，但它縮小了，而且變得很冷，除了下面的床單，上面還有層罩單，而且棉被不再是白色的，整個兒變成藍色了——

這裡不是房間。

愚蠢的陰莖站起來了。我小聲對他說：「我們在外面。」

「媽——」

她像遭到電擊般跳起來。

「我尿尿了。」

「不要緊。」

「不行，到處都濕了。我的T恤連肚子上都濕了。」

「不要想它。」

我試著不想。我越過她的頭望去。地板長得很像地毯，但毛茸茸的沒有圖案，也沒有邊緣，是一種灰色，一直鋪到牆邊，我還不知道牆壁有綠色的。有幅怪獸的圖畫，但我仔細看去，原來畫的是海上的大風浪。牆上有個形狀像天窗的東西，我知道那是什麼，那是左右拉開的窗戶，上面橫擋著幾百根細木條，光線從縫隙裡照進來。我告訴媽說：「我還會想耶。」

「當然你會想嘍。」她找到我的臉頰，親了一下。

「我一直在想尿床的事，因為我身體還是濕的。」

「哦，你說的是這個。」她換了聲調：「我不是叫你不要想尿床，而是叫你不要擔心。」她爬下床，還穿著那件皺成一團的紙衣。「護士會來換床單。」

我沒看見護士。

「但我其他的T恤——」在五斗櫃裡，放在最低一格的抽屜。昨天它們還在那兒，所以我猜今天也一樣。但少了我們，房間還在原來的地方嗎？

「我們會想辦法。」媽說。她站在窗口，把木條分開，很多光線跑進來。

「妳怎麼做的？」我跑過去，桌子撞到我的腿砰一聲。

她幫我揉揉讓它不痛。「用這根繩子，看見嗎？這是百葉窗的控制繩。」

「為什麼它——」

「這根繩子可以讓百葉窗打開、關上。」她說：「百葉窗其實是一種窗簾，讓你看不見——」

「為什麼要讓我看不見？」

「所謂的『你』是指一般的人。」

我怎麼會變成一般的人？

媽說：「它可以讓外面的人看不見裡面，或裡面的人看不見外面。」

但我看得見外面，就像看電視。我看到草、樹、一棟白色建築物的一角，還有三輛汽車，一輛藍色、一輛咖啡色，還有一輛銀色帶條紋的。「草地上——」

「怎麼樣？」

「那是一隻禿鷹嗎？」

「我想那是一隻烏鴉。」

「另外那隻——」

「那是，啊，怎麼說，鴿子！我提早變成老癡呆啦！好啦，我們來洗個澡。」

我提醒她：「我們還沒有吃早餐。」

「可以洗完再吃。」

我搖頭：「先吃早餐再洗澡。」

「不一定非這樣不可，傑克。」

「但是——」

「我們不必照過去的規則生活。」媽說：「我們高興怎麼做就怎麼做。」

「我喜歡先吃早餐再洗澡。」

但她已經繞過一個轉角，我看不見她，我跑步追過去，發現她在這房間的另一個小房間裡，地板變成冰冷發亮的白色方塊，牆壁也變成白色的。這兒有個跟老馬桶不一樣的馬桶，還有個比老臉盆大兩倍的臉盆，還有一個高高的透明盒子，大概就是電視上的人沖澡的淋浴間。「浴缸躲在哪兒？」

「這裡沒有浴缸。」媽把那個盒子的正面往旁邊一推，它就打開了。她脫下紙衣，揉成一團，扔進一個我猜是垃圾桶的籃子，但它沒有蓋子，也不會發出叮一聲。「我們把那件髒東西也扔了吧。」我的T恤差點把我的臉一起拉掉。她把它也揉成一團，扔進垃圾桶。

「但是——」

「都破爛了。」

「才沒有，那是我的T恤。」

「你會有別的，很多件。」我幾乎聽不見她說話，因為她已經開了淋浴龍頭，水聲嘩啦嘩啦。「進來吧。」

「我不會。」

「很舒服的，我保證。」媽等著。「好吧，那我很快就洗完了。」她走進去，準備關上那扇透明的門。

「不要。」

「一定要關上，否則水會噴出來。」

「不要。」

「你可以隔著玻璃看我，我就在這裡。」她砰一聲把門關上。我再也看不見她了，只有一個模糊的影子，不像真正的媽，而是一個發出奇怪聲音的幽靈。

我敲門，我不知道怎麼開門，但我終於會了，我用力把門打開。

「傑克——」

「我不喜歡妳在裡面而我在外面。」

「那就到裡面來吧。」

我哭了起來。

媽用手替我擦臉，她把眼淚抹開。「對不起。」她說：「對不起，我想我太急了。」她給我一個擁抱，水滴了我一身。「再也沒什麼好哭的了。」

我還是小貝比的時候，每次哭都有充分的理由。但媽進到淋浴間，把我關在另一邊，就是一個充分的理由。

這下子我進來了，我緊貼著玻璃站著，但還是濺得滿身水。媽把臉放在吵鬧的瀑布底下，發出一聲長長的呻吟。

「妳會痛嗎？」我高聲喊道。

「不，我只是在努力享受七年來的第一次淋浴。」

有個寫著洗髮精的小包，媽用牙齒把它撕開，她把它全部用完，幾乎一滴也不剩。她洗頭洗了幾百年，又抹上另一個寫著潤絲精的小包裡的東西，讓頭髮絲滑。她想幫我潤絲，但我不想要絲滑，我也不肯讓水直接沖到臉上。因為沒有毛巾，她用手替我洗澡。我腿上有好多處青紫，是很久以前從咖啡色卡車上跳下來撞到的。我每一處擦傷都在痛，尤其是膝蓋上已經變得捲捲的朵拉與布滋OK繃下面，媽說這代表傷口快要好了。我真不懂，為什麼痛會代表快要好了。

我們每人都可以用一條超厚的白色浴巾，不必跟任何人分享。我寧可分享，但媽說我很傻。她拿了第三條毛巾把頭髮包起來，讓頭變得又大又尖，像一個蛋捲冰淇淋，我們哈哈大笑。

我渴了。「現在可以喝一點嗎？」

「哦，馬上就好。」她舉起一件很大的東西給我看，有袖子和腰帶，像戲服。「暫時先穿這件袍子吧。」

「但這是巨人的衣服。」

「可以的。」她摺起袖子，讓它變得短而蓬鬆。她的氣味也變了，我想是潤絲精的關係。她把袍子攔腰綁住，我得提起下襬走路。「行了，」她說：「傑克國王駕到。」

她又從跟老衣櫃不一樣的衣櫃裡拿出另一件一樣的袍子，它只垂到她的膝蓋。

我唱道：「我來當國王，滴答滴答滴，妳就是王后。」

媽脹紅了臉，滿面笑容，她的頭髮濕了變成黑色，我的頭髮往後梳成馬尾，但因為沒有梳子所以很不順，我們把梳子留在房間裡了。我對她說：「妳該把梳子抓來的。」

「帶來。」她糾正我。「別忘了，我急著要見到你呢。」

「沒錯，但我們需要它。」

她說：「那把梳齒掉了一半的老塑膠梳嗎？我們需要它倒不如在頭上打一個洞。」

我在床旁找到襪子，正要穿上時，媽說不要，因為我在街上跑了又跑，襪子好髒，而且磨出了幾個洞。她把襪子也扔進垃圾桶，她糟蹋每一樣東西。

「牙齒，我們把它給忘了。」我跑過去，從垃圾桶裡把襪子撿出來，在第二隻襪子裡找到牙齒。

媽翻個白眼。

「他是我的朋友。」我告訴她，並把牙齒放進我袍子的口袋。我舔舔自己的牙齒，感覺有點奇怪。「哎呀，不好了，我吃過棒棒糖沒刷牙。」我用手指把每一顆牙齒用力壓緊，免得它們掉下來，不過沒用到受傷的那根手指。

媽搖搖頭：「那不是真的棒棒糖。」

「吃起來像真的。」

「不，我是說那是無糖的，原料是一種不是真的糖，所以不會傷害你的牙齒。」

我愈聽愈糊塗。我指著另一張床：「誰睡那兒？」

「給你睡的。」

「但我跟妳睡。」

「嗯，但護士不知道。」媽望著窗外，她的影子在柔軟的灰色地板上拉得好長，我從來沒見過這麼長的影子。「停車場上那隻，是隻貓嗎？」

「我來看看。」我跑過去看，卻找不到。

「我們去探險好嗎？」

「哪兒？」

「外面。」

「但我們已經在外面了。」

媽說：「是啊，但我們還可以出去呼吸點新鮮空氣，找那隻貓。」

「酷。」

她幫我們找到兩雙拖鞋，但不合我的腳，我會跌倒，她說我可以暫時光腳。我再次望向窗外，其他幾輛車附近忽然冒出一個東西，是一輛寫著**康伯蘭醫院**字樣的廂型車。

我小聲問：「萬一他來了怎麼辦？」

「誰？」

「老尼克，如果他開卡車來。」我差點忘記他了，但我真的忘得了嗎？

媽說：「哦，不可能，他不知道我們在哪裡。」

「我們又變成祕密了嗎？」

「差不多，但這是好的一種。」

床旁邊有一個——我知道那是什麼，是一具電話。我把上半截拿起來，我說：「哈囉。」但沒有人說話，只有一陣柔和的嗡嗡聲。

「對了，媽，我還沒喝奶呢。」

「等一下。」

今天每件事的次序都是顛倒的。

媽轉動門把，臉扭曲了一下，一定是她的壞手腕。她換隻手開門。出去是個很長的房間，牆壁是黃色的，一邊有很多窗，另一邊都是門。每一面牆的顏色都不一樣，一定有什麼規則。我們的門上有個金色的七。媽說我們不能進其他的門，因為它們屬於別人的。

「什麼別人？」

「我們還沒見到他們。」

那她怎麼知道？「我們可以從窗子往外看嗎？」

「哦，可以啊，那是給大家用的。」

「大家就是我們？」

媽說：「我們和所有其他人。」

所有其他人都不在，就只有我們。這些窗子都沒裝讓人看不見的窗簾。這兒是另一個星球，窗外有更多別的汽車，像是綠色、白色、紅色，還有一個很多石頭的地方，還有一些正在走路的東西是人。「他們好小，像精靈。」

媽說：「不是啦，那是因為他們在很遠的地方。」

「他們真的都是真的嗎？」

「跟你和我一樣是真的。」

我試著相信，但這很困難。

有個女人不是真的，我看得出來，因為她是灰色的，她是一尊雕像，而且沒穿衣服。

「來吧。」媽說：「我好餓。」

「我才——」

她拉著我的手。但我們不能再向前走了，因為前面是下樓的階梯，有好多層。「抓住欄杆。」

「什麼？」

「欄杆，就是這個東西。」

我抓住了。

「向下走，一次一級。」

我要跌倒了。我坐下來。

「好吧，這樣也可以。」

我用屁股下樓，下一級，再一級，又一級，然後大袍子鬆開了。一個大人衝上階梯，腳步好快，好像在飛，但她沒有飛，她是一個真正的人，穿了一身白。我把臉藏在媽的袍子裡，不想被看見。那人說：「哦，妳該按鈴——」

什麼鈴？

「床邊的電鈴，知道嗎？」

「我們自己會處理。」媽告訴她。

「我叫諾玲，我幫你們拿來兩個新的口罩。」

媽說：「哦，抱歉，我忘了。」

「沒問題，送到你們的房間去好嗎？」

「不必了，我們要下樓。」

「好極了，傑克，我叫個工友來抱你下樓好嗎？」

我不懂，我又把臉藏起來。

「沒關係。」媽說：「讓他用他的方式做。」

我用屁股下了接下來的十一級階梯。到了樓梯底下，媽幫我把袍子重新綁好，我們仍然是國王與王后，就像〈藍色薰衣草〉⑭裡唱的一樣。諾玲交給我一個非戴不可的新口罩，她說她是護士，她來自一個叫做愛爾蘭的地方，她喜歡我的馬尾。我們走進一個很大的房間，擺了好多張桌子，我從來沒見過那麼多桌子，桌上有盤子、玻璃杯、刀子，其中一個還戳了我肚子一下，我指的是桌子。杯子跟我們的一樣是透明的，但盤子是藍色的，好噁心。

這就像電視星球環繞在我們四周，有人說「早安」和「歡迎來到康伯蘭」和不知為什麼緣故的「恭喜」。有人穿跟我們完全一樣的袍子，有人穿睡衣，還有人穿不同的制服。大多數的人都很巨大，但沒有留我們這麼長的頭髮，他們走路很快，忽然就圍在我們左右，甚至背後。他們走上前來，露出好多顆牙齒，身上的氣味也不對勁。一個滿臉鬍子的男人說：「怎麼說呢，夥計，你是個英雄耶。」

他說的是我。我不看他。

⑭註：英國童謠〈藍色薰衣草〉（Lavender's Blue）開頭兩句為：「藍色薰衣草，嘀哩嘀哩，綠色薰衣草。我是國王，嘀哩嘀哩，妳就是王后。」

「到目前為止，還喜歡這世界嗎？」

我不說話。

「相當不錯吧？」

我點頭。我緊緊抓住媽的手，但我的手指老是滑脫，它們把自己弄濕了。她正在吞服諾玲給她的幾顆藥丸。

我認識一顆高高在上、長滿短毛的腦袋，那是沒戴口罩的克雷大夫。他用白色的塑膠手跟媽媽握手，問我們睡得好不好。

媽說：「我太興奮了。」

別的制服人走過來，克雷大夫說了名字，但我聽不懂。有個滿頭灰髮、頭髮鬈鬈的女人，叫做院長，意思就是老闆，但她哈哈大笑，說不盡然，我不知道這有什麼好笑的。

媽指一張椅子，要我坐在她旁邊。盤子上有個最奇妙的東西，有銀色和藍色和紅色，我猜它是一顆蛋，但不是真正的蛋，是巧克力。

媽說，「哦，對了，復活節快樂，我忘得一乾二淨了。」

我把那顆假蛋抓在手裡。我從來不知道小兔會到建築物裡面來。

媽把口罩拉下來，掛在脖子上，她在喝一種顏色很奇怪的果汁。她幫我把口罩拉到頭上，讓我喝喝看那種果汁，但裡面有看不見的小顆粒，像細菌一樣流進我的喉嚨，所以我非常安靜地把它吐回杯子裡。有些人靠我太近，他們吃一種奇怪的四方塊，上面滿是小方格，還有捲曲的培根。他們怎麼可以把食物放在藍盤子上，沾一大堆色素呢？聞起來確實很好吃，但分量太多了，而且我的手又變得滑溜溜的，我把復活節蛋放回盤子裡恰恰好正中央的位置。我在袍子上擦擦手，但不碰那根被咬過的手指頭。刀叉也不對勁，把手上沒有白色的東西，只有金屬，用起來一定會受傷。

這些人的眼睛都好大，他們的臉形都不一樣，有的留小鬍子，有的身上戴著會搖晃的珠寶或有彩繪。我小聲跟媽說：「沒有小孩。」

「怎麼說？」

「小孩在哪兒？」

「我想這裡沒有小孩。」

「妳說外面有幾百萬個小孩。」

媽說：「醫院只是世界的一個很小的部分，喝你的果汁。啊，看啊，那邊有個男孩。」

我朝她指的方向偷偷望去，但那人長得跟男人一樣高，鼻子、下巴和眼皮上都打著釘子。也許他是個機器人？

媽喝一種會冒煙的咖啡色東西，然後她扮個鬼臉把它放下。她問：「你要吃什麼？」

諾玲護士站在我旁邊，我跳起來。「這是自助餐，」她說：「我們來看看，你可以吃，方格餅、蛋餃、鬆餅……」

我小聲說：「不要。」

媽說：「你要說：『不用了，謝謝妳。』這樣才有禮貌。」

不是我朋友的人用隱形雷射光嚓嚓嚓照我，我把臉貼在媽身上。

「你喜歡什麼，傑克？」諾玲問：「香腸，吐司？」

「他們在看。」我告訴媽。

「所有的人都只是在表示友善。」

我寧願他們停止。

克雷大夫又出現了，他俯身靠近我們：「這對傑克、對你們兩位，可能變化太大了。以第一天而言，可能野心大了點。」

什麼第一天？

媽吁口氣：「我們要去看花園。」

不對，那是愛麗絲。

他說：「不要心急。」

媽對我說：「每種東西拿一點。至少把果汁喝掉，這樣你會覺得好一些。」

我搖頭。

諾玲說：「何不讓我挑兩盤食物，送到你們的房間去？」

媽把口罩啪一聲扣回鼻子上。「那就來吧。」

她生氣了，我猜。

我抓住椅子不放：「那復活節怎麼辦？」

「什麼？」

我用手指一指。

克雷大夫偷蛋，我差點大叫出聲。「拿著。」他說，把蛋放進我袍子的口袋。

上樓梯比較困難，所以媽抱我。

諾玲說：「我來，好不好？」

媽幾乎在大吼：「我們可以。」

諾玲離開後，媽把我們的七號門緊緊關上。只有我們獨處的時候，可以把口罩脫掉，因為我們的細菌是一樣的。媽試著開窗，她用力敲打，但它不肯開開。

「現在可以喝一點嗎？」

「你不吃早餐嗎？」

「等喝完奶。」

於是我們躺下來，我喝了奶，左邊，真是美味。

媽說盤子沒問題，藍色不會沾在食物上，她要我用手搓搓看，還有那些刀叉，沒有白色把手的金屬摸起來很奇怪，但真的不會受傷。有一種糖漿是用來沾鬆餅吃的，但我不想把我的餅弄濕。我每種食物都嘗了一點，每樣東西都很好吃，只有炒蛋的沾醬例外。那個巧克力，復活節蛋，裡面是融化的。它比我們偶爾得到的週日禮還更有巧克力味，是我吃過最棒的東西。

我告訴媽：「啊！我們忘記向耶穌寶寶道謝了。」

「現在來謝，遲一點他不會介意的。」

然後我打了一個大飽嗝。

然後我們回床上睡覺。

門敲響了，媽放克雷大夫進來，她重新戴上口罩，也幫我戴起口罩。現在他沒那麼可怕了。「你好嗎，傑克？」

「還好。」

「給我五根手指頭？」

他舉起塑膠手，還扭動手指頭，想逗我跟他擊掌，但我假裝沒看見。我才不要給他手指頭，我要留著自己用。

他跟媽討論無法入睡、心跳過快以及創傷經驗重現等問題。「試試這個，睡前吃一顆。」他在本子上寫了一些字，說道：「還有些消炎藥，可能對妳的牙痛更有幫助……」

「可不可以拜託讓我自行保管藥物，不要讓護士拿給我，像個病人似的？」

「啊，這應該不成問題，只要妳別把藥隨便放在房間裡到處擱著。」

「傑克知道藥不能亂拿。」

「事實上，我擔心的是我們這兒的幾位有濫用藥物病史的病人。現在，輪到你了，我有個魔法貼布給你。」

「傑克，克雷大夫在跟你說話。」

藥布要貼在我的手臂上，讓那個部位感覺好像不存在。他還帶兩副很酷的太陽眼鏡給我們，窗戶裡射進來的光線太強時就要戴起來，我的是紅色，媽的是黑色。我對她說：「好像饒舌歌的歌星耶。」如果我們到外面的外面去，鏡片顏色會變深，如果我們在外面的裡面，顏色會變淡。克雷大夫說我的眼睛超犀利，但它們還不習慣看遠，我必須藉著看窗外來鍛鍊它們。我都不知道眼睛裡還有肌肉，我用手指壓壓看，卻摸不到。

克雷大夫說：「藥布怎麼樣？你麻痺了嗎？」他把藥布撕掉，摸摸看下面，我看見他的手指碰到我，卻沒有感覺。然後壞事來了，他拿出針筒，說他很抱歉，但我必須打六針才不會生可怕的病，藥布的作用就是讓打針不會痛。六針，不可能，我逃到這個房間的浴室裡去。

「它們會要了你的命。」媽把我拖回克雷大夫面前。

「不要！」

「我說的是細菌，不是打針。」

還是不要。

克雷大夫說我真的很勇敢，但我不勇敢，我在執行B計畫的時候，已經把所有的勇敢用光了。我不斷地尖叫。媽把我按在她腿上，讓他一遍又一遍把針插進去，每一針都很痛，因為他把藥布拿掉了，我哭著要它，最後媽把它貼回去。

「暫時都結束了，我保證。」克雷大夫把針收到牆上一個叫做尖銳物品的盒子裡。他口袋裡有根棒棒糖是要給我的，橘色的，但我吃得太飽了。他說我可以留著下次吃。

「……很多方面都像新生兒，雖然他的識字能力和計數能力發展速度都快得驚人。」他對媽說。我聽得很用心，因為所謂的「他」就是我。「除了免疫力問題，可能在諸如社會適應方面，會面臨挑戰，這顯而易見，還有知覺調適方面——把蜂擁而來的刺激加以過濾與分類——再加上空間感知的困難……」

媽問道：「所以他才老是撞上東西嗎？」

「完全正確。他太習慣過去那個不需要學習對距離做評估的幽閉環境。」

媽把頭埋在雙手裡：「我一直以為他還好。多多少少。」

難道我不好？

「從另一個角度看這件事——」

他停下來，因為有敲門聲，門一開只見諾玲端來另一個托盤。

我打了一個嗝，我的肚子還被早餐塞得飽飽的。

克雷大夫說：「理想狀態下，可以安排遊戲與藝術的心理健康門診，但我們今天早晨開會決定，當前的首要考慮是幫助他建立安全感。事實上，你們兩位都有這方面的需求。漸進擴大信任的圈子。」他的手在空中向外劃圈。「我運氣很好，昨晚篩檢住院的心理醫師由我輪值——」

她說：「運氣好？」

「我措辭不當。」他咧開嘴，似笑非笑：「目前就由我跟你們合作——」

什麼合作？為什麼跟小孩合作？

「——當然也需要我專攻兒童與青少年精神醫學、神經學的同事，以及精神治療師支援，我們還會調度營養師和復健師——」

又有敲門聲。諾玲又來了，還帶來一個警察，是男的，但不是昨晚那個黃頭髮的。

現在房間裡有三個外人，加上我們兩個，一共五個人，幾乎到處都是手臂、腿和胸膛。他們都在說話，直到我覺得痛。「統統給我停止說話！」我不出聲地說。我把手指塞進耳朵裡。

「你想要個驚喜嗎？」

媽在對我說話嗎？我不知道。諾玲走了，警察也走了。我搖頭。

克雷大夫說：「我不確定這是否恰當——」

媽打斷他：「傑克，天大的好消息。」她拿著一張照片，我不必細看就知道那是誰，老尼克。就跟那次我晚上在床上偷看到的同樣一張臉，但他脖子上掛著一個標誌，背後有排數字，就像我們記錄我的生日身高一樣，他幾乎快到六的位置，但還沒有到。有張照片是他在看旁邊，還有一張他正看著我。

媽說：「警察深夜抓到他，把他關進監獄裡，他出不來了。」

我很好奇，咖啡色卡車是不是也進了監獄。

克雷大夫問她：「看這些照片會引發任何我們討論的症狀嗎？」

她翻個白眼：「經過七年真正的折磨，你認為一張照片能讓我崩潰嗎？」

「你呢，傑克，感覺如何？」

我不知道答案。

克雷大夫說：「我要問一個問題，但如果你們不想回答就不用回答，好嗎？」

我看看他，又看看那幾張照片。老尼克卡在一堆數字裡出不來了。

「這個人有沒有做過任何你不喜歡的事？」

我點頭。

「可以告訴我他做了什麼嗎？」

「他切斷電源，讓蔬菜爛掉，變得好噁心。」

「好。他有沒有傷害過你？」

媽說：「不要——」

克雷大夫舉起一隻手。他對她說：「沒有人懷疑妳的話。但試想妳睡著的那些晚上。如果我不親自問傑克，就是沒有盡到我的職責，對吧？」

媽很慢很慢地呼出一口氣。她對我說：「不要緊，你可以回答。老尼克有沒有傷害過你？」

「有的。」我說：「兩次。」

他們兩個都瞪大眼睛。

「第一次是大逃亡的時候，他把我扔進卡車，後來是在街上，第二次最痛。」

「很好。」克雷大夫說。他在微笑，我不知道為什麼。他對媽說：「我馬上去問檢驗室，看他們是否需要另一組你們兩位的DNA樣本。」

「DNA？」她的聲音又瘋狂起來。「你認為我還有其他訪客？」

「我認為，這是法院運作的方式，所有可能性都要列入考慮。」

媽把整張嘴往內吸，她的嘴唇全不見了。

「每天都有惡魔藉著技術上的細節逃脫法網。」他的聲音高亢：「可以嗎？」

「可以。」

他離開後，我扯下口罩，問道：「他在生我們的氣嗎？」

媽搖頭。「他生老尼克的氣。」

我不認為克雷大夫認識老尼克，我還以為只有我們認識他。

我去看諾玲端來的托盤。我不餓，但我問媽，她說已經一點多了，吃午餐已經嫌晚，那應該是十二點多要做的事，但即使如此，我的肚子也還沒有空。

媽對我說：「放心。這兒每件事都不一樣了。」

「但規則是什麼？」

「沒有規則。我們可以十點鐘吃午餐，也可以一點鐘吃、三點鐘吃，或者半夜吃也可以。」

「我不要半夜吃午餐。」

媽歎口氣：「我們來訂新的規則，就是……從十二點到兩點之間，隨時可以吃午餐。如果我們不餓，就跳過它。」

「怎麼跳過它？」

「什麼也不吃。不吃任何東西。」

「好。」我不在乎什麼也不吃。「但這些食物，諾玲會把它怎麼辦？」

「扔掉。」

「浪費。」

「是啊，但它必須進垃圾桶，因為——感覺上它已經髒了。」

我看著藍盤子上五顏六色的食物：「看起來不髒啊。」

媽說：「事實上不髒，但食物在我們的盤子上放過以後，這裡就沒有人願意再要它了。這件事你不必擔心。」

她說過好多遍叫我不必擔心，但我就是不知道怎麼能不擔心。

我打了個好大的呵欠，整個人差個倒翻過去。我的手臂沒有麻痺的地方還在痛。我問我們可不可以再睡一覺，媽說當然可以，但她要去看報紙。我不懂她為什麼寧可看報紙而不陪我睡覺。

♥

我醒來時，光線的位置不對勁。

「不要緊。」媽說，她把臉貼在我臉上：「任何事都不要緊。」

我戴上酷酷的太陽眼鏡去看我們窗戶裡上帝的黃臉，光線照著整片毛茸茸的灰地毯。

諾玲拎了一大堆袋子進來。

「妳可以先敲個門。」媽幾乎在吼叫，她替我戴上口罩，然後自己也戴上。

諾玲說：「對不起。事實上我敲過了，但我下次一定會敲得更大聲。」

「不必了，對不起，是我沒聽見——我在跟傑克說話。也許我聽見了，但我不知道那是敲門聲。」

諾玲說：「沒關係的。」

「有些聲音來自——別的房間。我聽見一些聲音，但我不知道它來自什麼地方，什麼東西，什麼人。」

「大概這環境有點陌生吧。」

媽似乎笑了一聲。

「說到這位小兄弟——」諾玲的眼睛發亮：「想不想看你的新衣服呀？」

不是我們的衣服，但袋子裡有各式各樣的衣服，如果不合身，或我們不喜歡，諾玲會把它們拿回店裡，另外換一批回來。每件衣服我都試了。我最喜歡那套睡衣，毛茸茸的，上面有太空人，就像電視男孩的戲服。還有用一種刺刺的、叫做魔鬼氈的東西固定的鞋子。我喜歡把它們唰啦一聲撕開和扣合。但穿著它很不好走路，鞋子很笨重，好像要把我絆倒。我寧可躺在床上的時候穿它，我舉腳在空中揮動，鞋子互相打架，又重新做好朋友。

媽穿了一件太緊的牛仔褲。諾玲說；「這陣子大家都這麼穿。說真的，還真適合妳的身材。」

「『大家』是什麼人？」

「年輕人呀。」

媽微微一笑，我不知道為什麼。她穿上一件同樣太緊的襯衫。

我小聲對她說：「這不是妳真正的衣服。」

「現在是了。」

門又響了，是一個護士，一樣的制服，不一樣的臉。她說我們得把口罩戴回去，因為有訪客。我從來沒有過訪客，我不知道該怎麼辦。

一個外人走進來，向媽跑去。我握著拳頭跳起來，但媽又哭又笑，一定是悲喜交加。

「哦，姆媽。」是媽在說話：「哦，姆媽。」

「我的小——」

「我回來了。」

那個女的外人說：「是的，妳回來了。他們打電話來，我還以為又是一場騙局——」

「妳想念我嗎？」媽開始笑，那笑容很奇怪。

那女人也在哭，她眼睛下面有好幾條黑色的東西流下來，我不知道她是不是會流黑色的眼淚。她的嘴跟電視上的女人一樣是血紅色，頭髮是黃色，有點短，但也不那麼短，耳朵上的洞下面扣著一粒大金球。她用手臂把媽整個兒綁得緊緊的，她圓滾滾的身體，一個就有三個媽那麼大。我從來沒看過媽擁抱別人。

「讓我看一下妳不戴這蠢東西的樣子。」

媽脫下口罩，不停笑了又笑。

那女人轉頭看我：「我不能相信，我完全不能相信。」

媽喊我：「傑克，這是外婆。」

所以我真的有外婆。

「小寶貝啊。」那女人張開手臂，好像要揮舞，但又沒有。她向我走來，我躲在椅子後面。

「他很貼心的。」媽說：「只不過他不習慣跟我以外的任何人相處。」

「當然，當然。」外婆走得更近一點兒：「哦，傑克，你是全世界最勇敢的小男孩，你把我的貝比救了回來。」

什麼貝比？

媽對我說：「把你的口罩掀起來一下。」

我照做，然後讓它彈回去。

外婆說：「他有妳的下巴。」

「妳這麼認為？」

「當然妳一直都喜歡小孩，妳會免費幫人家看小孩……」

她們聊了又聊。我揭開ＯＫ繃，看看我的手指頭還會不會掉下來。那些紅點點現在變得像鱗片一樣。

風吹進來。門口出現一張臉，臉上滿滿長著鬍子，從臉頰到下巴，還有鼻子下面，但頭頂上卻一根毛也沒有。

媽說：「我跟護士說過，我們不希望被打擾。」

外婆說：「其實，這是李奧。」

「嗨。」他舉起手，搖晃著手指說。

媽問：「李奧是什麼人？」沒有笑容。

「他本來應該待在走廊裡的。」

「沒事。」李奧說，然後就不見了。

媽問：「爹在哪兒？」

外婆說：「目前在坎培拉，但他已經上路了。發生了很多變化，甜心。」

「坎培拉？」

「哦，蜜糖，妳可能一時之間不能接受……」

結果那個滿臉毛的李奧不是我真正的外公，真正的那個以為媽死了，為她舉行過葬禮後就回去澳洲了。外婆很氣他，因為她自己從來沒有放棄過希望。她一直對自己說，他們的寶貝小女兒失蹤一定有她的理由，總有一天她會再聯絡的。

媽瞪著她看：「總有一天？」

「嗯，不是嗎？」外婆對窗戶揮揮手。

「我會有什麼樣的理由？」

「唉，我們真是想破了腦袋。一個社工人員告訴我們，妳這種年紀的孩子有時候會憑空失蹤。嗑藥是一種可能，我搜遍了妳的房間——」

「我的總平均是三點七⑮。」

「是啊，妳成績很好。妳是我們的快樂與驕傲。」

「我是在街上被擄走的。」

「對啊，現在我知道了。我們在市區各地張貼尋人啟事。保羅還設了一個網站。警察跟妳在大學和高中認識的每一個人都談過，要找出妳還可能跟什麼我們不知道的人交往。我一直覺得好像看到妳，那真是折磨。」外婆說：「我常把車停在女孩身旁，狂按喇叭，但結果都是陌生人。每到妳的生日，我都會烤妳最喜歡的蛋糕，指望著萬一妳走進來，還記得我的香蕉巧克力蛋糕嗎？」

媽點頭。她滿臉都是淚水。

「我不吃藥就睡不著。不知道發生什麼事最讓我心碎，這對妳哥很不公平。妳知道嗎——算了，妳怎麼可能知道——保羅有個小女兒，快三歲了，已經訓練得會自己上廁所了。他的同居人很漂亮，在做放射線科醫師。」

⑮註：美國大學與中學普遍採用四分制系統計算學生成績，滿分四分相當百分制的一百分。總平均三點七約等於百分制的九十分，是非常優異的成績。

她們繼續聊了很多，我耳朵都聽累了。然後諾玲替我們拿藥進來，還送來一杯果汁，不是柳橙汁，是蘋果汁，是我喝過最好喝的。

現在外婆要回家了。我很想知道她是不是睡吊床。她站在門口說：「我，呃——李奧可以進來很快打個招呼。」

媽沒說話，然後：「也許下次吧。」

「妳高興就好。醫生說要慢慢來。」

「什麼要慢慢來？」

「每件事。」外婆轉向我說：「就這樣嘍，傑克。你知道掰掰的意思嗎？」

「事實上，什麼字的意思我都懂。」我告訴她。

這讓她笑個不停。

她親一下自己的手，然後舉手對我吹口氣。「接著？」

我想她是要跟我玩，假裝我接到那個吻，所以我照做，她很高興，流了更多眼淚。

後來我問媽：「我說我認識所有的字，並不是開玩笑，她為什麼要笑？」

「哦，無所謂，能逗得人笑總是好事。」

六點十二分，諾玲端來另一個完全不一樣的托盤，這是晚餐，媽說，我們可以五點多、六點多、甚至七點多吃晚餐。有種咬起來咔吱咔吱的綠色菜，叫做芝麻菜，味道太嗆了，我喜歡邊緣脆脆的馬鈴薯，還有上面滿是條紋的肉。麵包裡有些小東西弄得我喉嚨發癢，我試著把它們挑出來，但這麼一來就出現很多小洞，媽說還是不要動它吧。她說草莓的滋味像天堂，她怎麼知道天堂是什麼味道？媽說大多數人都給自己塞了太多食物，我們應該想吃多少就吃多少，多餘的就剩下來。

我最喜歡外面的一點是窗戶，它每個時間都不一樣。一隻小鳥颼一下飛過去。我不知道牠是什麼鳥。現在影子又變得很長，我的影子跨過整個房間，映在綠色的牆上。我看著上帝的臉慢慢落下，變得更像橘子，各種顏色的雲，拉成一長條一長條，黑暗一次升上來一點，直到天色完全變黑我才發覺。

♥

夜裡媽跟我一直互相撞來撞去。我第三次醒來時，想要吉普車和遙控器，但它們不在這裡。

現在房間裡沒有別人，只有東西。每件東西都格外安靜地躺著，灰塵落下來，因為媽和我在醫院裡，而老尼克在監獄裡。他永遠出不來了。

我記起我穿著太空人的睡衣。我隔著衣服摸摸我的腿，感覺不像我的腿。所有那些曾經屬於我們的東西都在房間裡，只除了媽扔到垃圾桶裡去的那件T恤，永遠沒有了。上床前我去看過，清潔人員一定把它拿走了，我一直以為清潔人員是比其他人更清潔的人，但媽說他們是負責打掃的人。我猜他們像精靈一樣會隱形。真希望清潔人員送回我的舊T恤，但那只會讓媽又不高興起來。

我們必須住在這個世界，再也不回房間去了。媽說事情就是這樣，我應該高興才是。我不懂，我們就只回去睡個覺，有什麼不可以。我不知道我們是不是要永遠待在醫院裡，或者可以到外面的其他地方去，像是那棟有吊床的房子，只不過真正的外公在澳洲，太遠了。

「媽？」

她呻吟一聲：「傑克，我才剛睡著……」

「我們在這兒多久？」

「才不過二十四小時，只是感覺很久罷了。」

「不是，而是——現在以後，我們還要在這裡多久？多少個白天？多少個晚上？」

「我也不知道。」

但媽總是每件事都知道的呀。「告訴我嘛。」

「噓。」

「多久嘛？」

「就一段時間。」她說：「好了，別說話，隔壁有別人，記住，你會吵到他們。」

我看不到那些別人，但他們還是在那兒，他們就是餐廳裡的那些人。在房間裡，我從來不用擔心吵到任何人，只除非牙齒很壞的時候我才會吵到媽。她說那些人住到康伯蘭來，是因為他們的頭腦有問題，但不是很嚴重。他們可能過度擔心而睡不著覺，吃不下飯，或洗太多次手。有些人是撞傷了頭，再也不認識自己。有些人是一直很傷心，甚至用刀割自己的手臂，但我不知道這麼做有什麼用。醫生、護士和琵拉還有隱形的清潔人員都沒生病，他們是來幫忙的。媽和我也沒有病，我們只是來這兒休息，而且我們不想被狗仔隊騷擾，也就是那群拿著照相機和麥克風的禿鷹，因為我們現在很有名，就像饒舌歌手一樣，但我們不是故意要有名的。媽說，基本上，我們只需要一點點幫助，讓我們把事情想清楚。但我不知道是哪些事情。

我伸手到枕頭底下，摸摸看牙齒有沒有變成錢——沒有。我猜牙仙不知道醫院在哪裡。

「媽？」

「什麼事？」

「我們被關起來了嗎？」

「沒有。」她幾乎在吼叫：「當然沒有。為什麼問呢，你不喜歡這地方嗎？」

「我是說，我們一定要住在這裡嗎？」

「不，不，我們像小鳥一樣自由。」

♥

我以為所有的怪事都發生在昨天，但不是，今天的怪事更多。

我的大便很難解，因為我的肚子不習慣這麼多食物。

我們不需要在淋浴間裡洗床單，因為看不見的清潔人員也會處理這件事。

媽在克雷大夫發給她寫功課的筆記本上寫字。我還以為只有上學的小孩要做家庭作業，也就是回家做的功課，但媽說醫院不是任何人真正的家，所有的人最後還是要回家的。

我討厭我的口罩。戴著它害我不能呼吸，但媽說我其實可以呼吸的。

我們到餐廳吃早餐，那個地方只用來吃東西，這個世界的人喜歡每件事在不同的房間裡做。我記得禮貌，就是一個人害怕惹別人生氣時做的事。我說：「請問妳可以賜我更多鬆餅嗎？」

穿圍裙的女人說：「真是個可愛的小娃娃。」

我不是娃娃，但媽小聲說，這表示那女人喜歡我，所以我應該讓她叫我娃娃。

我試吃糖漿，真是超級無比特別甜，媽攔住我之前，我已經喝掉一小罐。她說糖漿只能淋在鬆餅上，但我覺得那麼吃很噁心。

不斷有人端著咖啡壺來找她，她都說不要。我吃了好多條培根，已經數不清了。我說「謝謝你，耶穌寶寶」的時候，大家都瞪著眼看，我想是因為外面的人不認識他。

媽說，如果有人表現得很奇怪，像是那個臉上有金屬環、名叫雨果的男孩哼歌，或賈博太太不停在抓脖子，我們都不能笑，即使非笑不可，也只能笑在心裡，或藏在臉孔後面。

我永遠不知道什麼時候會被突來的聲音嚇得跳起來。多半的時候我看不到什麼東西在發出聲音，有時很小聲，就像蟲子叫，但有時會讓我頭痛。儘管所有東西都會發出很大的聲音，媽還是再三對我說，不可以大喊大叫，免得打擾別人。但我說話的時候，他們又經常聽不見。

媽說：「你的鞋子在哪裡？」

我們回餐廳去找，在餐桌底下找到它們，一隻鞋上有片培根，我把它吃了。

媽說：「細菌。」

我拎著鞋子的魔鬼氈。她叫我把它們穿上。

「會害我腳痛。」

「尺碼不是很合嗎？」

「太重了。」

「我知道你不習慣穿鞋，但你真的不能穿著襪子到處跑，說不定會踩到什麼尖銳的東西。」

「我不會，我保證。」

她等著，直到我穿好鞋。我們在走廊裡，但不是樓梯口那條。醫院分成很多區。我覺得我們沒來過這兒，我們迷路了嗎？

媽隔著一扇新的窗戶向外望：「今天我們可以到外面去，說不定看看樹木和花草。」

「不要。」

「傑克──」

「我就是不要，謝了。」

「新鮮空氣！」

我喜歡七號房的空氣。諾玲把我們帶回那兒。從我們的窗戶望出去，可以看到車子停放或離開，還有鴿子，有時還看得到那隻貓。

後來我們跟克雷大夫到一個新房間去玩，那兒有毛很長的地毯，跟扁平而只有鋸齒圖案的老地毯很不一樣。我不知道老地毯想不想念我們，她是不是還在那輛進了監獄的卡車後廂？

媽拿她的家庭作業給克雷大夫看，他們談了更多不怎麼有趣的事，像是**人格解體**和**似陌生感**。後來我幫克雷大夫把他玩具箱裡的東西搬出來，真是酷斃了。他對著不是真的的手機說：「很高興你打電話來，傑克。我目前在醫院，你在哪兒？」

我拿起一根塑膠香蕉，對著它說：「我也在醫院。」

「這麼巧！你喜歡這裡嗎？」

「我喜歡這裡的培根。」

他哈哈大笑，我都不知道我又說了個笑話。「我也喜歡培根。過分喜歡了。」

喜歡怎麼可能過分呢？

我在玩具箱底找到很小的布偶，包括一隻點點狗、一個海盜、一個月亮和一個舌頭伸出來的男孩，我最喜歡那隻狗。

「傑克，他要問你一個問題。」

我對媽眨眨眼。

克雷大夫說：「你在這兒不喜歡哪些事？」

「很多人在看。」

「唔？」

他常用這個聲音來取代字句。

「還有突然的事。」

「投籃的事？打籃球嗎？」

「忽然發生的事。」我告訴他：「來得好快好快。」

「哦，是的。『世事瞬息千變超乎吾人想像。』⓰」

「啥？」

「抱歉，只是引用一句詩。」克雷大夫對媽咧嘴一笑。「傑克，你來醫院之前住在什麼樣的地方，可以描述一下嗎？」

他沒去過房間，所以我告訴他所有的點點滴滴，我們每天做些什麼事等等，我忘了說的媽會說。他有我在電視上看到的那種很多顏色的黏土，我們說話的時候，他就用它做各種圓球和長條，我把手指插進一小團黃色的，就有一些沾在我的指甲上，我不喜歡黃指甲。

他問：「你們的週日禮從來沒得到過黏土嗎？」

「乾掉了。」媽插嘴說：「沒想過吧？再怎麼盡忠職守每次玩完都放回原來的盒子裡，過了一陣子，還是會變得像牛皮一樣硬。」

⓰註：引用愛爾蘭詩人Frederick Louis MacNeice（一九〇七至一九六三）的作品〈雪〉。

克雷大夫說：「我想是會這樣。」

「基於同樣的理由，我都要蠟筆和鉛筆，不要彩色筆，還有布尿片——用得久的東西，這樣就不需要隔一個星期再要一次。」

他不斷點頭。

「我們用麵團做黏土，但它就只有白色。」媽聽起來很生氣。「你以為我如果能每天給傑克換一種不同顏色的黏土，會不給嗎？」

克雷大夫叫媽的另外一個名字：「沒有人批評妳的選擇和方法。」

「諾玲說，如果加入同樣分量的鹽和麵粉，效果會更好，你知道嗎？我不知道這訣竅，我怎麼可能知道？我甚至沒想到要他買食用色素。要是當初我有一點起碼的鬼概念——」

她不斷告訴克雷大夫說她很好，但聽起來她一點也不好。她跟他談到**認知扭曲**，他們做呼吸練習時，我就在一旁玩布偶。後來我們的時間到了，他必須去陪雨果玩了。

我問：「他也住過工具棚嗎？」

克雷大夫搖頭。

「他遇到了什麼事？」

「每個人都有不同的故事。」

我們回到房間後，媽跟我躺上床，我喝了好多。她身上的味道還是不對勁，都是那個潤絲精，太絲滑了。

即使睡了午覺，我還是很疲倦。我的鼻子在滴水，眼睛也一樣，好像從裡面開始融化了。媽說我得了第一次感冒，如此而已。

「但是我有戴口罩啊。」

「細菌還是有辦法鑽進來。說不定明天我就會被你傳染。」

我哭起來：「我們還沒有玩夠呢。」

她抱住我。

「我還不想上天堂。」

「小心肝——」媽從來沒有這樣叫過我：「不要緊的，如果我們生病，醫生會治好我們。」

「我要那樣。」

「你要什麼？」

「我要克雷大夫治好我。」

「嗯，其實他不會治感冒。」媽咬緊嘴唇：「不過感冒過幾天就會好了，我保證。對了，你想學擤鼻涕嗎？」

我一共做了四次，我把所有的鼻涕擤到面紙上時，媽拍拍手。

諾玲送午餐來，有湯、串燒肉塊和一種不是真正的米飯，叫做藜麥。飯後有水果沙拉，我每一種都猜猜看，有蘋果、橘子，我不認識的幾種包括鳳梨、芒果、藍莓、奇異果和西瓜，結果猜對兩種，猜錯五種，負三分。裡頭沒有香蕉。

我想再看一眼那些魚，所以我們下樓到一個叫做會客室的區域去。魚身上有條紋。「牠們生病了嗎？」

媽說：「我看牠們活潑得很。尤其海草中間那尾大的，特別神氣活現。」

「沒生病嗎，但腦袋有沒有問題呢？牠們是瘋子魚嗎？」

她笑起來。「我想不是。」

「牠們是不是因為很有名，所以來休息一下呢？」

「事實上，這些魚是在這裡出生的，就在這個魚缸裡。」說話的是那個叫琵拉的女人。

我跳起來，我沒看見她從櫃台後面走出來。「為什麼？」

她看著我，仍然滿臉笑容。「嗯——」

「為什麼牠們會在這裡？」

「給我們大家欣賞吧，我猜。牠們不是很漂亮嗎？」

媽說：「來吧，傑克。阿姨她得工作呢。」

外面的時間都很混亂。媽不斷在說「慢一點，傑克」或「等一下」或「馬上就好了」或「快一點，傑克」。她常說傑克，讓我知道她在跟我說話，不是別人。我幾乎猜不到現在的時間，有很多時鐘，但它們都用指針，我不知道其中的祕密，數字錶又不在這裡，所以我只好問媽，她被我問得很煩。「你知道現在是什麼時間，現在是到外面去的時間。」

我不想去，但她不停地說：「我們試試看，試一下嘛。就趁現在，有何不可呢？」

首先我得把鞋子穿好。然後我們必須穿外套、戴帽子，在口罩下面的臉上和手上塗黏黏的東西，因為我們來自房間，所以太陽可能把我們的皮膚燒焦。克雷大夫和諾玲跟我們一起來，但他們不用戴太陽眼鏡，也不需要其他東西。

出去不是穿過門，而是通過一種像太空船上的氣閘。媽想不起來那個字，克雷大夫說：「旋轉門。」

我說：「哦，對啊，我在電視上聽到過。」我喜歡轉來轉去那部分，但到了外面，光線刺痛眼睛，眼鏡變成全黑，風打在我臉上，我堅持要回裡面去。

媽不斷地說：「不要緊的。」

「我不喜歡。」旋轉門卡住了，它不肯轉，它把我硬擠出來。

「牽著我的手。」

「風會把我們撕開。」

媽說：「只是微風。」

光線跟窗戶裡的不一樣，它從所有的方向照過來，從太陽眼鏡的邊緣鑽進來，我記得大逃亡的時候不是這樣的。太多可怕的亮光，新鮮的空氣也不停地吹來吹去。「我皮膚要燒掉了。」

諾玲說：「你好棒。大口呼吸，慢慢來，這才是個男孩。」

為什麼這樣才是個男孩？在這兒根本不可能呼吸。我的眼鏡上有黑點，我的胸口跳得咚咚響，風聲震耳，我什麼也聽不見。

諾玲做了一件奇怪的事，她拉下我的口罩，放了一張不同的紙在我臉上。我用我黏糊糊的手把它推開。

克雷大夫說：「我不確定這是不是——」

諾玲對我說：「對著袋子呼吸。」

我照著做，這樣很溫暖，我只需要吸氣，吸氣。

媽摟住我的肩膀，她說：「我們回去吧。」

回到七號房，我在床上喝了些，仍穿著鞋子，手也還是黏搭搭的。

後來外婆來了，這次我認得她的臉。她從有吊床的房子帶了書來，三本沒有圖畫的給媽，她看了好興奮，還有五本有圖畫的給我。外婆還不知道五是我最喜歡最喜歡的數字。她說這都是媽和保羅舅舅做小孩子的時候看的書，我相信她沒撒謊，但要我相信媽做過小孩子這件事，簡直沒有可能。「要不要來坐外婆腿上，我來念書給你聽？」

「不用了，謝謝。」

有《好餓的毛毛蟲》、《愛心樹》、《狗兒快跑》、《護樹精靈羅瑞克斯》和《彼得兔的故事》。我看了所有的圖畫。

外婆很小聲地對媽說：「我是說真的，全部的細節。我能夠承受。」

「我懷疑。」

「我準備好了。」

媽不停地搖頭。「有什麼意義，媽？已經過去了，我逃出來了。」

「但是，蜜糖——」

「我真的寧願妳不要每次看到我都想到那種事，好嗎？」

外婆流下更多眼淚。她說：「小心肝，我看到妳的時候，唯一想到的就是哈利路亞，讚美上帝。」

她走了以後，媽念小兔的故事給我聽，他叫彼得，但不是那位聖徒。他穿老式的衣服，被園丁追，我不懂他幹嘛費那麼大工夫去偷蔬菜。偷東西是壞事，但如果我要做小偷，我一定會偷汽車和巧克力之類的好東西。這不是一本非常好的書，但同時擁有這麼多本新書，真的很棒。在房間的時候我有五本書，現在又加五本，等於是十本。但實際上，舊的五本書不在我手上，我想我只有新的這五本。房間裡那五本也許再也不會屬於任何人了。

外婆只待了一會兒，因為我們有另一位訪客，就是我們的律師莫里斯。我不知道我們有律師，就像法律星球，有人互相叫罵，然後法官敲槌子一樣。我們在一個不在樓上的房間裡跟他見面，那兒有張桌子和一種甜甜的香味。他的頭髮特別鬈曲。我趁他跟媽談話的時候練習擤鼻涕。

他說：「例如這份報紙，刊登妳五年級的照片，我們告他們侵犯隱私就很有勝算。」

他說的「妳」是指媽，不是我，我已經很會分辨了。

「你是說打官司嗎？我完全不考慮這種事。」她告訴他。我拿有鼻涕的面紙給她看，她對我豎起大拇指。

莫里斯點了好多下頭：「我只是說，妳得考慮你們的將來，妳自己跟孩子。」孩子就是我。「確實，目前康伯蘭減免一切費用，我也成立了一個基金，接受支持妳的人捐款，但我必須告訴妳，早晚妳會收到令妳無法置信的昂貴帳單。各方面都要用錢，你們兩位的復健、貴族式的醫療、住宅、教育……」

媽揉揉眼睛。

「我不想催妳。」

「你剛剛說──支持我的人？」

「是啊。」莫里斯說：「捐贈品大量湧進，大約每天都有一麻袋。」

「一麻袋什麼？」

「什麼都有。我順便帶了一點來──」他從椅子背後拎起一個大塑膠袋，從裡面掏出好多包東西。

媽看看那些信封說：「你把它們都拆開過了。」

「相信我，這種東西需要過濾。F─E─C─E─S，這還是最起碼的。」

我問媽：「為什麼會有人寄大便給我們？」⓱

⓱註：feces，意謂排泄物，是「大便」比較文雅的說法。五歲小孩通常不會拼這個字，甚至根本是文盲，不會拼字。莫里斯不想讓傑克聽懂，所以把全字拆成字母表達。

莫里斯瞪大眼睛。

她告訴他：「他拼字很強。」

「哦，你問為什麼，是嗎，傑克？因為外頭有很多瘋子。」

我還以為瘋子都在這家醫院裡接受治療呢。

「但你們收到的物品，大部分都來自善意祝福的人。」他說：「巧克力、玩具之類的物品。」

巧克力！

「我想我先把鮮花都帶過來，它們讓我的郵件助理偏頭痛發作。」他捧起好多把用透明塑膠包著的鮮花，那香味就是來自它們。

我小聲問：「玩具有哪些玩具？」

「看，這兒就有一個。」媽邊說邊把它從信封裡抽出來。那是一節小小的木製火車。

「不可以搶。」

「對不起。」我推著它嘟嘟前進，沿著桌子，開下桌腿，越過地板，爬上藍色的牆壁。

莫里斯又說：「好幾家電視台表示濃厚的興趣。妳不妨考慮寫一本書，有朝一日……」

媽的口吻很不友善：「你認為我們應該在別人出賣我們之前先出賣自己？」

「我不會這麼說。我認為妳有很多事可以教導這世界。如何過儉樸的生活，這很有時代意義。」

媽哈哈大笑。

莫里斯舉起手掌：「當然，這由妳自己決定。日子要慢慢過。」

她念了其中一封信：「小傑克，你是個了不起的男孩，祝你分分秒秒都快樂，因為你值得，因為你真的穿過地獄回到人間！」

我問：「這是誰說的？」

她把信紙翻來轉去看：「我們不認識她。」

「她為什麼說我了不起？」

「她只是在電視上聽說你的事。」

我往那些最厚的信封裡看，想找到更多火車。

媽拿起一小盒巧克力說：「來，這些看起來不錯。」

我找到一個非常大的箱子：「還有更多。」

「不行，這樣太多了，會讓我們生病的。」

我已經感冒了，我不介意。

媽說：「我們送一些給別人。」

「誰？」

「護士，也許。」

莫里斯說：「玩具之類的，我可以轉交給兒童醫院。」

「好主意。挑一些你想留下的。」媽對我說。

「多少？」

「你想要多少就多少。」她讀另一封信：「上帝保佑妳和妳貼心的小聖人兒子，我祈禱你們找到這世界提供的一切美好事物，所有的夢想成真，人生的路途鋪滿幸福與黃金。」她把信放在桌上。「我哪來時間回這麼多封信？」

莫里斯搖搖頭：「那個混——應該稱呼他被告，他已經偷走了妳人生最好的七年。在我看來，一分鐘都不能再浪費。」

「你怎麼知道那會是我人生最好的七年？」

他聳聳肩膀：「我不過是說——妳當時十九歲，不是嗎？」

有好些酷呆了的東西，一輛輪子轉動會颼颼作響的汽車，還有一個小豬形狀的口哨，我吹它。

莫里斯說：「哇，好大聲。」

媽說：「太吵了。」

我再吹一次。

「傑克——」

我把它放下。我找到一隻天鵝絨的鱷魚，跟我的腿一樣長，一個裡面有鈴鐺的手搖鼓，一個壓住鼻子就發出哈哈哈笑聲的小丑臉。

媽說：「那個也不行，讓我起雞皮疙瘩。」

我小聲跟小丑說掰掰，把它放回信封。有一個四方塊，附了一支好像筆的東西綁在上面，我可以用它畫圖，但那是硬塑膠，不是紙。一個盒子裡裝了好多隻手臂和尾巴捲曲的猴子，可以串成一條猴子鍊。還有一輛救火車、一隻頭戴著我怎麼用力都扯不下來的棒球帽的熊寶寶。標籤上有張嬰兒照片，臉上橫過一行字，寫著「0-3」，也許是說它可以在三秒之內殺死嬰兒。

「哦，別這樣，傑克。」媽說：「你不需要那麼多玩具。」

「我需要多少？」

「我不知道——」

莫里斯對她說：「請妳在這裡簽名，這裡、這裡，還有這裡。」

我在口罩底下啃自己的手指頭。媽沒說我不可以再做這種事。「我需要多少玩具？」

她從她正在簽名的文件上抬起頭：「挑，嗯，五件好了。」

我數一數。汽車加猴子加寫字方塊加木頭火車加手搖鼓加鱷魚，一共是六樣不是五樣，但媽和莫里斯談了又談，我找到一個空的大信封，就把六樣玩具都裝進去了。

「好了。」媽說，並且把所有其他包裹都塞回那個大袋子。

「等一下。」我說：「我會寫字，我可以寫上**傑克送給生病小孩的禮物**。」

「讓莫里斯處理。」

「但是——」

媽吐了一口氣：「我們有很多事要做，我們必須讓別人分擔一部分，否則我的頭就要炸開了。」

為什麼我在袋子上寫幾個字，她的頭就要炸開了？

我又把火車拿出來，讓它在我的衣服上爬行，它是我的貝比，它跳出來，我把它從頭親到尾。

莫里斯說：「說不定要等到明年一月，最快也要等到十月，才會審理這件案子。」審理水果餡餅失竊案的時候，壁虎比爾被迫用手指寫字，後來愛麗絲踢翻陪審團包廂，把他放回座位時，又不小心把他擺成頭朝下腳朝上，哈哈哈。

媽問：「不考慮任何意外狀況的話，他會坐多久的牢？」

她說的是他，老尼克。

「呃，檢察官告訴我，她希望判他二十五年到無期徒刑，聯邦公訴罪的案子不能假釋。」莫里斯說：「罪行包括性綁架、非法拘禁、多次強暴、毆打……」他扳著手指數數，不是在腦子裡數。

媽點點頭：「那個嬰兒怎麼說？」

「傑克嗎？」

「第一個。不算謀殺嗎？」

我從來沒聽過這個故事。

莫里斯抿緊嘴唇：「如果不是活產就不算。」

「是個女嬰。」

我不知道**這女嬰**是誰。

「抱歉。」他說：「我們充其量只能指望判他一個疏忽罪，或甚至……」

他們企圖用愛麗絲身高超過一哩的藉口把她逐出法庭。有首詩很難懂：

如果我或她湊巧
介入這件事，
他相信你會將他們釋放
就像我們一樣。

我一個不留神，諾玲忽然來了，她問我們晚餐要自己吃，還是到餐廳吃。我把所有玩具裝在大信封裡，媽不知道裡面是六件還是五件。有幾個外人在我們走進來時招招手，我也跟他們招招手，我喜歡那個脖子上滿是刺青的光頭女孩。我不介意人多，只要他們別來碰我就好了。

穿圍裙的女人說，她聽見我到外面去過了，我不知道她怎麼聽得見。「你喜歡外面嗎？」

我說：「不，我是說，不，謝了。」

我學了好多客套。吃到噁心的食物，像是咬起來好像沒煮熟的野米，要說它很有趣。擤鼻涕的時候要把面紙摺好，鼻涕不要給別人看到，那是一個祕密。如果我要媽不聽別人說話，只聽我說話，應該先說：「對不起」。有時候我說「對不起，對不起」一連說了好幾百年，等到她問我什麼事的時候，我已經不記得要說什麼了。

我們穿著睡衣，脫掉口罩，在床上喝奶的時候，我想起來問：「第一個嬰兒是誰？」

媽低頭看我。

「妳告訴莫里斯，有個女嬰犯了謀殺。」

她搖搖頭：「我是說，她被謀殺了，類似那樣。」她轉開臉。

「是我幹的嗎？」

媽說：「不是！你什麼也沒做。那是你出生前一年的事。你記得我常說，你第一次來時降落在床上，那時你是個女孩？」

「是啊。」

「嗯，我說的就是這件事。」

我聽得更糊塗了。

「我覺得她想要成為你。她的臍帶——」媽把臉埋在手掌心。

「百葉窗拉繩？」[18]我看一眼百葉窗，窗條間只有黑暗透進來。

「不，不是，記得跟肚臍眼連在一起的那條繩子嗎？」

「妳用剪刀把它剪斷，然後我就自由了。」

媽點頭說：「但這個女嬰，她出來的時候被臍帶纏住了，她不能呼吸。」

「我不喜歡這個故事。」

[18]註：臍帶（umbilical cord）與百葉窗拉繩（control cord）都可以簡稱為cord，所以傑克把二者混為一談。

她按著自己的眉毛：「讓我講完。」

「我不——」

「他就在那兒，旁觀。」媽幾乎在喊叫：「他不知道小孩生產的時候該做什麼，他甚至不抽點時間上網查一下。我可以摸到她的頭，滑溜溜的，我擠呀擠呀，我尖叫：『幫幫我，我沒辦法，幫幫我——』但他就只站在那兒。」

我等著。「她住在妳的肚子裡嗎？那個女嬰？」

媽頓了一分鐘，一句話也不說。「她出來的時候，全身青紫。」

青紫？

「妳該幫她向老尼克要藥，當週日禮。」

媽搖頭。「臍帶統統纏在她脖子上。」

「她還綁在妳的身體裡面嗎？」

「直到他把臍帶剪斷。」

「然後她就自由了？」

眼淚滴滴答答掉在毯子上。媽邊哭邊點頭，卻沒有聲音。

「講完了嗎？這個故事？」

「差不多了。」她閉上眼睛，但水還是不停流出來。「他把她拿走，埋在後院的樹叢底下。我說的是她的屍體。」

她全身青紫。

「但是她之所以成為她的那部分，就直接回天堂去了。」
「她被回收了？」
媽差點笑了：「我喜歡這麼想。」
「為什麼妳喜歡這麼想？」
「也許她就是你，過了一年，你決定再試一次，就又變成一個男孩，降臨到地上來。」
「這次我真的成為我，我沒有回去。」
「做夢都別想。」眼淚又掉下來了，她把淚水抹掉：「那次我不准他進房間來。」
「為什麼不准？」
「我聽見門響，嗶嗶，我就大吼：『滾！』」
我打賭他一定很生氣。
「我準備好了，我要這次只有我和你。」
「我是什麼顏色？」
「粉紅色。」
「我有沒有張開眼睛？」
「你是睜著大眼睛生下來的。」
我打了一個大得不得了的呵欠。「我們可以睡了嗎？」
媽說：「哦，好啊。」

夜裡我咚一聲摔到地板上，鼻水流個不停，但我不會在黑暗裡擤鼻涕。

早晨媽說：「這張床對我們兩個來說太小了，你睡另一張床會更舒服些。」

「不要。」

「要不然我們把床墊搬過來，放在我的床旁邊，這樣我們可以牽著手？」

我搖頭。

「幫我想個辦法，傑克。」

「我們還是睡一張床，但是把手肘貼著身體。」

媽大聲擤鼻涕，我想感冒從我身上跳到她身上去了，但我還是在感冒。

我們講好，我跟她一起進淋浴間，但我不把頭放在蓮蓬頭下面。我手指頭上的OK繃掉了，我找不到它。媽替我梳頭，纏在一起的地方會痛。我們有一把梳子和兩根牙刷，還有所有的新衣服和木頭小火車和其他玩具，媽還是沒數，所以不知道我拿了六件還是五件玩具。我不知道這些東西該放哪裡，有的在五斗櫃裡，有的在床旁的桌子上，有的在衣櫃裡，我必須一再問媽，她把它們放在哪裡。

她在看她的一本沒圖畫的書，但我拿有圖畫的書要她看。《好餓的毛毛蟲》實在很浪費，他無論吃草莓、香腸或所有其他東西，都只啃一個洞，剩下的都不要了。我可以把我的手指頭穿過那些洞，我還以為有人把書撕破了，但媽說書故意做成這樣才更好玩。我比較喜歡《狗兒快跑》，尤其是他們拿著網球拍對決的畫面。

諾玲敲門，帶來一些很值得興奮的東西，第一件是柔軟可以伸縮的鞋子，有點像襪子，卻是皮做的，第二件是一只數字錶，像從前的錶一樣，我會看。我說：「現在時間是九點五十七分。」它太小了，媽戴不上，是我一個人的，諾玲教我如何把錶帶繫在手腕上。

媽說：「天天有禮物，他會被寵壞的。」她把口罩掀起來，好擤鼻涕。

諾玲說：「克雷大夫說，給他任何能讓這孩子建立控制意識的東西。」她微笑的時候眼睛會瞇起來。「恐怕有點想家吧，會不會呀？」

媽瞪著她：「想家？」

「對不起，我只是——」

「那不是家，是一間隔音的牢房。」

諾玲說：「是我失言，請妳原諒。」

她匆匆跑出去。媽沒說什麼，只是埋頭寫筆記。

如果房間不是我們的家，是否代表我們沒有家？

今天早晨我舉手跟克雷大夫擊掌，他好高興。

媽說：「我們的鼻子像關不住的水龍頭，既然得了感冒，再戴口罩似乎有點莫名其妙。」

他說：「話不是這麼說，還有更嚴重的威脅。」

「是啊，但我們必須不斷把口罩拿開來擤鼻涕——」

他聳聳肩膀。「最後的決定權在妳。」

媽對我說：「脫掉口罩，傑克。」

「萬歲！」

我們把口罩扔進垃圾桶。

克雷大夫的蠟筆住在一個厚紙板做的特別盒子裡，外面寫著一二〇，代表有那麼多種不同顏色的蠟筆。每種顏色都取了很棒的名字，用小字寫在蠟筆旁邊，像是原子橘、毛茸茸小尺蠖和外太空，我都不知道這些東西還有特定的顏色，另外還有紫山帝王、華麗狂歡、生澀之黃、遠天碧空。有些為搞笑而故意寫錯字的詞，像是金采無比，但我不覺得好笑。克雷大夫說隨便我用，但我只挑了五種認識的顏色，就像房間裡的那幾支，藍色、綠色、橘色、紅色和咖啡色。他問我可不可以畫房間，但我已經在用咖啡色畫一艘火箭船。蠟筆甚至還有白色的，那畫了豈不是看不見嗎？

克雷大夫說：「如果用黑色或紅色的畫紙。」他找出一張黑紙給我試畫，結果他是對的，我看得見白色的線條。「火箭周圍這個方塊是什麼？」

我告訴他：「牆壁。」我是那個女的小貝比，揮手說掰掰，還有耶穌寶寶和施洗約翰，他們沒穿衣服，因為陽光燦爛，有上帝的黃臉在。

「你媽在畫裡嗎？」

「她在最下面睡午覺。」

真正的媽笑一笑，開始擤鼻涕。這提醒我也要擤鼻涕，因為它正在往下滴。

「你稱作老尼克的男人，他也在畫裡嗎？」

「好吧，把他關在這個角落的籠子裡。」我畫了他，還有粗粗的柵欄，他在咬柵欄。欄杆一共是十根，那是最厲害的數字，就連天使拿火焰槍來都燒不開。媽還說，天使絕對不會用火焰槍幫助壞人的。我表演給克雷大夫看，我可以數到一百萬零二十九，如果我高興還可以繼續。

「我認識一個小男孩，他緊張的時候就把同樣的東西數來數去，停不下來。」

我問：「數什麼東西？」

「人行道上的線條啦、鈕釦啦，這一類的東西。」

我覺得那男孩應該數他的牙齒，因為它們一直都在，除非掉下來。

「你一直提到分離焦慮。」媽對克雷大夫說：「但我跟傑克並沒有要分離啊。」

「儘管如此，現在不再是只有你們兩個獨處了，不是嗎？」

她咬嘴唇。他們談到**重新融入社會**和**自責**。

克雷大夫說：「妳做得最好的一件事，就是盡早把他弄出來。五歲的可塑性還很高。」

但我不是塑膠啊，我是一個真正的男孩。

他繼續說：「……年紀小，比較容易遺忘。這是上天的恩惠。」

我猜恩惠就是西班牙文的「謝謝」[19]。

我還想跟那個舌頭伸出來的男孩布偶玩，但時間到了，克雷大夫必須去陪賈博太太玩。

他說我可以借用布偶到明天，但它仍然屬於克雷大夫。

「為什麼？」

「嗯，世界上每一樣東西都屬於某個人。」

就像我的六件新玩具和五本新書，還有我想牙齒也屬於我，因為媽已經不要他了。

克雷大夫說：「但所有的人共享的東西例外，像是河流與山。」

「街道？」

「對了，每個人都可以使用街道。」

「我在街上跑過。」

「你逃亡的時候，是嗎？」

「因為我們不屬於他。」

克雷大夫露出微笑：「對了。你知道你屬於誰嗎，傑克？」

「知道啊。」

「你自己。」

他說錯了，事實上，我屬於媽。

這家醫院不斷變大，今天增加一點，明天增加一點，比方有個擺了一台大得不得了的電

⓳ 註：英文的恩惠寫作mercy，西班牙文的謝謝寫作gracias，傑克可能是指法文的謝謝，寫作merci，與mercy發音相近。

視的房間，我跳上跳下，希望出現朵拉或海綿寶寶，我幾百年沒看到他們了，但它只播高爾夫球，三個我不知道名字的老頭子在看。

我在走廊裡想起來，問道：「恩惠謝的是什麼？」

「什麼？」

「克雷大夫說我是塑膠，我會遺忘。」

「啊。」媽說：「他認為你很快就會把房間給忘了。」

「我才不會忘記呢。」我瞪著她看：「我應該忘記嗎？」

「我不知道。」

最近她老說這句話。她已經領先我一段路，走到樓梯上了，我必須跑步才跟得上。吃過午餐，媽說又到了嘗試去外面的時候了。「如果我們一直待在室內，豈不等於根本沒有逃亡一樣嗎？」她已經繫好了鞋帶，說話的口氣有點不高興。

我戴上帽子和太陽眼鏡，穿好鞋子，塗好那種黏糊糊的東西，就已經累了。

諾玲在魚缸旁邊等我們。

媽讓我在旋轉門裡繞了五次。然後她用力一推，我們就在外面了。

光線好亮，我很想尖叫。然後我的眼鏡變黑，什麼也看不見。我疼痛的鼻子覺得空氣的味道好奇怪，脖子也好緊。諾玲在我耳邊說：「假裝你在電視上看到這畫面。」

「什麼？」

「試試看就是了。」她裝出播音的腔調：「有個名叫傑克的男孩跟他母親，還有他們的朋友諾玲出外散步。」

我看到這畫面。

她問：「傑克臉上戴的是什麼？」

「好酷的紅眼鏡。」

「真的耶。看啊，這是個暖和的四月天，他們一起步行穿過停車場。」有四輛汽車，一輛紅的、一輛綠的、一輛黑的，還有一輛是閃著金光的咖啡色，這種顏色的蠟筆叫做燃燒的赭黃。從車窗看進去，汽車像是有座位的小房子。紅車的鏡子上掛著一隻玩具熊。我摸摸汽車的鼻子，光滑冰冷，像冰塊一樣。媽說：「小心，你可能會觸動警報器。」

我不知道，我把手縮回手肘底下。

「我們到草地上去。」她推我一把。

我的鞋子把那些綠釘子都壓扁了。我彎下腰搓一搓，它不會割傷我的手。差點被大王吃掉的手指，已經差不多長好了。我又看看草地，有一根樹枝和一片樹葉是咖啡色的，還有一樣不知什麼東西是黃色的。

一陣嗡嗡聲，我抬頭望去，天空大得我差點跌倒。「媽，又有一架飛機！」

「凝結尾。」她指點著說：「我剛想起來，那條線就叫這名字。」

我不小心踩到一朵花，這兒有幾百朵花，不像那些瘋子寄給我們的花，綁成一束一束，而是直接生長在地上，就像頭髮長在我頭上。媽指點著說：「水仙、木蘭、鬱金香、紫丁香。那是蘋果花嗎？」她聞了每一樣東西，還要我把鼻子湊到一朵花上，但它太香了，害我頭昏。她選了一朵紫丁香，摘下來送給我。

近看那些樹真是大巨人，它們也有皮膚，但摸起來有很多節瘤。我找到一個類似三角形的東西，跟我的鼻子一樣大，諾玲說那是石頭。

媽說：「它們有幾百萬歲。」

她怎麼知道？我翻過來看看，上頭沒有標籤。

媽跪下來說：「嗨，來看。」

有個東西在爬，是隻螞蟻。「不要！」我叫道，用手像保護罩一樣圍繞著牠。

諾玲問：「怎麼回事？」

我對媽說：「拜託，拜託，拜託。這隻不可以。」

她說：「不要緊的。我絕對不會捏死牠。」

「保證？」

「我保證。」

我把手拿開，螞蟻不見了，我哭起來。

但後來諾玲找到另外一隻，又有一隻，兩隻螞蟻合力扛著一點兒比牠們大上十倍的什麼東西。

一個東西在空中打著轉飛過來，掉在我面前，我往後跳。

「啊，楓樹的翅果。」

「什麼？」

「是這棵楓樹的種子，藏在一個小小的——像兩片翅膀，可以幫助它飛很遠。」它好薄哦，隔著乾掉的小紋路看去是透明的，中間比較厚是咖啡色。還有一個很小的洞。媽把它扔到空中，它又轉著圈掉下來。

我拿另一片給她看，這片有點不對勁。「它只有一片翅膀，另一半掉了。」

我把它往高處扔去，它飛得還可以，我就把它收在口袋裡。

然後發生了一件最酷的事，傳來一陣非常響亮的呼嚕聲，我抬頭望去，原來是一架直升機，比飛機大很多——

諾玲說：「我們趕緊帶你回去。」

媽抓住我的手，拉我走。

「等等哪——」我喊，卻沒辦法呼吸，她們一邊一個拉著我跑，我的鼻涕不斷流出來。

我們穿過旋轉門進到裡面，我的腦袋一片糊塗。直升機上都是想偷拍我和媽照片的狗仔隊。

♥

睡過午覺，我的感冒還沒好。我在玩我的寶藏，我的石頭和受了傷的楓樹翅果，還有變得軟塌塌的紫丁香。外婆帶了更多訪客來敲門，但她在門外等，以免太擁擠。一共是兩個人，一個叫做保羅舅舅，頭髮貼在頭上，長度只到耳朵，還有蒂娜，她是舅媽，戴四方形眼鏡，紮了一百萬根小蛇一樣的黑辮子。她告訴我說：「我們有個小女兒叫布洛英，她看到你一定高興得不得了。她還不知道自己有個表哥呢——嗯，其實直到兩天前外婆打電話來通報，我們才聽說你。」

「我們早就想來了，但醫生說——」保羅忽然停下來，用拳頭壓著眼睛。

「不要緊的，蜜糖。」蒂娜拍拍他的腿說。

他用很大的聲音清喉嚨：「只是，這一直刺痛我。」

我看不出有什麼東西刺他。

媽用手臂摟住他的肩膀。「這麼多年來，他一直以為他的小妹妹已經死了。」她對我說。

「布洛英嗎？」我不出聲問，但她聽見了。

「不，是我，記得嗎？保羅是我哥哥。」

「是啊，我知道。」

「我不知道該怎麼——」他又停止說話，開始擤鼻涕。比我的聲音大多了，像一群大象。

媽問：「布洛英在哪兒？」

蒂娜說：「呃，我們想……」她望著保羅。

他說：「改天妳和傑克就會見到她了，很快的。她上小跳蛙。」

我問：「那是什麼？」

媽說：「一棟房子，父母把小孩送到那兒去，因為他們很忙。」

「小孩為什麼忙——？」

「不，是父母在忙。」

蒂娜說：「事實上，布洛英很喜歡那兒。」

「她正在學手語和嘻哈舞。」

他要拍幾張照片，用電子郵件寄給澳洲的外公，他明天就要上飛機了。「別擔心，他見到他就沒事了。」保羅對媽說，我不知道這麼多個「他」究竟是指誰。我也不知道怎麼進到照片裡，但媽說我們只要看著照相機，把它當作朋友，對它微笑，就可以了。

拍完照，保羅給我看小螢幕，他問我覺得哪一張拍得最好，第一張第二張還是第三張，但看起來都一樣。

聽了這麼多話，我的耳朵好累。

他們走後，我還以為就剩我們兩個了，但外婆又進來，給媽一個長長久久的擁抱，又在很近的距離飛給我一個吻，我感覺到那個飛的動作。「我最疼愛的小外孫好不好啊？」

「那是你。」媽告訴我說：「人家問你好不好，你要怎麼回答？」

又用到禮貌了。「謝謝妳。」

她們都笑起來，我又湊巧講了一個笑話。外婆說：「要先說『我很好』，然後才說『謝謝妳』。」

「我很好，謝謝妳。」

「當然，如果你覺得不好，也可以說：『我不是覺得百分之百很好』。」她回過頭對媽說：「哦，順便告訴妳，莎倫、麥可・季勒，還有那個喬絲什麼的——都打過電話來。」

媽點點頭。

「他們都想死了要見妳。」

媽說：「我——醫生說我還不適合見客。」

「是的，當然。」

叫李奧的男人站在門口。

外婆問：「他可以進來一下下嗎？」

媽說：「我無所謂。」

他是我的繼外公，所以外婆說我可以叫他繼公，我都不知道她也會做文字三明治。他身上有股怪味，像煙，牙齒東倒西歪，眉毛長成一直線。

「為什麼他的頭髮都長在臉上，卻不長在頭上？」

雖然我跟媽說的是悄悄話，他還是嘿嘿笑：「這可把我問倒了。」

「我們是有個週末在印度式頭皮按摩體驗營認識的。」外婆說：「我挑中他，因為工作表面最平滑。」他們兩個都笑了起來，但媽沒笑。

「可以喝一點嗎？」我問。

媽說：「等一下。等他們離開。」

外婆問：「他要什麼？」

「沒什麼。」

「我可以叫護士來。」

媽搖搖頭：「他的意思是哺乳。」

外婆瞪著她：「妳不會是說，妳還在——」

「沒有停止的理由。」

「嗯，關在那種地方，我想一切都——但儘管如此，五年也——」

「妳根本一點都不懂。」

外婆癟著嘴：「不能因為他要妳就給。」

「姆媽！」

繼公站起來。「該讓他們休息了。」

外婆說：「我想也是。那就掰掰，明天見嘍……」

媽又念《愛心樹》和《護樹精靈羅瑞克斯》給我聽，但很小聲，因為她喉嚨痛，頭也痛。我喝了些奶，我喝了好多，代替晚餐，媽在中間時睡著了。我喜歡在她不知道的時候看她的臉。

我找到一張摺起來的報紙，想必是訪客帶來的。第一頁有張斷成兩截的橋的照片，我不知道這是不是真的。下一頁有張照片，拍的是媽和我和警察，是她背我進分局的時候。上面寫著「盆栽男孩充滿希望」。我看了好一會兒，才看懂所有的字句。

他就是門禁森嚴的康伯蘭醫院裡的「奇蹟傑克」，星期六晚上，當這個小不點兒英雄醒來，面對美麗新世界時，全體工作人員都愛上了他。這個讓人著魔的長髮小王子，乃是他年輕美麗的母親不幸落入工具棚色魔（已於星期日凌晨兩點，經過一場緊張萬分的對峙，被州警圍捕落網）的魔掌，慘遭多次侵害的結果。傑克對每件事都說「很好」，而且喜歡復活節彩蛋，但上下樓梯仍須四腳著地，像隻猴子，他出生五年來，一直被囚禁在逐漸朽爛的軟木地牢裡，目前專家還不敢確定，長期幽囚會導致何種程度的發展遲緩

——

媽起來了，從我手中拿走報紙。「你的《彼得兔》圖畫書呢？」

「那是我耶，盆栽男孩。」

「什麼盆什麼？」她又看了一眼報紙，撥開臉上的頭髮，發出像是呻吟的聲音。

「盆栽是什麼？」

「一種很小的樹。人家把它養在室內的花盆裡，每天修剪，讓它長得彎彎曲曲。」

我想到植物。我們從來不修剪她，我們隨她愛怎麼長就怎麼長，但她還是死了。「我不是樹，我是個男孩。」

「那只是一種說法。」她把報紙揉成一團，扔進垃圾桶。

「上面說我讓人著魔，那不是妖魔做的事嗎？」

「記者常常搞錯。」

記者，他們的記憶力特別好嗎？「他們說妳漂亮。」

媽笑了。

事實上她真的很漂亮。現在我看過很多真人的臉，她的臉是其中最漂亮的。

我又要擤鼻涕了，鼻子發紅，而且會痛。媽吃了止痛藥，但它們不能消除她的頭痛。我從前還以為，到了外面她就不會頭痛了。我在黑暗中撫摸她的頭髮。七號房沒有完全變黑，上帝的銀臉在窗子裡，照亮媽的右邊，它還沒有圓，兩頭是尖的。

♥

晚上有吸血鬼細菌飄浮在四周，它們戴著口罩，不讓我們看見它們的臉，還有一口空棺材會變成超大的馬桶，把全世界都沖掉。

「噓，噓，只是一場夢。」媽在說話。

後來艾吉特發瘋了，把大王的大便裝在包裹裡，寄給我們，因為我留下了六件玩具，有人打斷我的骨頭，把大頭針插進去。

我哭著醒來，媽讓我喝了好多奶，是右邊，但奶香味很濃。

我告訴她：「我留下六件，不是五件。」

「什麼？」

「那些瘋子支持者送的玩具，我留下六件。」

「不要緊的。」她說。

「要緊，我拿了第六件，我沒有把它送給生病的小孩。」

「那些玩具本來是送給你的，是你的禮物。」

「那為什麼我只能拿五件？」

「你愛拿幾件就拿幾件。睡吧。」

我睡不著。「有人關掉我的鼻子。」

「那是因為鼻涕變稠了，這代表你很快就會好了。」

「我不可能會好，我沒法子呼吸。」

媽說：「所以上帝給你嘴巴呀，就是讓你用來呼吸的。B計畫。」

♥

天漸漸亮起來的時候，我們計算我們在這個世界上的朋友，諾玲、克雷大夫、坎德莉克大夫、琵拉、穿圍裙我不知道名字的女人，還有艾吉特和蕾莎。

「他們是什麼人？」

我告訴她：「跟狗在一起的那個男人和他的貝比，是他報警的。」

「哦，對了。」

「只不過我認為大王是敵人，因為他咬我的手指頭。啊，還有歐警官和那個男警察，還有我不知道名字的隊長。這樣就有十個朋友和一個敵人。」

媽說：「還有外婆和保羅和蒂娜。」

「布洛英表妹，不過我還沒有見到她。還有繼公李奧。」

「他快七十歲了，而且一身鴉片臭。」媽說：「一定是因為她那時候感情空虛，沒有寄託。」

「什麼是感情空虛？」

她沒回答，反而問道：「我們數到幾個了？」

「十五個，還有一個敵人。」

「狗被嚇到了，你知道，那是個很好的理由。」

蟲子咬人不需要理由。晚晚，睡安安，蟲蟲不來煩，媽已經不記得要那麼說了。我說：「好吧，那就十六個。再加上賈博太太、刺青女孩和雨果，只不過我們幾乎沒跟他們說過話，這樣也算數嗎？」

「哦，當然。」

「那就十九個了。」我得去拿另一張面紙，它比衛生紙柔軟，但有時候濕了會破掉。這樣我就起床了，我們比賽換衣服，我贏了，只不過我忘了穿鞋。

現在我用屁股下樓梯的速度很快，咚咚咚，我牙齒撞得咔咔響。我覺得我一點也不像記者說的像猴子，但我不敢確定，野生動物星球裡的猴子都不爬樓梯。

早餐我吃了四份法式吐司。「我有沒有長大？」

媽上上下下看我：「每分鐘都在長。」

去見克雷大夫的時候，媽要我講我的夢。

他認為我的腦子可能在做春季大掃除。

我瞪著他看。

「現在你安全了，它就把所有你不再需要的可怕念頭都收集起來，用一場噩夢一股腦兒丟掉。」他用手比出丟掉的手勢。

基於禮貌，我沒說什麼，但事實跟他的想法正好相反。我在房間裡很安全，外面才可怕。

克雷大夫跟媽談話，談到她如何想給外婆一巴掌。

我說：「不可以那麼做。」

她對我眨眨眼：「我不是真的要做，只是有時候想。」

「妳被綁架之前，可曾有過打她一巴掌的念頭？」

「哦，當然有。」媽看著他，然後發出一陣像是呻吟的笑聲。「好極了，我找回了過去的人生。」

我們找到另一個房間，裡面有兩個我知道是什麼的東西。它們是電腦。媽說：「太好了，我要發電子郵件給幾個朋友。」

「那十九個人當中的誰？」

「哦，是我的老朋友，事實上，你還不認識他們。」

她坐下，好一會兒都在答答答打信，我在旁邊看。她對著螢幕皺眉頭。「糟糕，想不起我的密碼。」

「什麼是——」

「我真是個——」她摀住嘴巴，用鼻子哼了一聲。「不管它了。來，傑克，我們找些好玩的東西給你，好嗎？」

「在哪兒？」

她移動一下滑鼠，忽然就出現一張朵拉的照片。我湊上去看，她示範給我看，該用小箭頭按什麼位置，我就可以自己玩遊戲。我把魔法盤子每個碎片都拼回去，朵拉和布滋就拍手唱謝謝歌。這比電視更棒。

媽用另一台電腦查一本有很多臉孔的書，她說這是一項新發明，她打進名字，它就顯示那些人在微笑。我問：「他們都很老、很老嗎？」

「大部分都二十六歲，跟我一樣。」

「可是妳說他們是老朋友。」

「這意思只是說，我很久以前就認識他們了。他們看起來很不一樣……」她把眼睛湊近照片，自言自語：「南韓」、「離婚了，怎麼會——」

她還找到一個新網站，有歌曲等等的影片，她讓我看兩隻貓穿芭蕾舞鞋跳舞，很好笑。後來她又去上只有文字的網站，我看到「監禁」、「走私毒品」等字眼，她要我讓她讀一會兒，所以我再次玩朵拉的遊戲，這次我贏到一顆百變星。

有人站在門口，我跳起來。是雨果，他臉上沒有笑容。「我兩點要Skype。」

媽說：「什麼？」

「我兩點要Skype。」

「對不起，我不知道——」

「我每天兩點鐘要Skype給我母親，她從兩分鐘前就開始等我了，這扇門上的時間表寫得很清楚。」

回到我們的房間，床上有台小機器，附了一張保羅的卡片，媽說這就像老尼克偷走她的時候她聽的那台，只不過這台有可以用手指移動的圖畫，而且不止一千首歌，有一百萬首歌。她把那個像花苞的東西放進耳朵，跟著一首我聽不見的歌點頭打拍子，還小聲唱著每天變成一百萬個不同的人。

「我要聽。」

「這首歌叫做〈甘苦交響曲〉，我十三歲的時候從早聽到晚。」她把一個小花苞塞進我耳朵。

「太大聲了。」我把它扯出來。

「動作輕一點，傑克，這是保羅送我的禮物。」

我還不知道這是她的，不是我的。在房間裡的時候，每樣東西都是我們的。

「等一下，這兒有披頭四的歌，有一首五十年前的老歌你可能會喜歡。」她說：「〈你只需要愛〉。」

我糊塗了。「難道不需要食物和其他東西？」

「需要啊，但如果沒有人愛，那些東西都沒有用。」媽說，她說話太大聲了，她還在用手指翻頁搜尋。「比方說，有一個用小猴子做的實驗，一個科學家把牠們從母親身邊拿走，單獨關在一個籠子裡──你知道結果會怎樣，牠們都不會好好長大。」

「為什麼不會長大？」

「不，牠們會長大，但長得很奇怪，因為沒有被抱在懷裡。」

「怎麼奇怪法？」

她把她那台機器關掉。「事實上，很抱歉，傑克，我不知道我為什麼提起這件事。」

「怎麼奇怪法？」

媽咬住下唇。「腦子裡有病。」

「像是發瘋？」

媽點頭：「自己咬自己之類的。」

雨果割傷自己的手臂，但我想他不會咬自己。「為什麼？」

媽歎口氣。「你瞧，如果有母親在，就會把這些小猴子抱在懷裡，但牠們只能用管子吸取奶水，牠們——結果證明，牠們不但需要奶水，也需要愛。」

「這是個壞故事。」

「對不起，真的對不起。我不該講給你聽的。」

我說：「不，應該講。」

「但是——」

「我不希望有我不知道的壞故事。」

媽緊緊抱住我。「傑克，」她說：「這星期我有點奇怪，是不是？」

我不知道，因為每件事都很奇怪。

「我一直在出錯。我知道你需要我做你的媽，但我同時也逐漸想起如何做我自己，這真是……」

但我覺得她自己就是媽，兩者是一樣的。

我想再到外面去一次，但媽累了。

♥

「今天早晨星期幾？」

媽說：「星期四。」

「什麼時候星期天？」

「星期五，星期六，星期天……」

「還有三天，跟在房間裡一樣？」

「是啊，不管哪裡都一樣，一個星期有七天。」

「那我們可以要求什麼樣的週日禮？」

媽搖頭。

下午我們要去坐那輛漆有「康伯蘭醫院」的廂型車，我們要坐出醫院大門，到世界的其他部分去。我不想去，但媽必須去給牙醫看她那些還在痛的牙齒。「那裡的人會不會不跟我們做朋友？」

媽說：「只有牙醫和一個助手。他們會把所有其他人送走，這是特別為我們安排的診察。」

我們戴上帽子和酷酷的眼鏡，但沒有搽防曬油，因為玻璃會反射不好的光線。我可以繼續穿有彈性的鞋子。小巴士上有個戴棒球帽的司機。我猜他是設定在靜音。座位上裝了一個特別的輔助椅，讓我坐高一點，這樣萬一緊急煞車，安全帶也不會卡住我喉嚨。安全帶很緊我不喜歡。我對著窗外擤鼻子，今天的鼻涕比較綠。

人行道上有好多好多男男女女，我從來沒見過這麼多人，我很想知道他們全部都真的是真人，或只有一部分是真人。我告訴媽：「有的女人像我們一樣留長頭髮，但男人不留。」

「哦，也有少數會留，像搖滾歌星。這不是規則，只是傳統。」

「什麼是——」

媽說：「一種大家都跟著做的蠢習慣。你想剪頭髮嗎？」

「不想。」

「不會痛。我以前留過短髮——我十九歲的時候。」

我搖頭：「我不想失去我的力量。」

「你的什麼？」

「我的肌肉，就像大力士參孫[20]的故事。」

這把她逗笑了。

「看啊，媽，一個男人把自己燒起來了！」

「他只是在點香煙。」她說：「從前我也吸煙。」

我瞪著她：「為什麼？」

「不記得了。」

「看啊，看啊。」

「不要大聲叫。」

[20] 註：參孫（Samson）的故事見舊約聖經《士師記》，他天賦神勇，有獨力擊殺一千名敵人的記錄，而他力量的來源是頭髮。後來參孫迷戀無情無義的大利拉（Delilah），向她透露這個祕密。大利拉竟然把這情報出賣給參孫的敵人，並將他灌醉，剃光頭髮，以致他被挖去眼睛，囚禁起來。

我指著走在街上的一串小孩：「好多小孩綁在一起。」

「沒有綁在一起吧，我想不會的。」媽湊著窗戶看去。「不是啦，他們只是抓住繩子以防走失。你看，真正很小的都坐那種車子，每車六個。這一定是托兒所，就像布洛英上的那家。」

「我要去見布洛英。請你開到那個小孩子的地方好不好，就是有很多小孩跟我表妹布洛英的地方。」我對司機說。

他沒聽見我說話。

媽說：「牙醫正在等我們呢。」

那群小孩不見了，我到每個窗口張望。

牙醫叫做羅佩絲大夫，她掀開口罩一秒鐘，我看到她塗紫色的口紅。她要先看我，因為我也有牙齒。我躺在一張會動的大椅子上。我把嘴巴張大，瞪大眼睛往上看，她要我數在她天花板上看到的東西。有三隻貓一隻狗兩隻鸚鵡和——

我把那個金屬的東西吐出去。

「只是一面小鏡子，傑克，看見嗎？我在數你的牙齒。」

我告訴她：「二十顆。」

「對啦。」羅佩絲大夫微笑。「我還沒遇到過會自己數牙齒的五歲小孩呢。」她又把鏡子放進去。「嗯，空隙很大，我就喜歡看到這個。」

「妳就喜歡看到什麼？」

「意思是說……有足夠的發展空間。」

媽要在椅子上待很久，讓鑽子把她牙齒裡的髒東西挖出來。我不想在候診室等，但助理小楊說：「來看看我們好多很酷的玩具。」他給我看一隻插在棍子上的鯊魚，會發出咔搭咔搭的聲音，還有一張形狀像牙齒的板凳．那不是人類牙齒，是巨人的，白白的沒有一點蛀痕。我看了一本變形金剛的書，還有一本沒有外皮的書，講突變的烏龜對毒品說不。然後我聽見一種奇怪的聲音。

小楊把門擋住。「我想你媽恐怕寧願——」

我從他手臂下面鑽進去，羅佩絲大夫正把一台機器放在媽嘴裡，發出刺耳的怪聲。「不准碰她！」

「不要緊。」媽說，但聽起來好像她嘴巴受傷了，牙醫對她做了什麼？

羅佩絲大夫說：「如果他覺得在這裡有安全感，沒關係的。」

小楊把牙齒板凳搬進來，放在角落裡，我在一旁監視，感覺很可怕，但總比不看好。有次媽在椅子上抽搐，發出一聲呻吟，我站起來，羅佩絲大夫說：「加點麻醉？」便打了一針，媽又安靜下來。這持續了幾百個小時。我需要擤鼻涕，但皮膚會掉下來，所以我只用面紙壓著臉。

媽和我回停車場時，光線從四面八方敲打我的頭。司機坐在車上看報，他下車來幫我們開門。媽說：「噓—葉—以。」我不知道她是不是以後講話都會這麼不清不楚，我寧可牙痛也不要這樣講話。

回醫院途中，我看著街道飛快過去，唱起一首講公路像絲帶，天空航路沒有邊際的歌。

♥

牙齒還在我們的枕頭下面，我拿起它親了一下。我應該把它帶去，說不定羅佩絲大夫也可以把它修好。

我們吃托盤晚餐，叫做俄羅斯酸奶牛肉，有一塊塊的肉和一塊塊看起來像肉、事實上卻是蘑菇的東西，澆在鬆軟的米飯上。媽還不能吃肉，所以只吃了幾口飯，但她說話已經差不多恢復正常了。諾玲敲門說要給我們一個驚喜，媽的爹從澳洲來了。

媽在哭，她跳起來。

我問：「我可以把我的酸奶牛肉帶去嗎？」

諾玲說：「我來等傑克，過幾分鐘等他吃完再帶他下樓吧。」

媽什麼也沒說就跑出去了。

我告訴諾玲：「他幫我們舉行過葬禮，但我們不在棺材裡。」

「哦！真是萬幸。」

我追逐米粒。

她在我身旁坐下說：「這一定是你這輩子最辛苦的一星期。」

我對著她眨眼：「為什麼？」

「嗯，所有的事都很陌生啊，你就像一個外星來的訪客，不是嗎？」

我搖頭：「我們不是訪客，媽說我們要永遠住在這裡，直到死。」

「哦，我想我的意思是……新來的。」

我吃完以後，諾玲找到那個房間，媽跟一個頭戴棒球帽的人握著手坐在一起。他跳起來，對媽說：「我告訴過妳媽，我不要——」

媽打斷他：「爹，這是傑克。」

他搖頭。

但我確實是傑克，難道他想見別人？

他看著桌面，滿臉汗水：「別在意。」

「你這句話什麼意思，『別在意』？」媽幾乎在吶喊。

「我不能在同一個房間裡。這東西讓我毛骨悚然。」

「這兒沒有『東西』。他是個男孩。他今年五歲。」她吼道。

「我說錯了。我——大概是時差。我回旅館打電話給妳，好嗎？」那個應該是外公的男人從我面前走過，看也不看我，幾步就到了門口。

轟隆一聲，媽用手拍桌子。「不好！」

「好啦，好啦。」

「坐下，爹。」

他沒有動。

她說：「他是我的全世界。」

她的爹？不對，我想她所謂的「他」是我。

「當然，這很自然。」外公男人擦一把他眼睛下面的皮膚。「但我只能想到那頭畜生和他做出來的——」

「哦，所以你寧可相信我死了，埋了？」

他又一次搖頭。

「那就面對現實啊。」媽說：「我回來了。」

他說：「這是奇蹟。」

「我回來了，帶著傑克。一共是兩個奇蹟。」

他伸手握住門把：「目前我就是不能——」

媽說：「最後一個機會。坐下。」

沒有人動。

然後外公回到桌前，坐下。媽指著他旁邊的椅子，所以我過去坐，雖然我根本不想待在這裡。我看著自己的鞋子，邊緣有很多縐褶。

外公脫下棒球帽，看著我說：「傑克，很高興見到你。」

我不知道該回應哪句客套話，所以我說：「不客氣。」

後來媽跟我上了床，我在黑暗中喝了一點兒。

我問：「他為什麼不想看見我？那是另一個錯誤，就像棺材嗎？」

「差不多。」媽歎口氣：「他想——他以為我沒有你會更好。」

「妳會在別的地方？」

「不，假定你沒有出生。想像一下。」

我想了但想不出來。「那妳還會是我的媽媽？」

「嗯，不會，就不是了。所以這種想法很蠢。」

「他是真正的外公嗎？」

「恐怕是的。」

「為什麼恐怕——」

「我是說，是的，他是外公。」

「從妳還是小女孩、睡吊床的時候，他就是妳爹？」

她說：「從我還是小貝比，六週大的時候。那時候他們從醫院帶我回家。」

「她，用肚子生妳的那個媽咪，為什麼把妳留在那兒？那是個錯誤嗎？」

媽說：「我想她累了。她很年輕。」她坐起身，大聲擤鼻子。她說：「爹很快就會知道該怎麼做的。」

「他該做什麼？」

她差點笑出來：「我是說，他會表現得更好。有真正外公的樣子。」

就像繼公，只不過他不是真的。

我很容易就睡著了，但我哭著醒來。

「沒事了。沒事了。」媽在親我額頭。

「他們為什麼不把小猴子抱在懷裡？」

「誰？」

「那些科學家，他們為什麼不把小猴子抱在懷裡？」

「哦。」過了一會兒，她說：「也許他們會抱，也許小猴子慢慢也會喜歡人類的懷抱。」

「不對，妳說過，牠們變得很奇怪，咬自己。」

媽沒再說話。

「為什麼科學家不把猴子媽媽找回來，說對不起？」

「我不知道為什麼要跟你講這個老故事，它發生在好多年前，在我出生之前。」

我在咳嗽，也沒有東西可以用來擤鼻涕。

「不要再想那些小猴子了，好嗎？牠們現在也沒問題了。」

「我不相信牠們現在沒問題了。」

媽抱我抱得好緊，弄得我脖子好痛。

「哎唷。」

她動了一下。「傑克，世界上有好多好多事情。」

「幾百兆？」

「幾百兆、幾千兆。如果你把所有這些事都裝進腦子裡，它會爆炸。」
「但是小猴子？」
我聽見她的呼吸聲很奇怪：「是的，有些事是壞事。」
「像是猴子的事？」
媽說：「還有更壞的事。」
「怎麼個壞法？」我試著想出一件更壞的事。
「今晚不說了。」
「也許等我六歲的時候？」
「也許。」
她哄著我。
我聽她的呼吸聲，數了十下，然後數我自己的呼吸，也數十下。「媽？」
「什麼事？」
「妳會想那些更壞的事嗎？」
她說：「有時候會。有時候我不得不想。」
「我也一樣。」
「但我會把它們放在一旁，然後睡覺。」
我又開始數我們的呼吸。我試著咬自己，咬肩膀，好痛。我不想猴子，改想世界上的小孩子，他們不是電視，他們是真的，他們吃飯睡覺，拉屎拉尿，就跟我一樣。如果我用尖銳的東西刺他們，他們會流血，如果我哈他們癢癢，他們會笑。我很想看看他們，但想到他們人數那麼多，而我只有一個，我就頭昏起來了。

♥

「所以，你聽懂了嗎？」媽問道。

我躺在我們七號房的床上，她坐在床緣。「我在這裡睡午覺而妳去上電視。」

她說：「事實上，真正的我只不過在樓下克雷大夫的辦公室跟電視記者說話。但我的照片會被攝影機收錄，今天晚上他們會拿到電視上播放。」

「妳為什麼要跟禿鷹說話？」

她說：「相信我，不是我要的。但我必須把他們的問題一次說清楚，免得他們再東問西問。在你察覺到之前，我就回來了，好嗎？你睡醒的時候，我一定在。」

「好。」

「然後明天我們要去探險，還記得保羅、蒂娜和布洛英要帶我們去哪兒嗎？」

「到自然歷史博物館去看恐龍。」

「對了。」她站起身。

「一首歌。」

媽坐下唱〈輕搖甜蜜的馬車〉，但唱得太快，她的聲音也因為我們在感冒而沙啞。她拉起我的手腕，看看錶上的數字。

「再一首。」

「他們在等……」

「我也想去。」我坐起身，把媽抱住。

「不行，我不要他們看見你。」她說，把我推回枕頭上。「快睡吧。」

「我自己一個人不想睡。」

「你不睡午覺會累的。放開我，拜託。」媽把我的手解開，我又把她纏得更緊，讓她解不開。「傑克！」

「留下。」

我把腳也夾住她。

「放開我，我已經遲到了。」她的手按在我肩膀上，但我抓得更緊。「你不是小貝比了，我說，放開——」

媽推得太用力，我忽然鬆開，她這一推，我的頭便砰一聲撞上小桌子。

她用手摀住嘴巴。

我在尖叫。

「哦。」她說：「哦，傑克，哦，傑克，我真是——」

「都還好嗎？」克雷大夫從門口探頭進來。「攝影組都準備好了，就等妳了。」

我抱著受傷的頭，發出這輩子最響亮的哭聲。

「我看這樣行不通。」媽撫摸著我濕透的臉孔說。

「妳還是可以退出。」克雷大夫走上前說。

「不，我不能，這是為傑克籌大學的學費。」

他抿一抿嘴。「我們討論過這理由夠不夠充分——」

「我不要讀大學。」我說：「我要跟妳一起到電視裡去。」

媽長長歎了口氣。「計畫改變。你可以下樓來看，但一定要保持絕對安靜，不准出聲，可以嗎？」

「可以。」

「一個字都不能說。」

克雷大夫對媽說：「妳真的認為這是個好主意？」

但我飛快套上我的彈性鞋，雖然我的頭還有點暈。

他的辦公室整個變了樣子，擠滿了人，還有燈光和機器。媽安排我坐在角落裡一把椅子上。她在我頭上撞到的地方親一下，小聲說了幾句我聽不見的話，就向一張較大的椅子走去。一個男人在她外套上夾了一隻黑色的小蟲。一個女人拿著一盒顏色走過來，開始在媽的臉上塗畫。

我認出我們的律師莫里斯，他正在看幾張紙，並且對某個人說：「我們不但要看毛片，也要看剪掉的部分。」他瞪著我看了一會兒，然後揮揮手，提高音量說：「各位，打擾一下，那男孩就在這個房間裡，但是不准為他錄影、拍照，也不可以拍照做私人用途，任何形式的拍攝都不可以，清楚嗎？」

於是所有的人都轉過頭來看我，我閉上眼睛。

我再睜開眼睛時，另一個人在跟媽握手，哇，就是紅沙發上那個蓬蓬頭女人。不過那張沙發不在，我從沒見過一個真正從電視裡出來的人，真希望把她換作朵拉。「開場先播出妳的視訊與音訊重疊效果，以空中拍攝的工具棚為背景，是的。」一個男人告訴她說：「然後我們會融入她的特寫鏡頭，然後妳們兩人同時入鏡。」蓬蓬頭女人嘴巴咧得特別開對我微笑。每個人都在說話和走來走去。我再次閉上眼睛，塞住耳朵，照克雷大夫教我應付太多噪音的方法。有人在倒數：「五、四、三、二、一——」有火箭要發射嗎？

蓬蓬頭女人用特別的聲音說話，她合攏雙手像要禱告：「讓我先表達我的感激，還有我們所有觀眾的感激，妳在獲釋僅僅六天就接受我們的訪問。因為妳不願意再保持沈默。」

媽露出很小的微笑。

「妳能否先告訴我們，被囚禁那漫長的七年當中，妳最想念的是什麼？當然，除了你的家人之外。」

「事實上是牙醫。」媽的聲音很尖，而且說得很快。「這很諷刺，因為從前我最討厭洗牙。」

「妳剛進入一個新的世界。全球經濟和環境危機，新的總統——」

媽說：「我們在電視上看到總統就職。」

「真的！但是那麼多事情都已經改變了。」

媽聳聳肩膀。「似乎沒什麼重大改變。但我還沒有真正到外面去過，只除了看牙醫。」

那女人微笑，好像這是個笑話。

「不對，我是說，每件事都感覺不一樣了，但那是因為我不一樣了。」

「因為受過傷，變得更堅強？」

我揉揉頭上被桌子撞過還在痛的地方。

媽扮了個鬼臉。「之前——我很平凡。我甚至，妳知道，不吃素，我甚至不曾叛逆過。」

「現在妳是個與眾不同的年輕女子，有一個與眾不同的故事要陳述，我們覺得很榮幸被妳選中，我們——」那女人回過頭，對操縱機器的人之中的一個說：「重來一遍。」她回頭看著媽，用那種特別的聲音說：「我們很榮幸妳選擇在本節目中把它講出來。現在，斯德哥爾摩症候群[21]這個字眼雖然不見得適用，但我們很多觀眾都很好奇想知道，甚至很關心妳是否覺得自己，在任何方面，對綁架妳的人產生某種……感情上的牽繫呢？」

媽搖搖頭：「我恨他。」

那女人不住點頭。

[21] 註：斯德哥爾摩症候群（Stockholm syndrome）又稱人質情結，指人質挾持案或綁架案的受害者同情加害者的心態，因最初在一九七三年發生於斯德哥爾摩的一樁銀行搶案中，觀察到這一現象而得名。

「我踢打尖叫。有次我用馬桶水箱的蓋子打他的頭。我不洗澡，有很長一段時間，我一句話也不說。」

「那是在妳產下死胎的悲劇之前或之後？」

媽用手摀住嘴巴。

莫里斯插進來，他快速翻動手中一疊紙。「條款……她不要談那件事。」

「啊，我們不會談細節。」蓬蓬頭女人說：「但感覺上，確立時間先後有其必要性——」

他說：「不對，照著合約來才有其必要性。」

媽的手在發抖，她把手壓在大腿下面。她不看我這方向，難道她忘記我在這裡了嗎？我在腦子裡跟她說話，但她聽不見。

「相信我，」那女人對媽說：「我們只是要幫助妳把妳的故事告訴全世界。」她低頭看攤在腿上的紙張。「所以，妳發現自己第二次懷孕時，寶貴的青春已經在那個人間地獄裡添了兩歲。那段時間裡，妳是否覺得自己，呃，被迫替那個男人傳——」

媽打斷她：「事實上，我覺得我得救了。」

「得救。好美。」

媽撇撇嘴。「我不能替別人發言。比方我十八歲墮過胎，我從沒有後悔過。」

蓬蓬頭女人張開嘴。然候她很快瞥一眼那些紙張，重新抬頭望著媽。「五年前一個寒冷的三月天，妳在中世紀的衛生條件下，獨力生下一個健康的嬰兒。那是妳所做過最困難的事嗎？」

媽搖搖頭：「最好的事。」

「嗯，也可以那麼說啦，當然。普天下的母親都說——」

「是的，但是對我而言，傑克就是一切，我又活了回來，我的存在非常重要。所以從此以後，我變得很有禮貌。」

「禮貌？哦，妳是說，對——」

「一切都為了保障傑克的安全。」

「保持妳所謂的禮貌，是否非常困難而痛苦不堪呢？」

媽搖搖頭：「自動控制，妳知道，像是《超完美嬌妻》㉒。」

蓬蓬頭女人拼命點頭。「接下來，妳靠自己一個人的力量撫養兒子，沒有書本或專業協助，連親戚都沒有，一定覺得困難重重吧。」

她聳聳肩膀：「我覺得嬰兒最需要的就是有母親陪在身旁。不會，我唯一擔心的是傑克生病——還有我生病，他需要我健康完整的。所以就靠我健康教育課記得的那些，洗手、食物要確實煮熟……」

㉒註：電影《超完美嬌妻》原名The Stepford Wives，是對已婚婦女扮演相夫教子、賢妻良母傳統角色的一大諷刺。劇情敘述紐約市郊一富裕社區的男人，把獨立思考的妻子陸續都換成了唯夫命是從的機器人。媽提及這部電影，表示她面對老尼克時，就把自己當做是個機器人。

女人點頭：「妳餵他母乳。事實上，我們某些觀眾可能會震驚，據我所知，妳目前還在餵，是嗎？」

媽哈哈大笑。

那女人瞪著她看。

「這整個故事裡，令人震驚的是這一項細節？」

那女人又開始低頭看腳本：「妳跟妳的貝比陷入孤單囚禁的命運——」

媽搖頭：「我們兩個從來沒有一個人孤單過一分鐘。」

「好吧，是的。但非洲諺語說，養孩子要集合一整個村子的力量[23]……」

「那你也得有一個村子。要是沒有，就只好靠兩個人。」

「兩個人，妳是說，妳和妳的……」

媽臉上好像結了一層霜：「我是說，我和傑克。」

「啊。」

「我們一起做到的。」

「說得好極了。能否請問——我知道妳教他向耶穌禱告。妳的信仰對妳很重要嗎？」

「那是……我必須傳授他的一部分。」

[23] 註：「It takes a villge」也是希拉蕊‧柯林頓一九九六年出版的一本書名，中譯《同村協力：建造孩童的快樂家園》，所以這觀念蔚為社會潮流。

「還有，據我我知，電視也有助於排遣無聊，讓日子過得快一點兒？」

媽說：「我跟傑克在一起，從不覺得無聊。他跟我在一起也一樣，我相信。」

「太好了。然而，妳做了一個某些專家認為很奇怪的決定，教傑克相信世界就是十一呎乘以十一呎㉔那麼大，並且說，所有其他的東西——他在電視上看到的一切，或在他僅有的幾本書裡讀到的——都是幻想。妳這樣欺騙他，會感到內疚嗎？」

媽的表情很不友善：「那我應該怎麼跟他說——喂，外面有個好玩的世界，但你一點都不能擁有？」

那女人咬緊嘴唇。「好吧，我相信我們的觀眾都很清楚你們是如何獲救的——」

媽說：「逃亡。」她正對著我微笑。

我很驚訝。我回報她一個微笑，但她已經不看我了。

「逃亡，是的，還有那個，呃，綁架嫌犯的落網。請問，這麼多年來，妳有沒有感受到這個男人——在基本的人性層面上，無論再怎麼扭曲——對他的兒子有一點在意？」

媽瞇起眼睛：「傑克是我一個人的兒子。」

「從真實的角度來看，事實是這樣。」那女人道：「我只是好奇，就妳的觀點，他們在基因或生理方面的關係——」

她咬牙切齒說：「沒有任何關係。」

㉔註：約三坪半。

「妳從來不覺得傑克的長相會令妳痛苦地聯想到他是怎麼來的嗎？」

媽的眼睛瞇得更小：「他唯一讓我聯想到的就是他自己。」

「唔。」電視女人說：「現在妳想到綁架妳的人，是否還滿懷仇恨？」她頓了一下：「有朝一日，妳跟他對簿公堂時，有沒有考慮過妳會原諒他？」

她抿緊嘴唇。「這不在我的優先考慮之列。」她說：「我盡可能不去想他。」

「妳可知道，妳已經成為一盞明燈？」

「一個——對不起，我沒聽清楚？」

「希望的明燈。」那女人微笑著說。「我們只要一宣布我們要做這次專訪，觀眾就會開始打電話來、寄電子郵件來、發簡訊來，告訴我們妳是天使，善良的化身……」

媽扮了個鬼臉；「我過去做的一切，只不過是求生而已，但是我把傑克撫養得不錯。這方面我做得還行。」

「妳很謙虛。」

「不，事實上我很生氣。」

蓬蓬頭女人眨了兩下眼睛。

「所有這些推崇——我不是什麼聖人。」媽的聲音又響亮起來：「我希望大家不要再把我們當作唯一度過某種可怕事件的人。我在網際網路上找到很多你們不會相信的東西。」

「其他跟妳一樣的案件？」

「也有，但不止如此——我是說，當我在那間工具棚裡清醒過來的時候，我想當然爾，以為再也沒有人比我的遭遇更悲慘。但事實上，奴隸不是什麼新發明。說到單獨監禁——妳可知道，僅僅在美國，我們就有兩萬五千個犯人關在隔離牢房裡？其中有些人被關了超過二十年。」她指著那個蓬蓬頭女人說：「說到小孩——有些地區的孤兒院，嬰兒五個五個躺在一張小床上，用膠布把安撫奶嘴黏在他們嘴裡。每天晚上都有小孩被父親強暴，小孩在監獄一樣的地方織地毯，直到眼睛瞎掉——」

全場有一分鐘安靜到極點。那女人說：「妳的經驗使妳對世界上受苦受難的兒童，呃，產生極大的同理心。」

「不僅是兒童，」媽說：「很多人被各種各樣的方式關起來。」

那女人清清喉嚨，看一眼腿上的紙。「妳剛才用過去式，妳說，妳把傑克『撫養得還不錯』，但這件工作當然還沒有完成。好在妳現在已經得到來自家人和很多位專家的協助。」

媽低下頭說：「情況卻變得更困難。我們的世界只有十一呎見方的時候，比較容易控制。目前有很多事讓傑克慌亂不安。我最討厭媒體稱呼他怪胎，或白癡天才，或小野人，這種措辭——」

「不過，他確實是個特別的孩子。」

媽聳聳肩膀：「他不過是人生的頭五年都待在一個奇怪的地方，如此而已。」

「妳不覺得他的磨難塑造——或傷害——了他？」

「對傑克而言，那不是磨難。現實本來就是那樣。然而，是吧，也許，但每個人多多少少都會被某些東西傷害。」

蓬蓬頭女人說：「當然他看起來似乎正大步邁進，走向康復。對了，妳剛才說，關起來的時候，『比較容易控制』傑克——」

「不對，我是說，比較容易控制情況。」

「妳一定覺得有種近乎病態的需求——這可以理解——擋在妳兒子跟全世界之間，嚴加防範。」

「是的，做母親就是這麼回事。」媽差點要咆哮。

「有沒有任何可能，妳會懷念躲在緊閉的門背後的生活？」

媽轉向莫里斯：「她可以問這麼愚蠢的問題嗎？」

蓬蓬頭女人伸出一隻手，有人把一瓶水放在她手中，她喝了一小口。

克雷博士舉手：「容我插嘴——我想我們都覺得，我的病人已經到達了她的極限，事實上已經超過了。」

那女人對媽說：「如果妳想休息，我們可以等一下再繼續錄。」

媽搖搖頭：「我們一口氣完成吧。」

「好吧，那麼，」那女人做出另一個假得像機器人的大笑容。「如果可以的話，我想重提一件事。傑克出生的時候——我們有些觀眾很想知道，妳有沒有片刻考慮過……」

「什麼？拿個枕頭壓在他頭上？」

媽說的是我嗎？但枕頭應該放在頭下面的呀。

那女人把腦袋從一邊搖到另外一邊：「上天不准啊。但妳可曾考慮過要求綁匪把傑克帶開？」

「帶開？」

「比方說把他放在醫院外面，這樣他會被領養。就像妳自己一樣，據我所知，妳過得很快樂。」

我看見媽吞了一口口水。「我為什麼要做這種事？」

「嗯，這樣他就自由了。」

「離開我的自由？」

「當然，這是一項犧牲——最終的犧牲——但如果傑克能擁有正常、快樂的童年，還有愛他的家人？」

「他有我。」媽逐字逐字的說：「他的童年跟我度過，不論妳說它正不正常。」

「但妳知道他缺少些什麼。」那女人說：「每天他都需要更大的世界，妳唯一能給他的世界變得愈來愈小。妳記憶中那些傑克甚至不知道他可以需索的東西，一定讓妳深受折磨。朋友、學校、草地、游泳、遊樂場的玩具……」

「為什麼每個人都在講遊樂場？」媽的聲音沙啞：「我小時候最討厭遊樂場。」

那女人輕笑一聲。

媽的眼淚掉下來，她伸手去接。我離開椅子，向她跑去，什麼東西掉下來了，發出嘩啦一聲。我跑到媽跟前，把她緊緊抱住，莫里斯喊道：「孩子不能入鏡——」

早晨我醒來，媽不在了。

我不知道在這個世界裡，她也會發生這種事。我搖她手臂，但她只低聲呻吟，把頭埋在枕頭底下。我口好渴，所以挨過去想喝一點，但她不肯轉過身來，讓我喝到。我蜷起身體，在她旁邊待了幾百個小時。

我不知道該怎麼辦。從前在房間，媽不在我就自己起來，做早餐、看電視。

我吸吸鼻子，什麼也沒有，我想我失去了我的感冒。

我去拉控制繩，把百葉窗打開一點。外面好亮，光線從汽車窗戶反彈進來。一隻烏鴉飛過，嚇了我一跳。我想媽不會喜歡這麼亮，所以我把控制繩拉回原樣。我肚子開始咕嚕嚕叫。

然後我想到床邊的叫人鈴。我壓下它，什麼事也沒有發生。但過了一分鐘，門上傳來砰砰聲。

我把門打開一點點，是諾玲。

「嗨，朋友，你今天好嗎？」

我小聲說：「好餓。媽不在了。」

「哦，那我們去找她，好不好？我猜她只是出去一下下。」

「不是，她在這裡，但是又不真的在。」

諾玲一臉困惑。

「妳看。」我指著床：「白天了，但她沒起床。」

諾玲叫媽的另外一個名字，問她覺得好不好。

我小聲說：「別跟她說話。」

她提高聲音叫媽：「要我替妳拿什麼來嗎？」

「讓我睡。」以前媽不在的時候我從來沒聽她說過話，她的聲音像妖魔。

諾玲到五斗櫃去幫我拿衣服。幾乎全黑的地方很不好穿衣服，我把兩條腿伸到一個褲管裡一秒鐘，不得不靠在她身上。故意去碰別人的感覺並不壞，但別人來摸我就不好了，像觸電一樣。她小聲說：「鞋子。」我找到鞋子，擠進去，黏好魔鬼氈，這不是我喜歡的那雙彈性鞋。「好樣的。」諾玲站在門口說，她招招手，要我跟她走。我綁好鬆掉的馬尾。我還找出牙齒、石頭和楓樹的翅果，放在口袋裡。

諾玲在走廊裡說：「你媽一定是接受採訪累壞了。你舅舅在會客室已經等了半小時了，等你們兩個起床呢。」

探險！但我們不能去，因為媽不在了。

克雷大夫在樓梯上，他跟諾玲談話。我用兩隻手緊緊抓住欄杆，我先伸出一隻腳，然後另一隻腳，我讓手向下滑，我沒有跌倒，只有一秒鐘有跌倒的感覺，然後我就用另一隻腳站穩了。「諾玲。」

「等一下就好。」

「不是，看，我在走樓梯呢。」

她對我微笑；「你看看他呀！」

克雷大夫說：「給我幾根手指頭。」

我放開一隻手，跟他在高處拍了一下手。

「所以你還是要去看恐龍嗎？」

「不跟媽一起？」

克雷大夫點點頭：「但你舅舅、舅媽會一直跟你在一起，你很安全。或者你寧可改天再去？」

好，但不行啊，改天說不定恐龍就不在了。「今天去，拜託。」

「好樣的。」諾玲說：「那你媽可以睡個好覺，你回來的時候，可以講恐龍給她聽。」

「嗨，夥計。」保羅舅舅來了，我還不知道他可以進餐廳。我猜夥計是男人說「小心肝」的方式。

我吃早餐的時候，保羅坐在旁邊，這很奇怪。他忙著講他的小電話，他說蒂娜舅媽在另一頭。另一頭就是看不見的那頭。今天的果汁裡頭沒有小碎塊，很好喝。諾玲說這是他們特別為我訂購的。

保羅問：「你準備好第一次到外面旅行了嗎？」

我告訴他：「我到外面來已經六天了。我去過空氣裡三次，我看見過螞蟻、直升機和牙醫。」

「哇。」

吃完鬆餅，我穿上外套，戴上帽子，塗上防曬油，也戴好太陽眼鏡。諾玲給我一個牛皮紙袋，以備我萬一無法呼吸時使用。我們走出旋轉門時，保羅舅舅說：「說起來，其實今天你媽不跟我們一起來可能還比較好，因為昨晚電視播出以後，每個人都認識她的臉了。」

「全世界每一個人嗎？」

保羅說：「差不多。」

到了停車場，他把手伸向一旁，好像我應該牽他的手，後來他又把手放下。有什麼東西打在我臉上，我慘叫一聲。

保羅說：「只是幾滴小雨點。」

我向天空望去，灰的。「它會掉在我們身上嗎？」

「沒事的，傑克。」

我很想回七號房去，守著媽，即使她不在。

「到了……」

是一輛綠色的休旅車，蒂娜坐駕駛座，她隔著玻璃窗對我招招手。我看見中間有張小臉蛋。這輛休旅車的門不會向外張開，它有一面會滑動，我爬上車。

「終於見面啦。」蒂娜說：「布洛英，蜜糖，跟表哥傑克說聲嗨。」

那是一個體型幾乎跟我一樣大的女孩，她跟蒂娜一樣編了滿頭的辮子，但尾端綁著亮晶晶的珠子，還有一隻毛茸茸的大象，還有一個附青蛙蓋子的盒子，裡面裝著早餐穀片。

「嗨，傑克。」她用尖尖細細的聲音說。

布洛英旁邊有張兒童椅是給我坐的。保羅教我如何開關釦環，第三次我就自己做了，蒂娜扣上安全帶，布洛英也扣好，然後保羅轟一聲把門關好。我跳起來，我要媽，我覺得我可能會哭，但我沒有。

布洛英不斷地說：「嗨，傑克，嗨，傑克。」她還不怎麼會說話，她說：「達達唱」，「小狗漂漂」，還有「媽媽餅餅要屁多」，屁多的意思就是拜託。達達是保羅，媽媽是蒂娜，但只有布洛英可以這樣稱呼他們，就像除了我，沒有人把媽叫做媽一樣。

我現在是怕敢，但勇敢的成分比怕多，因為這次不像裹在地毯裡裝死那麼糟。每次有車從對面開過來，我就在腦子裡說，它必須待在它自己那邊的車道上，否則歐警官就會把它關進咖啡色卡車的監牢裡。車窗上的畫面很像電視，但比較模糊，我看到停著的車，一輛水泥攪拌車、一輛摩托車，還有一輛運汽車的大拖車，上面有一、二、三、四、五輛汽車，那是我的幸運數字。一家前院有個小孩推著一輛小推車，裡面坐著一個更小的小孩，真好玩。有隻狗跟著一個牽著繩子的人過馬路，我想牠是真的綁住的，不像托兒所的小孩只是抓著繩子而已。交通號誌變成綠色，一個拄枴杖的女人一跳一跳，垃圾桶上有隻好大的鳥，蒂娜說那不過是一隻海鷗，牠們什麼都吃。

我告訴她：「牠們是雜食性動物。」

「天啊，這麼長的字你也會啊！」

我們轉進一個有樹的地方。我說：「又回到醫院了嗎？」

「不是的，不是的，我們只是在購物中心停一下，布洛英今天下午要參加一個生日派對，得準備一件禮物。」

購物中心就是類似老尼克幫我們買日用品的商店，他現在已經不做這種事了。

本來只有保羅進購物中心去，但他說他不知道要買什麼，所以蒂娜替他去，但布洛英開始叨念：「我跟媽媽去，我跟媽媽去。」所以就變成蒂娜用紅推車推布洛英去，保羅跟我留在車上。

我看著那輛紅推車：「可以坐坐看嗎？」

蒂娜對我說：「晚一點，等到了博物館。」

保羅說：「這樣吧，反正我也急著想上廁所。如果我們統統下車，恐怕還快一點。」

「我不知道……」

「又不是週末，人應該不會那麼多。」

蒂娜看看我，沒有笑容：「傑克，你要不要坐推車到購物中心裡去，只有兩分鐘唷。」

「哦，好棒。」

我坐後面，保護布洛英不掉下去，因為我是表哥，「就像施洗約翰。」我告訴布洛英，但她沒在聽。我們到了門口，它們會發出啪的一聲，自己打開，我差點從推車上掉下來，但保羅說，那不過是很多小電腦在互相傳送訊息，不需要擔心。

每樣東西都特別亮、特別大，我都不知道裡面可以跟外面一樣大，甚至還有樹。我聽見音樂，卻看不見拿樂器的音樂家。最奇妙的是一個朵拉的袋子，我下車去摸她的臉，她對我微笑、跳舞。我小聲叫她：「朵拉。」

保羅說：「哦，是啊。從前布洛英也對她著迷得不得了，但現在換成孟塔娜了。」

布洛英唱：「孟塔娜，孟塔娜。」

朵拉的袋子有背帶，像是一個背包，但朵拉在上面充當背包的臉。它也有提把，我試提，卻把它整個兒拉了出來，我以為我把它弄壞了，但它接著就開始在地上滾動，原來它既是背包，也是拉桿包，這絕對是魔法。

「你喜歡嗎？」蒂娜在跟我說話：「想把你的東西放在裡面嗎？」

保羅對她說：「也許挑一個不是粉紅色的。」他舉起一個蜘蛛人的包包：「這個怎麼樣，傑克？很酷，不是嗎？」

我給朵拉一個大擁抱。我好像聽見她小聲說，**哈囉，傑克**。

蒂娜想拿那個朵拉包，但我不給她。「不要緊的，我只是想付錢給那位阿姨，兩秒鐘就還給你。」

不只兩秒鐘，一共花了三十七秒。

「看到廁所了。」保羅撒腿就跑。

那位阿姨用紙把包包包起來，這樣我就看不見朵拉了，她把它放進一個大紙箱，然後蒂娜拎起繫繩，搖來晃去交到我手中。我把朵拉拿出來，把手臂伸進背帶，就把它穿在身上，我真的把朵拉穿在身上了。

「你該說什麼？」蒂娜問。

我不知道我該說什麼。

「布洛英的漂漂包包。」布洛英說，她揮舞著一個有星條旗的包包，吊掛著好多顆愛心。

「是啊，蜜糖，但妳在家裡已經有一大堆漂漂包包了。」她拿走那個發亮的包包，布洛英放聲尖叫，有一顆心掉在地上。

「能不能有一天，我們可以至少前進二十公尺，再製造第一次核子危機。」保羅在問，他回來了。

蒂娜對他說：「你如果在場，就可以分散她的注意力了。」

「布洛英的漂—漂—包—包！」

蒂娜抱起她，放進推車：「我們走吧。」

我撿起那顆心，放進我的口袋，跟其他寶物在一起，我走在推車旁邊。

然後我改變了主意，我把所有寶物放進朵拉包包前面的拉鍊袋。我的鞋好痛，我把它們也脫下來。

「傑克！」保羅在叫我。

蒂娜說：「不要老是大聲喊他的名字，記得嗎？」

「哦，好啊。」

我看見一個木頭做的大蘋果：「我喜歡那個。」

「很瘋狂，不是嗎？」保羅說。「這個小鼓送雪瑞麗怎麼樣？」他問蒂娜。

她翻個白眼：「打擊樂災難。千萬別嘗試。」

我問：「我可以要那個蘋果嗎，謝謝你？」

保羅咧開嘴笑道：「我看它裝不進你的包包。」

接著我找到一件銀色和藍色的東西，看起來像火箭。「我要這個，謝謝你。」

「那是咖啡壺。」蒂娜把它放回架上說：「我們已經買了包包給你，今天就這樣了，懂嗎？我們現在要找送布洛英朋友的禮物，然後就離開這裡。」

「對不起，不知道這是不是你大女兒的？」一個年紀比較大的婦人拿著我的鞋子。

蒂娜瞪著她。

「傑克，夥計，這是怎麼回事？」保羅指著我的襪子問。

「太感謝了。」蒂娜從那婦人手中接過鞋子，便跪下來。她先把我的右腳塞進鞋子，然後左腳。她咬牙切齒對保羅說：「你一直在叫他的名字。」

我不知道我的名字有什麼問題。

保羅說：「對不起，對不起。」

我問：「她為什麼說大女兒。」

蒂娜說：「哦，因為你的長頭髮和朵拉包包。」

老婦人消失了。「她是壞人嗎？」

「不，不是的。」

保羅說：「但如果她猜出你就是那個傑克，就可能用手機什麼的幫你拍照，你媽就會殺了我們。」

我的胸膛開始咚咚跳：「媽為什麼要——」

「我的意思是，抱歉——」

蒂娜：「他只是說，你媽會很生氣。」

我想到媽躺在黑暗的不在裡：「我不想讓她生氣。」

「不，當然不想。」

「你可以馬上帶我回醫院嗎，拜託。」

「很快。」

「現在。」

「你不要去博物館嗎？我們再一分鐘就出發。魏柏金斯玩具店，」蒂娜對保羅說：「那兒應該夠安全。我記得過了美食廣場有家他們的分店……」

我一路拖著我的包包，我鞋子的魔鬼氈拉得太緊。布洛英餓了，所以我們買了爆玉米花，那是我吃過最脆的東西，它卡在我喉嚨裡害我咳嗽。保羅到咖啡店替他自己和蒂娜買了拿鐵。玉米花碎屑從我的袋子裡掉出來時，蒂娜說不要去撿，因為我們還有很多，而且也不知道地上掉過什麼東西。我弄得一塌糊塗，媽一定會生氣。蒂娜給我一張濕紙巾，擦掉手上的黏搭搭，我把它放在我的朵拉包包裡。這裡太亮了，而且我覺得我們迷路了，我真希望現在是在七號房裡。

我要尿尿，保羅帶我去一間廁所，牆上裝著一排奇形怪狀、好像癱瘓的臉盆。他對它們一指說：「去吧。」

「馬桶在哪兒？」

「這是特製給咱們男生用的。」

我搖搖頭，又走出去。

蒂娜說我可以跟她和布洛英一起去，她讓我挑隔間。「幹得好，傑克，一滴都沒有灑出來。」

為什麼我會灑出來？

她把布洛英的內褲脫下來，那裡不像陰莖，也不像媽的陰道，就是一小截胖胖的身體，中間打摺，沒有長毛。我用手指壓壓看，感覺軟綿綿的。

蒂娜重重一記打開我的手。

我不停慘叫。

「安靜下來，傑克。我有沒有——你的手受傷了嗎？」

我的手腕血流不止。

蒂娜說：「對不起。真的很對不起，一定是我的戒指。」她看著自己那枚飾有小金塊的戒指。「但你聽我說，我們不能隨便摸別人的私處，這種行為絕對不可以。」

我不知道什麼是私處。

「好了嗎，布洛英？媽媽來擦擦。」

她擦的跟我剛才摸的都是布洛英身上同樣的部位，但她事後可沒有打自己。

我去洗手，很痛，又流了更多血。蒂娜一直在包包裡挖來挖去找ＯＫ繃。她把幾張咖啡色紙巾摺起來，叫我壓在傷口上。

保羅在外面問：「到底好了沒有？」

「別問。」蒂娜說：「我們可以出去了嗎？」

「雪瑞麗的禮物怎麼辦？」

「我們就挑布洛英看起來比較新的東西包一件。」

「我的東西不可以。」布洛英大叫。

他們在爭吵。我只想回床上去，在黑暗中跟媽在一起，她全身都軟軟的，不要有看不見的音樂、臉孔紅通通的胖子從旁走過、牽著手嘻嘻哈哈同時讓一部分身體從衣服裡露出來的女孩。我壓住傷口，不讓血再滴下來，我閉上眼睛向前走，撞上一個盆栽，事實上它不像植物死掉前那樣，是真正的植物，它是塑膠的。

然後我看見有人對我微笑，那是狄倫，我撲上去給他一個熱烈的擁抱。

「一本書。」蒂娜說：「太完美了，等我兩秒鐘。」

「那是挖土機狄倫，他是我在房間的老朋友。」我講給保羅聽：「堅固的挖土機狄倫，來—嘍！他挖出來的泥土一鏟比一鏟多。看他的長手臂伸進土裡——」

「很棒，夥計。你趕緊找找看，它該放回什麼地方，好嗎？」

我摸著狄倫的封面，它變得光滑發亮，他怎麼跑到購物中心來的？

「小心別讓它沾到血。」保羅拿一張面紙放在我手上，我一定把咖啡色擦手紙弄掉了。

「為什麼不挑一本你從來沒看過的書？」

「媽媽，媽媽。」布洛英想把一本書封面上的首飾拿出來。

「付帳吧。」蒂娜把一本書往保羅手中一塞，就往布洛英面前跑去。

我打開朵拉包包，把狄倫放進去，拉上拉鍊，保障他的安全。

蒂娜和布洛英回來後，我們走到噴泉附近去聽水聲，卻不怕被水濺到。布洛英說：「錢錢，錢錢。」於是蒂娜給她一枚銅板，布洛英把它丟進水裡。

「要嗎？」蒂娜問我。

這一定是種特別的垃圾桶，專門裝太髒的錢。我接過銅板，把它丟進去，然後取出濕紙巾來擦乾淨手指頭。

「你有許願嗎？」

我從來沒有用垃圾許過願。「許什麼願？」

蒂娜說：「隨便什麼你在這世界上最想要的東西。」

我最想要的東西就是待在房間裡。但我想這樣的事根本不存在這個世界上。

有個人在跟保羅說話，他指著我的朵拉。

保羅走過來，拉開拉鍊，把狄倫拿出來。「傑——夥計！」

蒂娜說：「非常對不起。」

保羅說：「他在家裡有一本，你瞧，他以為這本是他的。」他把《狄倫》交給那個人。

我跑過去，把它搶回來，我說：「堅固的挖土機狄—倫，來—嘍！他挖出來的泥土一鏟比一鏟多。」

保羅說：「他不懂。」

「看他的長手臂伸進土裡——」

蒂娜想要把書從我手裡抽走：「傑克，甜心，這本書是店裡的。」

我愈發抓得死緊，並把它塞進我上衣裡。我對那個男人說：「我是從別的地方來的。老尼克把我和媽關起來，所以現在他和他的卡車都在坐牢。但天使不會炸開監牢救他，因為他是壞人。我們很有名，如果你給我拍照，我們就殺死你。」

那人的眼睛眨個不停。

保羅說：「算了，這本書多少錢？」

那人說：「我要先掃描——」

保羅伸出手，我倒在地上，蜷起身子包住狄倫。

「我另找一本給你掃描吧。」保羅說，便跑回那家店去了。

蒂娜四下張望，喊道：「布洛英？蜜糖？」她急忙跑回噴泉那兒，前後左右到處找。

「布洛英？」

事實上，布洛英躲在一個有很多衣服的櫥窗裡面，正伸出舌頭舔玻璃呢。

蒂娜尖叫：「布洛英？」

我也把舌頭伸出來，布洛英在玻璃後面咯咯笑。

我坐在綠色休旅車上差點睡著了，但沒有真的睡著。

諾玲說我的朵拉包包漂亮極了，那顆發亮的心也是，還有《挖土機狄倫》好像也很好看。

「恐龍怎麼樣？」

「我們沒時間去看。」

「哦，那真可惜。」諾玲找了一片OK繃貼我的手腕，但上面沒有圖畫。「你媽睡了一整天，看到你一定很高興。」她輕敲七號房的門，然後把它打開。

我脫下鞋子，但沒脫衣服，我終於鑽進媽的被窩。她溫暖柔軟，我非常小心地偎進她懷裡。枕頭很臭。

「晚餐見嘍。」諾玲小聲說，就把門關上。

那股臭味是嘔吐物，我想起大逃亡的經驗。「醒來。」我對媽說：「妳吐在枕頭上了。」

她沒有回轉來，她不呻吟，也不翻身，我拉她的時候她動也不動。這是她不在最嚴重的一次。

「媽，媽，媽。」

我猜她變成殭屍了。

「諾玲！」我大叫，跑到門口。我不該吵到外人，但是——「諾玲！」她在走廊的盡頭，轉過身。「媽吐了。」

「沒問題，我們兩三下就可以搞得清潔溜溜了。我去拿清潔車——」

「不，妳先過來。」

「好，好。」

她開亮燈，看到媽的樣子，就不再說好了，她拿起電話說：「藍色信號，七號房，藍色信號——」

我不知道那是什麼——但後來我看到媽所有的藥瓶都打開放在桌上，而且看起來幾乎都是空的。每次絕不超過兩顆，這是規則，怎麼可能每個瓶子都空掉，藥丸到哪裡去了？諾玲按壓媽的頸側，喊她另一個名字：「妳聽得見我嗎？妳聽得見我嗎？」

我不覺得媽聽得見，我也不覺得她看得見。我高聲大喊：「壞點子壞點子壞點子！」

好多人跑進來，其中一個把我拉到門外走廊裡。我使出全身力氣尖叫：「媽！」但還是不夠大聲叫不醒她。

活　著

我在有吊床的房子裡。我向窗外望，想看看它，但外婆說它在後院，不在前面，況且根本還沒有掛起來，因為才四月十號。這兒有灌木叢、花叢、人行道、街道，還有別的前院和房子，我數數有十一家，住在那裡的人叫做鄰居。我吮一下牙齒，確定它還在，它在我舌頭正中央。白色的汽車停在外面沒動，雖然車上沒有兒童椅，我也坐著它從醫院過來。基於**連貫性和有助治療的隔離**，克雷大夫要我留在醫院，但外婆扯著喉嚨說，我有家人在，他不可以像犯人一樣關我。我的家人就是外婆、繼公、布洛英、保羅舅舅、蒂娜，以及外公，但是他看到我會毛骨悚然。還有媽。我把牙齒挪到旁邊。「她死了嗎？」

「沒有，我跟你說了好多遍，絕對沒有。」外婆把頭靠在環繞窗戶的木頭上。

外面的人說**絕對**的時候，有時候聽起來很不真實。我問外婆：「妳是假裝她還活著嗎？」

因為如果她不活，我也不要活了。」

她又流了滿臉眼淚：「我不會——我不能給你講我不知道的事情，小心肝。他們說只要一有新發展就會打電話來。」

「什麼是新發展？」

「她的狀況，現在這時候的。」

「她現在怎麼樣？」

「嗯，不太好，因為她吃了太多不好的藥，就像我告訴過你的，現在他們大概已經把那些東西統統從她胃裡打出來了，至少也打出來大部分。」

「她為什麼——？」

外婆說：「因為她有毛病。在腦子裡。現在她在治療了，你不用擔心。」

「為什麼？」

「嗯，擔心也沒有用啊。」

上帝的臉通紅，架在一根煙囪上。天漸漸黑了。牙齒卡在我的牙齦上，他是一顆專門弄痛別人的壞牙齒。

外婆說：「你的千層麵一口也沒吃。要一杯果汁或別的什麼嗎？」

我搖頭。

「你累了嗎？你一定累了，傑克。上帝知道我累壞了。到樓下來看看多出來的那個房間。」

「為什麼是多出來的？」

「就是我們用不著它。」

「妳為什麼會有一個用不著的房間？」

外婆聳聳肩膀：「你永遠不知道什麼時候用得著。」她等我用屁股爬下樓梯，因為這裡沒有欄杆可以扶。我把朵拉包包乒乒乓乓拖在身後。我們穿過一個叫做起居室的房間，我不知道它為什麼叫這個名字。外婆和繼公使用所有的房間，唯一的例外是那個多出來的房間。

一陣難聽的哇哇聲，我摀住耳朵。外婆說：「我最好去接聽。」

她很快就回來，把我帶到一個房間。「準備好了嗎？」

「做什麼？」

「上床睡覺啊，蜜糖。」

「我不要睡這裡。」

她壓一壓自己嘴唇四周有小裂縫的地方。「我知道你想你媽，但這陣子你得自己一個人睡覺。你不會有事的。繼公和我就在樓上。你不怕妖怪，對吧？」

得看是什麼樣的妖怪，是不是真的，會不會跑來找我。

外婆說：「唔。你媽的老房間就在我們隔壁。但我們把它改裝成健身房了，我不知道那兒還有沒有空間放一張充氣床墊……」

這回我貼著牆壁，用腳走上樓去，外婆幫我拿朵拉包包。這兒有好幾張柔軟的藍墊子、啞鈴，還有我在電視上看到的那種仰臥起坐健身器。「她的床本來擺這裡，跟她做小貝比的時候睡的搖籃同一個位置。」外婆指著一輛固定在地板上的腳踏車說。「滿牆都是海報，你知道，她喜歡的樂團、一把大扇子、捕夢網……」

「可以捕捉到她的夢嗎？」

「你說什麼？」

「那把扇子。」

「哦，不是的，那只是裝飾品。我把它們送到回收站的時候心裡好難過，這是悲傷治療團體的輔導員建議的……」

我打了一個大呵欠。牙齒差點掉出來，但被我用手接住。

「那是什麼？」外婆問：「珠子還是什麼？不要吸吮小東西，你難道沒——」

她企圖扳開我手指把它拿走，我的手用力打中她肚子。

她瞪大眼睛。

我把牙齒放回舌頭底下，咬緊我的牙齒。

「這樣好了，何不把充氣床墊放在我們的床旁邊，就今天晚上，直到你習慣了為止。」

我拉著我的朵拉包包。隔壁就是外婆和繼公睡覺的地方。充氣床墊是一個好像大口袋的東西，打氣機老是從洞裡彈出來，她只好喊繼公來幫忙。後來它打滿了氣，變得像一個四方形的氣球，她在上面鋪了一張床單。媽的胃也是這樣打的嗎？幫她打胃的是什麼人？打氣機裝在哪裡？她不會爆炸嗎？

「我說，你的牙刷在哪兒，傑克？」

我在裝我所有東西的朵拉包包裡找到它。外婆吩咐我換上睡衣。她指著充氣床墊說：「跳進去吧。」外面的人要假裝一樣東西很好玩的時候，就會用這種字眼。外婆嘟起嘴巴俯下身，好像要親我，但我把頭藏在棉被裡。她說：「抱歉。要聽故事嗎？」

「不要。」

「累得不想聽故事。好吧，那就晚晚嘍。」

整個兒黑了。我坐起身：「蟲蟲怎麼辦？」

「床單保證很乾淨。」

我看不見她，但我認得出她的聲音。「不對，蟲蟲啦。」

「傑克，我真的要睡了——」

「不讓蟲蟲來煩我啦。」

外婆說：「哦。晚。晚晚，睡安安……對啊，以前你媽小時候我都——」

「全部念給我聽。」

「晚晚，睡安安，蟲蟲不來煩。」

有些光線流進來，門開了。「妳要去哪裡？」

我看見外婆全黑的身影映在洞裡。「就在樓下。」

我滾下充氣床墊，它搖個不停。「我也要去。」

「不行，我要看我的節目，兒童不宜。」

「妳說妳跟繼公睡床上，我在旁邊睡充氣床墊的。」

「那要等一下，我們還不累。」

「妳剛說妳累了。」

「我受夠——」外婆幾乎在尖叫：「我還不想睡，我只想看看電視，讓腦筋放空一下。」

「妳在這裡也可以讓腦筋放空一下。」

「你試著躺下來，閉上眼睛。」

「我不行，我一個人不行。」

「哦。」外婆說：「哦，你這可憐的小東西。」

為什麼說我可憐，又說我是東西？

她走到床墊旁邊彎下腰，摸我的臉。

我躲開。

「我只是幫你閉上眼睛。」

「妳睡床，我睡床墊。」

我聽見她歎氣。「好吧，我就躺一會兒……」

我看見她的人影躺在棉被上。什麼東西砰一聲落地，是她的鞋子。她低聲問：「要不要聽搖籃曲？」

「什麼？」

「一首歌？」

從前媽會唱歌給我聽，但再也聽不到了。她把我的頭撞在七號房的桌子上。她吃了不好的藥，我猜她已經累得不想玩了，她急著上天堂，不願意等了，但她為什麼不等我？

「你在哭嗎？」

我沒說話。

「哦，蜜糖。也好，哭出來總比憋著好。」

我想喝一點，我真的好想喝一點，不喝奶我睡不著。我吮著媽的牙齒，無論如何那都是她的一部分，她又黑又爛又硬的細胞。牙齒讓她痛，或許他也痛，但現在已經不痛了。為什麼哭出來比憋著好？媽說我們會自由，但現在這樣一點都沒有自由的感覺。

外婆唱得很小聲，我知道那首歌，但聽起來不對勁，「巴士的輪子——」

「不用了，謝謝。」我說，她就不唱了。

♥

我和媽在海裡，我糾纏在她頭髮裡，我全身被綁住，快要淹死了——

只是一場噩夢。如果媽在，就會這麼說，但她不在。

我躺著數數，五根手指頭五根手指頭五根腳趾頭五根腳趾頭，我讓它們一根一根搖一下。我試著在腦子裡說話，媽？媽？媽？但聽不見她回答。

天開始變亮的時候，我把被子拉到頭上讓它變黑。我猜不在的感覺一定就是這樣。

有人走來走去，小聲說：「傑克？」是外婆湊在我耳邊，我縮起身子躲開。「你還好嗎？」

我想起要客套。「不是百分之百的好，謝謝妳。」我說得不清楚，因為牙齒黏在我舌頭上。

她走了以後，我坐起身，清點我在朵拉包包裡的東西，我的衣服、鞋子、楓樹翅果、手搖鼓、發亮的愛心、鱷魚、石頭、猴子、汽車，還有六本書，第六本是從店裡拿來的《挖土機狄倫》。

好多個小時後，哇哇的電話鈴聲響過。外婆上樓來：「克雷大夫打來的，你媽的情況穩定了。聽起來不錯，不是嗎？」

也許意思是說她沒有發燒。

「還有，早餐吃藍莓鬆餅。」

我躺著動也不動，像骷髏骨架一樣。被子上有灰塵的味道。

叮噹叮噹，她又下樓去了。

下面有聲音，我數我的腳趾頭，然後手指頭，然後把牙齒重數一遍。每次都數對，但我沒把握。

外婆氣喘噓噓的回來，說是我的外公到這兒來道別。

「跟我？」

「跟我們大家，他要回澳洲了。趕快起來，傑克，賴床對你沒好處。」

我不知道那是什麼意思。「他要我不生出來。」

「他要什麼？」

「他說不該有我，那樣媽就不必做媽了。」

外婆沒吭氣，我以為她下樓去了，所以伸出臉來張望。她還在，手臂緊緊抱在胸前。

「不要理那個混帳。」

「什麼是——？」

「下樓來吃鬆餅就是了。」

「我不能。」

外婆說：「看看你自己。」

這我做不到。

「你呼吸、走路、說話、睡覺，沒有你媽你也辦到了，不是嗎？所以我打賭，沒有她你也能吃東西。」

我把牙齒推到旁邊，以策安全。我在樓梯上花了很長的時間。

廚房裡，真的那個外公嘴唇上沾了紫色，他的鬆餅泡在一汪糖漿裡，混著更多紫色，那就是藍莓。

盤子是正常的白色，但玻璃杯的形狀不對勁，長著四個角。桌上有一大碗香腸。我不知道自己餓了。我吃了一根香腸，然後又吃了兩根。

外婆說她沒有不含果粒的果汁，但我一定要喝點兒東西，否則會被香腸噎到。我只好喝了有果粒的果汁，細菌搖頭擺尾游進我喉嚨。冰箱好大，裝滿了各種盒子和瓶子，櫥櫃裡的食物好多，外婆必須爬到梯子上，才看得見全部。

她說我該趁現在去淋浴，我假裝沒聽見。

我問外公：「什麼是穩定？」

「穩定？」他眼睛裡掉出一顆眼淚，他把它擦掉。「我想是沒有變好也沒有變壞。」他把刀叉併攏，放在盤子上。

不變好，也不變壞，跟什麼比較？

牙齒在果汁裡變得好酸。我回樓上去睡覺。

♥

「小心肝，」外婆說：「你不可以再在那個近視眼製造機前面耗一整天。」

「什麼？」

她把電視關掉。「克雷大夫剛剛在電話上提到你的發育需求，我只好跟他說，你在下跳棋。」

我眨眨眼，揉一下眼睛。她幹嘛對他撒謊？「媽——？」

「他說，她仍然保持穩定。你要真的來下一盤跳棋嗎？」

「妳的棋子是給巨人下的，而且會掉下來。」

她歎口氣：「我一直跟你說，這都是正常的尺寸，還有西洋棋和撲克牌也一樣。你和你媽玩的那種迷你磁鐵棋組是旅行用的。」

但我們沒有旅行呀。

「我們到遊戲場去。」

我搖頭。媽說過，等自由了我們要一起去。

「你去過外面的，很多次。」

「那是在醫院。」

「一樣的空氣，不是嗎？來吧，你媽告訴過我，你喜歡爬高高。」

「是啊，我爬到桌子上、椅子上、床上，幾千次。」

「可不能爬我家的桌子，老兄。」

我是說在房間的時候。

外婆把我的馬尾紮得非常緊，然後把它塞進我外套裡。我把它拉出來。她沒提到那種黏搭搭的東西，也沒要我戴帽子，難道這裡的世界，皮膚不怕燒傷嗎？「戴好你的太陽眼鏡，對了，要穿正常的鞋子，那種像拖鞋的東西沒有支撐力。」

即使把魔鬼氈鬆開，我的腳走路時還是會被擠痛。我們只要待在人行道上就很安全，但不小心走到馬路上就會死。媽沒有死，外婆說她不會騙我。她在下跳棋這件事上騙了克雷大夫。人行道一直中斷，我們必須過馬路，只要我們牽著手就不要緊。我不喜歡別人碰我，但外婆只說那也沒辦法。風老是吹我的眼睛，陽光在我的太陽眼鏡邊緣閃爍得好刺眼。有個粉紅色的東西是綁頭髮的鬆緊帶、一個瓶蓋、一個從不是真汽車而是玩具汽車上掉下來的輪子、一個已經沒有果仁的果仁包裝袋、一個我聽見還有些果汁在裡面嘩嘩響的果汁盒，以及一坨黃色的大便。外婆說那不是人拉的，而是某隻噁心的狗幹的好事，她拉拉我的外套說：「別靠近那個。」這些垃圾不應該在這裡出現，只有樹沒法子不掉樹葉，那是合法的。法國人讓狗隨地大小便，有一天我可以去那兒。

「去看大便？」

「不，不是。」外婆說：「去看艾菲爾鐵塔。有一天等你很會爬樓梯的時候。」

「去外面的法國？」

她用奇怪的眼光看我。

「在世界上？」

「每個地方都在這世界上。我們到了！」

我不要到遊戲場去，因為那兒有很多小孩，都不是我的朋友。

外婆翻翻白眼。「你跟他們同時玩就好了，小孩都這麼做的。」

我可以看穿菱格形鐵絲網的圍籬。它就像埋在媽挖也挖不穿的牆壁和地板裡的祕密鐵網，但我們逃出來了，我救了她，但緊接著她就不想活了。有個大女孩頭下腳上倒掛在鞦韆上。兩個男孩坐著一個我不記得名字的東西一上一下。他們把它撞得咚咚響，哈哈大笑，還摔下來，但我猜是故意的。我數牙齒數到二十，然後重來一遍。抓住籬笆會在我手指上留下白色的線條。我看著一個女人抱著一個小小孩去攀爬架那兒，小孩鑽進管子，她就沿著管子側面開的洞孔，對裡面扮鬼臉，假裝不知道她的小孩在哪兒。我看那個大女孩，但她只管打鞦韆，有時候頭髮幾乎碰到爛泥，也有時她會坐直上身。男孩追來追去，用手比出槍的形狀砰砰砰，有一個跌倒了在哭，他跑到大門外，進了一棟房子。外婆說他一定住在那兒。她怎麼知道？她小聲說：「你何不趁現在去跟另外那個男孩玩？」然後她喊道：「喂，小朋友。」那男孩回過頭來看我們，我鑽進樹叢，它刺痛我的頭。

過了一會兒，她說外面比看起來還冷，也許我們該回家吃午餐了。

走了幾百個小時，我的腿快斷了。

外婆說：「也許下次你會覺得更好玩。」

「很有趣。」

「你媽教你碰到不喜歡的事要這麼說嗎？」她笑了笑：「那是我教她的。」

「她快死了嗎？」

「沒有。」她差點兒尖叫。「如果有消息，李奧會打電話來。」

李奧就是繼公，這麼多名字讓人很糊塗。我只要我唯一的名字傑克。

在外婆家，她在一個不停旋轉的圓球上，指法國給我看，那是世界的雕像。我們住的城市只是一個小點，醫院也是一個小點，房間也是，但外婆說我不必再考慮那地方，最好把它忘了。

午餐我吃了好多麵包和牛油，那是法國麵包，但我想上面沒有狗大便。我的鼻子又紅又熱，還有我的臉頰和我胸口最上面的一小塊，還有我的手臂、手背和襪子上面的腳踝。

繼公叫外婆不要自尋煩惱。

「又不是多大的太陽。」她說了一遍又一遍，還擦眼睛。

我問：「我的皮膚會掉下來嗎？」

繼公說：「只掉一點點。」

外婆說：「不要嚇小孩。你不會有事的，傑克，別擔心。多搽一點這種清涼的曬後乳液，來……」

背後很難搽到，但我不喜歡別人的手指碰我，所以也辦到了。

外婆說她應該再打電話給醫院，但現在她沒心情做這種事。

我因為曬傷了，所以可以躺在沙發上看卡通。繼公在躺椅上看《世界旅行家》雜誌。

♥

晚上，牙齒來找我，在街上咔啦咔啦跳，高達十呎，腐臭發黑的碎片一路往下掉，它在牆上撞得粉碎。接著我漂浮在一艘釘死的船上，**蟲子爬進來，蟲子爬出去**——

黑暗中傳來不認識的嘶嘶聲，結果是外婆：「傑克，不要緊。」

「不。」

「回去繼續睡吧。」

我想我不會再睡。

早餐時，外婆吞了一顆藥丸。我問是不是她的維他命。繼公哈哈笑。她對他說：「要你多事！」然後對我說：「每個人都需要點什麼。」

這棟房子真難懂。我可以去的地方包括廚房、起居室、健身房、多出來的房間和地下室，還有臥室外面一塊叫做樓梯口的地方。我可以進臥室，除非門關著，那我就必須先敲門，然後等著。我可以進浴室，除非門打不開，那代表有人在裡面，我就必須等。浴缸、臉盆和馬桶是一種叫做鱷梨綠的綠色，馬桶座墊是木頭做的，我可以坐在上面。我應該把座墊先掀起來，然後放下，這是對女士應有的禮貌，女士就是外婆。馬桶的水箱有蓋子，跟媽用來打老尼克的那種一樣。肥皂是一個硬硬的球，我必須搓了又搓，才能使用。外面的人跟我們不一樣，他們有幾百萬種東西，每種東西又有不同的種類，像是不一樣的巧克力糖棒和機器和鞋子。他們的每種東西都有不同的用途，比方說有指甲刷、牙刷、地板刷、馬桶刷、衣服刷、庭院刷、頭髮刷。有次我把一種叫做痱子粉的粉末掉在地上，我把它掃掉，但外婆跑過來說，那是馬桶刷，她很生氣，因為我散播細菌。

這也是繼公的房子，但所有的規矩都不是他訂的。他多半時間待在書房裡，那是他一個人專用的房間。

他告訴我：「人不一定願意跟別人相處，會很累的。」

「為什麼？」

「相信我的話就是了。我結過兩次婚。」

我要是走前門出去一定要告訴外婆，但我其實不會那麼做。我坐在樓梯上用力吮牙齒。外婆從我身旁擠過去，說：「去找個東西玩，好不好？」

可玩的東西很多，但我不知道玩哪一件。瘋狂支持者送的、媽以為是五件但實際上我拿了六件的玩具。會把我的手弄得很髒的彩色粉筆是蒂娜送的，但那次她來我沒見到她。還有一大捲紙和裝在長方形透明盒裡的四十八色彩色筆。一大箱畫有各種動物的小盒子，不知為什麼布洛英用不著了，可以堆成一座比我還高的塔。

我卻瞪著自己的鞋子發呆，是那雙軟鞋。如果我動動腳，可以看見皮革下面的腳趾頭。**媽**！我在腦子裡大聲叫。我想她不在這裡。沒有變好也沒有變壞。除非所有人都撒謊。

地毯跟樓梯的木頭接觸的地方，地毯下面有個咖啡色的小東西。我把它撿起來，是金屬。是一枚錢幣。上面有一個男人的臉和幾個字，**我們相信上帝自由二〇〇四**。我把它翻過來，也有一個男人，也許是同一個人，但他正對著一棟小房子揮手，寫著**美利堅合眾國**E PLURIBUS UNUM 1**分**。」

外婆站在最低一級梯階上，瞪著我看。

我跳起來。我把牙齒挪到牙齦後面，告訴她說：「這裡有句西班牙話。」

她皺起眉頭：「是嗎？」

我指給她看。

「是拉丁文。E PLURIBUS UNUM。唔，我想它的意思是『合眾為一』，就是要大家團結。你還要嗎？」

「什麼？」

「我去錢包裡找找……」

她拿著一個扁圓形的東西回來，按一下它就會忽然打開，像一張嘴巴，裡面有各種的錢。一枚銀幣上有個跟我一樣綁馬尾的男人，寫著五分，但她說所有的人都叫它做鎳幣，較小的銀幣叫一毛，等於十分。

「為什麼鎳幣只有五分，卻比十分還大？」

「就是這樣。」

就連一分都比十分大，我覺得這樣很愚蠢。

最大的銀幣一面有個不快樂的男人，背面寫著新罕普夏一七八八不自由毋寧死。外婆說新罕普夏是美國的另外一個部分，跟我們住的這個部分不一樣。

「不自由，是說所有的東西都免費嗎？」[25]

「啊，不，不對，是說……沒有人可以命令你。」

另外還有一枚，前面一樣，但我把它翻過來，卻是帆船的圖案，上面坐了個小人，還有一個杯子和更多西班牙文，GUAM E PLURIBUS UNUM 2009，以及Guahan ITano' ManChamorro[26]。外婆瞇起眼睛看了半天，然後去拿眼鏡。

「這也是美國的另外一個部分嗎？」

「關島？不是，我想它在別的地方。」

[25] 註：原文為LIVE FREE OR DIE，因free亦可解釋做「免費」，傑克從這角度思考，以為這句話的意思是「若不能免費取得日常用品不如死掉」。

[26] 註：即「關島合眾為一，二〇〇九」及「關島，查莫洛人之地」。關島為美國屬地，受美國內政部管轄，當地原住民為查莫洛人。此處提到的錢幣是美國製幣局從一九九七年開始陸續推出，反面鑄有各州及屬地特色和座右銘的紀念錢幣，面額為四分之一元。

說不定那是外面的人給房間取的名字。

電話響起來，在門廳裡吵鬧，我不想聽它，便跑上樓去。

外婆上樓，又在哭：「她脫離險境了。」

我瞪著她。

「你媽。」

「什麼險境？」

「她的病會好，她快要恢復健康了。」

我閉上眼睛。

♥

外婆把我搖醒，她說我已經睡了三小時，她怕再睡下去，我晚上就睡不著了。

含著牙齒不好說話，所以我把它改放在口袋裡。我的指甲縫裡有肥皂，我需要一個尖銳的東西把它挑出來，像是遙控器。

「你想念你媽嗎？」

我搖頭。「遙控器。」

「你想念……空氣？」

「遙控器。」
「電視遙控器？」
「不是，可以讓我的吉普車咻一聲跑起來的遙控器，但是在衣櫃裡弄壞了。」
外婆說：「哦，這樣啊。我相信你可以拿回來的。」
我搖頭：「它們在房間。」
「我們開一張單子。」
「丟進馬桶沖掉的嗎？」
外婆一臉不解。「不是，我可以打電話給警察。」
「是緊急事故嗎？」
她搖頭：「等他們處理完畢，他們會幫你把留在那兒的玩具送來。」
我瞪著她：「警察可以到房間去？」
她告訴我：「說不定現在就有人在那兒，收集證據。」
「什麼證據？」
「證明發生過什麼事，拿給法官看。照片啦、指紋啦……」
我開單子的時候，想起田徑跑道的黑印、桌子下面的洞，所有我和媽留下的痕跡。法官看到我畫的藍章魚。
外婆說，這麼晴朗的春天浪費掉太可惜了，所以只要我穿上長袖襯衫和外出的鞋子，戴好帽子和眼鏡，再抹一大堆防曬乳液，我就可以到後院裡去玩。

她把防曬乳液擠到手裡。「你說停和開始，隨你控制。跟遙控器一樣。」這有點好玩。

她開始把乳液揉到我手背上。

「停！」過了一會兒，我說：「開始。」她又開始搓揉。「開始。」

她停下來：「你是要我繼續？」

「對。」

她幫我搽臉。我不喜歡乳液接近眼睛，但她很小心。

「開始。」

「事實上已經搽完了，傑克。準備好了嗎？」

外婆先從那兩扇門走出去，一扇是玻璃門，一扇是紗門，她招手叫我出去，光線彎彎曲曲的。我們站在全部用木頭搭出來的露台上，好像站在船的甲板上。到處有種毛茸茸的東西，像小小的包袱。外婆說那是一種樹的花粉。

「哪種樹？」我抬頭望著各種不同的樹。

「恐怕我沒法子告訴你。」

在房間裡，我們知道每樣東西的名字，但這世界裡的東西實在太多了，一般人連它們的名字都說不全。

外婆挑了一把木頭椅子，扭動屁股擠進去。這兒有些樹枝，一踩上去就斷了，還有黃色的小樹葉和咖啡色的爛葉子，外婆說早在十一月她就叫李奧要清理了。

「繼公有工作嗎？」

「沒有，我們提早退休了，但別提了，我們的股票現在只剩十分之一的價值了……」

「那是什麼意思？」

她仰起頭，靠在椅背上，閉起眼睛。「沒什麼，不用擔心。」

「他很快就會死嗎？」

外婆睜開眼睛看著我。

「或者妳會先死？」

「我告訴你，我才五十九歲，年輕人。」

媽才二十六歲，她脫離險境了，這是說她會回來嗎？

外婆說：「沒有人會死，你不必操心。」

「媽說每個人早晚都會死。」

她抿緊嘴唇，周圍有好多線條，像陽光一樣。「你跟我們大多數人才剛認識，老兄，不要急著說掰掰。」

我低頭看院子裡的綠色。「吊床在哪裡？」

她悶哼幾聲，站了起來：「既然你這麼關心它，我想我們不妨去地下室把它挖出來。」

「我也要去。」

「好好坐著，享受陽光，你還沒察覺到，我就回來了。」

但我沒有坐著，我是站著。

她走了以後，一切變得很安靜，只有樹叢裡傳來唧唧的聲音，我猜是小鳥，但我看不見。風把樹葉吹得沙沙響。我聽見一個小孩的叫聲，可能在大片樹籬後面的另一家院子裡，要不然就是他會隱形。上帝的黃臉上面有朵雲，忽然變冷了。這世界的亮度、溫度和響度不停在改變，我永遠不知道下一分鐘會變成什麼樣。那朵雲顯得灰灰藍藍的，不知道有沒有夾帶雨水。如果雨開始下在我頭上，我會在它淹濕我的皮膚之前跑進房子裡去。

有個東西在嗡嗡叫，我往花叢裡看，真是奇妙極了，一隻活生生的大蜜蜂，身上有黃色和黑色，牠在花裡跳舞。我說：「嗨。」我伸出一根手指去摸牠，然後——

哎—唷。

我的手要被從來沒有那麼厲害的痛炸開了。「媽！」我尖叫，我在腦子裡喊媽，但她不在後院裡，不在我腦子裡，不在任何地方。只有我一個人在痛在痛痛痛——

外婆從露台另一頭衝過來：「你把自己怎麼了？」

「不是我，是那隻蜜蜂。」

等她塗好那種特製的藥膏，痛少了一點，但還是很痛。

我必須用另一隻手幫她忙。吊床掛在後院很後面的兩棵樹的鉤子上，一棵樹很矮，只有我兩倍高，而且是彎的，另一棵樹比它高一百萬倍，有銀色的葉子。繩子因為長期放在地下室都變形了，我們必須一直拉，直到所有的洞孔大小恢復正常。而且有兩根繩子斷了，所以有幾個洞不可以坐。外婆說：「可能是蛀蟲咬的。」

我不喜歡大到能夠咬壞繩子的蛀蟲。

「老實說，我們有好多年沒把它掛起來了。」她說她不會冒險爬上去，她的背部需要支撐。

我伸長手腳，一個人佔據整張吊床。我在鞋子裡扭動我的腳，我把腳從洞裡伸出去，也把手伸出去，但不是右手，因為蜜蜂叮過的地方還在痛。我想著，小時候的媽和小時候的保羅在吊床上搖，真奇怪，他們現在哪兒去了？大人的保羅可能跟蒂娜和布洛英在一起，他們說我們改天再去看恐龍，但我想他們在騙人。大人的媽在醫院裡脫離險境。

我搖晃著繩子，我是蜘蛛網裡的一隻蒼蠅。或者是蜘蛛人抓到的小偷。外婆推動吊床讓我搖盪，我覺得頭昏，但那種感覺很酷。

「電話。」繼公站在露台上喊道。

外婆從草地上跑過去，她又把我一個人留在外面的外面。我跳下吊床，差點跌倒，因為有一隻鞋被卡住了。我把腳一抽，鞋子就掉下來了。我追在後面，跑得幾乎跟她一樣快。

外婆在廚房裡講電話。「當然，照次序來，他就在這裡。有人要跟你講話。」她是跟我講話，並把電話遞給我，但我沒有接。「猜是誰？」

我瞪著她翻白眼。

「是你媽。」

真的，媽的聲音從電話中傳來。「傑克？」

「嗨。」

我沒聽見別的聲音，就把它交還給外婆。

「又是我，妳到底怎麼樣了？」外婆問。她點頭又點頭，然後說：「他一直保持樂觀。」

她又把電話交給我。我聽媽說了很多聲對不起。

我問：「妳吃那些不好的藥中的毒，已經好了嗎？」

「對，對，我快好了。」

「妳不在天堂？」

外婆摀住嘴巴。

媽發出一種聲音，我聽不出是哭還是笑：「我但願在。」

「為什麼妳但願在天堂？」

「我沒有真的那麼想，我是開玩笑的。」

「一點也不好笑。」

「是不好笑。」

「不可以但願。」

「好嘛，我現在在醫院。」

「妳那次是玩累了嗎？」

我沒聽到聲音，我以為她又不在了。「媽？」

她說：「上次我累了。我做錯了一件事。」

「妳現在不累了嗎？」

她沒說話。然後她說：「還是累，不過不要緊了。」

「妳可以來這兒，躺在吊床上盪鞦韆嗎？」

她說：「很快就可以了。」

「什麼時候？」

「我不知道，還得看看。外婆那兒一切都好嗎？」

「還有繼公。」

「對，有什麼新鮮事？」

我說：「每件事都新鮮。」

這把她逗笑了。我不知道為什麼。「你玩得開心嗎？」

「太陽曬傷了我的皮膚，還有一隻蜜蜂叮我。」

外婆翻個白眼。

媽說了幾句話我沒聽見。「我得掛電話了，傑克，我需要睡更多覺。」

「妳睡完之後就會起來嗎？」

「我保證。我好——」她的呼吸有點嘶啞。「我很快就再給你打電話，好嗎？」

「好。」

話講完了，我把電話掛回去。外婆說：「你另外一隻鞋子呢？」

我注視著麵條鍋下面的火焰跳橘色的舞。火柴放在流理台上，尾端燒得又黑又捲。我拿它去觸火，它嘶嘶一聲又燃燒起來，我趕緊把它扔在爐子上，火焰變小幾乎不見了，它一點一點吞噬火柴，直到它完全變黑，冒出一小縷煙，像條銀色絲帶。那股氣味有種魔法。我從盒子裡拿出另一根火柴，在火裡點燃一端，這次即使它嘶嘶叫，我也抓著它不放。這是我的小火焰，我可以帶它到各處去。我把它揮舞成一個小圓圈，我以為它熄了，但它又燒起來。火焰沿著火柴棍愈燒愈大，也愈不好控制，它變成兩個不同的火焰，中間的木頭變成一截小紅線。

「喂！」

我跳起來，是繼公。我的火柴不見了。

他踩我的腳。

我哀嚎。

「掉在你襪子上了。」他指給我看縮成一團的火柴，他揉揉我的襪子，上面留下一個黑印。

「你媽沒教你不可以玩火嗎？」

「根本沒有。」

「沒有什麼？」

「火。」

他看我一眼：「我猜你們是用電爐。想必如此。」

外婆走進來：「怎麼回事？」

「傑克在學習使用廚具。」繼公邊攪麵條邊說。他舉起一樣東西，看我一眼。

「刨絲器。」我記起來了。

外婆開始擺餐具。

「還有這個？」

「壓大蒜的。」

「磨蒜泥器。比光是壓暴力多了。」他咧開嘴對我微笑，他沒告訴外婆火柴的事，這有點像撒謊，但幫我解決了麻煩，是個很好的理由。他又舉起另一樣東西。

「也是刨絲器？」

「刨橘子皮的。還有這個呢？」

「嗯……打蛋器。」

繼公把一根麵條拎到半空中，一口吸掉。「我哥哥三歲的時候，把一鍋飯倒在自己身上，他的手臂變得永遠皺巴巴的，像洋芋片一樣。」

「哦，對啊，我在電視上看到過那種東西。」

外婆瞪我一眼。「可別告訴我你從來沒吃過洋芋片。」她隨即站上梯子，在一個櫃子裡翻東西。

繼公說：「再兩分鐘就吃飯了。」

「哎呀，吃一小把無傷啦。」外婆拿著一個會窸窣響的袋子下來，把它打開。洋芋片上滿布線條。我拿起一片，嘗嘗它的邊緣，然後說：「不用了，謝謝。」就把它放回袋子裡。

繼公哈哈大笑，我不知道這有什麼好笑的。「這孩子要留著肚子吃奶油培根雞蛋麵呢。」

「我能不能看看那個皮膚？」

外婆問：「什麼皮膚？」

「哥哥的。」

「哦，他住在墨西哥。我想，你該稱呼他伯爺爺。」

繼公把水統統倒進水槽，湧起一大片水蒸氣煙霧。

「為什麼？」

「因為他是李奧的哥哥。所有我們的親戚，現在也是你的親戚了。」外婆說：「凡是我們的，也就是你的。」

繼公說：「樂高。」

她說：「什麼？」

「一個一個小家庭拼成一個大家族。就像樂高玩具。」

我告訴他們：「那個我也在電視上看到過。」

外婆又看我一眼。「長這麼大沒玩過樂高。」她對繼公說：「我真是無法想像。」

繼公說：「但世界上有幾十億這樣的小孩，也都活得好端端的。」

「我想你說得對。」但她還是一副不肯放棄的模樣：「我們地下室裡一定有一盒收在某處，唔……」

繼公用單手敲開一顆蛋，淋在麵上。「晚餐上菜了。」

♥

我在不會動的腳踏車上騎了好多圈，我伸長腿就能踩到踏板。我把它踏轉幾千個小時，這樣我的腿就會超級強壯，我可以跑回媽身旁，再救她一次。我躺在藍色軟墊上，我的腿累了。我舉起一個啞鈴。我覺得它長得一點都不像一個鈴，而且如果它不會發出聲音，為什麼還叫它做鈴。我把一個小啞鈴放在肚子上，我喜歡它把我壓住，免得我摔出這轉個不停的世界。

叮噹，外婆高聲叫我，有人來看我，是克雷大夫。

我們坐在露台上，如果有蜜蜂，他會警告我。人類跟蜜蜂不可以招手，也不可以摸來摸去。不能摸狗，除非牠的主人說可以，不能在馬路上跑，不能碰私處，除非是自己的，而且只能私下這麼做。然後還有例外，像是警察可以開槍，但只能打壞人。有太多規則要裝進我腦子裡，所以我們用克雷大夫超級沈重的金筆開了一張清單。然後又開一張所有新鮮事的清單，像是啞鈴和洋芋片和鳥。他問：「真正看到牠們，不是透過電視，有沒有覺得很興奮？」

「是啊。不過電視上的東西不會叮我。」

「很好的觀點。」克雷大夫點頭說：「人之為物，不能承受太多的真實㉗。」

「又是一首詩嗎？」

「你怎麼猜到的？」

「你的聲音會變得很奇怪。」我告訴他。「『人之為物』是什麼意思？」

「就是所有的人。」

「我也算嗎？」

「那當然，你是我們的一分子。」

「還有媽。」

克雷大夫點頭：「她也在內。」

但我真正想說的是，也許我是人類，但我也是「我和媽」的一員。我不知道要怎麼稱呼我們兩個。房間人嗎？「她很快就會來接我嗎？」

「她會盡快。」他說：「你覺得住在醫院會比住你外婆家更舒服嗎？」

「跟媽一起住七號房？」

他搖頭：「她搬到別的病房去了，她需要自己一個人住一段時間。」

㉗註：引用英國詩人艾略特（T. S. Eliot）的詩作《四個四重奏》（Four Quartets）。

我覺得他弄錯了，如果我生病，我會更加需要媽陪我。

他告訴我：「但她真的努力想要快點好起來。」

我想，人要麼生病，要麼就好起來，我不知道要怎麼努力。

告別的時候，克雷大夫跟我擊掌，在高處拍一下，在低處拍一下，還在背後拍一下。

我坐在馬桶上的時候，聽見他在門廊上跟外婆說話。她的嗓門比他高兩倍：「看在老天爺的分上，我們談的不過是輕微的曬傷和蜂螫罷了。」她說：「我養大過兩個孩子，少跟我說什麼叫做合格的照顧標準。」

♥

晚上有幾百萬台小電腦互相談論我。媽爬到豆莖頂上，我卻在地上不停搖它、搖它，把她搖下來——

不。那只是做夢。

「我有個好主意。」外婆湊在我耳邊說，她俯身下來，半個人還在床上。「我們趁早餐前開車去遊樂場，那兒不會有別的小孩。」

我們的影子拉得好長。我揮舞我巨大的拳頭。外婆差點要坐在長凳上，但凳子是濕的，所以她改靠在圍牆上。所有的東西上都有一小片濕，她說那是露水，看起來像雨，卻不是天上掉下來的，是夜晚出的一種汗。我在滑梯上畫了一張臉。「你把衣服弄濕也沒關係，愛怎麼做都可以。」

「事實上我覺得冷。」

有塊地方裡面都是沙，外婆說我應該坐在裡面玩玩看。

「什麼？」

她說：「啥個意思？」

「玩什麼？」

「我不知道，挖一挖，把它舀出來什麼的。」

我摸一摸，感覺很粗糙，我可不想弄得滿身是沙。

外婆說：「要不要玩攀爬設備，或者盪鞦韆？」

「妳要嗎？」

她笑了一聲，她說她可能會把東西弄壞。

「為什麼——」

「哦，不是故意的，只是我太重了。」

我走上幾級階梯，直立著上去，像個男孩而不像猴子，梯子是金屬做的，有些粗糙的橘色塊，叫做鏽斑，手扶的欄杆凍得我手好僵，盡頭有棟小房子，像精靈住的，我在桌旁坐下，屋頂就壓在我頭上，它是紅色，桌子是藍色。

「唷—喃。」

我跳起來，外婆隔著窗戶在招手。然後她繞到另外一邊，再次招手。我招手回應她，逗得她很開心。

我看到一個東西在桌角移動，是一隻很小的蜘蛛。我很想知道蜘蛛是否還在房間裡，她的網有沒有愈織愈大。我打歌曲的拍子，像哼哼歌，但只發出打擊聲，我腦子裡的媽要猜歌，她大部分都猜對了。我用鞋子在地板上打拍子，發出的聲音不一樣，因為地板是金屬的。牆壁在說些我讀不懂的東西，字寫得很潦草，還有一幅畫，有個東西我猜是陰莖，但它畫得跟人一樣大。

「試試溜滑梯嘛，傑克，看起來很好玩耶。」

外婆又在叫我。我走出小房子往下看，滑梯是銀色的，上面有幾顆小石頭。

「呼—咿！來嘛，我會在下面接著你。」

「不用了，謝謝。」

這兒有條繩梯，有點像吊床，但垂掛在那兒，它會弄痛我的手指。還有很多橫槓讓人懸吊，但我的手臂必須更強壯才行，或者如果我真是一隻猴子。我指給外婆看，有一處階梯一定是被小偷偷走了。

她說：「不對，你看，那兒有一根滑桿取代呢，就像救火隊用的。」

「哦，是啊，我在電視上看到過。但他們怎麼會住在這兒呢？」

「誰呀？」

「救火員啊。」

「哦，這不是真正的救火隊滑桿，只是玩具罷了。」

我四歲的時候，總以為電視上所有的東西都只存在電視上，我五歲的時候，媽對我吐露真相，說很多電視畫面拍的都是真實，而且外面的一切都是真實的。現在我到了外面才知道，它有很多部分根本不是真的。

我回到精靈小屋裡。蜘蛛去了別處。我把鞋子脫在桌子底下，伸展我的腳。

外婆在鞦韆那兒。兩座鞦韆是平的，但第三座裝了一個橡皮套筒，還有兩個洞可以把腳伸出去。她說：「你坐這一座絕對不怕掉下去。要試試看嗎？」

她得把我抱上去，她的手臂從胳肢窩下面把我夾緊，感覺很奇怪。她從套筒的後面推我，但我不喜歡那樣。我一直要扭過頭去看她，所以她改從前面推我。我盪得愈來愈快，愈來愈高，這是我做過最奇怪的事。

「頭往後仰。」

「為什麼？」

「相信我。」

我把頭往後仰，所有的東西都上下顛倒，天空、樹木、房屋、外婆，所有的一切，真是難以相信。

另一座鞦韆上有個女孩，我甚至沒看見她來。她盪鞦韆的動向跟我不一樣，我盪向前時她盪回來。她問：「你叫什麼名字？」

外婆說：「他叫傑—傑生。」

她為什麼這麼說？

女孩說：「我叫珂拉，我四歲半。她是小女生嗎？」

外婆說：「他是男生，他滿五歲了。」

「那她為什麼坐小貝比的鞦韆？」

我想下來，但我的腿卡在橡皮裡。我用力踢，我拉扯鍊條。

「慢慢來，慢慢來。」外婆說。

女孩珂拉問：「她有癲癇嗎？」

我的腳不小心踢到外婆。

「不要這樣。」

「我朋友的弟弟有癲癇。」

外婆抱住我腋下，把我拉出來，我的腳扭轉一下就抽出來了。

她在大門口站住說：「鞋子，傑克。」

我努力回想：「在那個小房子裡。」

「那你就趕快跑回去拿。」她等著：「那個小女孩不會來煩你的。」

但她可能會看我，我不能爬樓梯。

所以外婆只好自己去，她的屁股卡在精靈屋裡，她很生氣。她把我左腳的魔鬼氈扣得太緊，所以我又把它脫掉，還把另一隻鞋也脫掉。我只穿襪子上了白色汽車。她說我會踩到玻璃，但我沒有。

我的褲子被露水沾濕了，襪子也一樣。繼公端著一個大陶杯靠在躺椅上，他說：「進展如何？」

「一點一點來。」外婆走上樓去。

他讓我嘗一口他的咖啡，我整個人抖了一下。

我問他：「為什麼吃飯的地方要叫咖啡館？」

「嗯，因為他們最主要是賣咖啡，我們大多數人都需要咖啡才有精力，就像汽車要加汽油一樣。」

媽只喝水、牛奶、果汁，跟我一樣，我不知道是什麼給她精力。「那小孩該喝什麼？」

「啊，小孩生來滿身豆子㉘。」

烤豆子確實給我精力，但青豆是我的敵人。幾天前的一頓晚餐，外婆煮了青豆，我假裝沒看見它在盤子上。我進入這世界以後，再也不要吃青豆了。

♥

我坐在樓梯上，聽女士們聊天。

㉘註：滿身豆子（full of beans）意謂精力十足。

外婆說：「唔。數學比我好，卻不會溜滑梯。」

她在說我，我猜。

她們在舉行讀書會，我不知道這麼說是什麼意思，因為她們根本沒在讀書。她忘了取消，所以三點半這群女士都捧著一盤盤蛋糕什麼的來了。我分到一小盤，有三塊蛋糕，但不准礙事。外婆還給了我一個寫著「普佐披薩屋」的鑰匙環，扣著五把鑰匙，我很好奇，怎麼用披薩蓋房屋，會不會倒塌啊？這些鑰匙什麼也打不開，但它們會叮噹作響。我保證再也不去動酒櫃裡的鑰匙，因而換來這些鑰匙。第一塊蛋糕是椰子口味，很噁心。第二塊是檸檬，第三塊我不知道是什麼，但我最喜歡它。

聲音最尖的一位女士說：「妳這把老骨頭一定累壞了。」

另一位說：「真是壯舉。」

我還有一台借來的照相機，不是繼公那台有個大圓圈好像多了不起似的相機，而是藏在外婆手機眼睛裡那個，鈴響的時候我不可以接，只能大聲叫她。到目前為止，我拍了十張照片，一張是我的軟鞋，第二張是健身房天花板上的燈，第三張是地下室裡的黑暗（但照片太亮了），第四張是拍我手掌裡的線條，第五張是冰箱旁邊一個我希望是老鼠洞的洞，第六張是我包在褲子裡的膝蓋，第七張是起居室地毯的特寫鏡頭，第八張本來要拍早晨電視上的朵拉，但畫面都是鋸齒線條，第九張是沒在笑的繼公，第十張是拍臥室窗外有隻海鷗飛過，但海鷗沒在照片裡面。我本來還想拍鏡子裡的自己，但那樣我就變成狗仔隊了。

一位女士說：「嗯，從照片上看，他活像個小天使呢。」

她怎麼看得到我的十張照片？而且我長得一點也不像天使，他們都很巨大，而且有翅膀。

外婆說：「妳是從警察局門口那段模糊不清的影片得來的印象嗎？」

「哦，不是，是特寫鏡頭，就是他們接受訪問的時候……」

「訪問的是我女兒啊。怎麼會有傑克的特寫鏡頭？」她語氣很憤怒。

另一個聲音說：「哦，親愛的，但網際網路上到處都是呢。」

好多個聲音同時說：「難道妳不知道？」

「這年頭啊，什麼都會走漏出去。」

「活在這世界上，就等著任人宰割吧。」

「真可怕。」

「各種人間悲劇，每天被新聞掀出來，有時候我真想拉上窗簾，永遠不下床。」

「我還是無法相信。」一個比較低沈的聲音說：「記得早在七年前，我就對比爾說過，這種事怎麼會發生在我們認識的女孩身上？」

「我們都以為她已經死了。當然，我們也不願意這樣說——」

「只有妳，信心那麼堅定。」

「誰想得到——？」

「有人要再喝點茶嗎？」這是外婆的聲音。

「嗯，我不知道。我曾經在蘇格蘭一家修道院住了一個星期，」另一個聲音說：「那兒好寧靜。」

我把蛋糕都吃完了，只留下那塊椰子的。我把盤子放在階梯上，到樓上臥室裡去欣賞我的寶物。我把牙齒放回嘴裡吮一吮。他的味道跟媽不一樣。

♥

外婆在地下室裡找到一大盒原來屬於保羅和媽的樂高。「你想搭什麼？」她問我：「房子？摩天大樓？或者是一整個城市？」

繼公在報紙後面說：「最好把目標放低一點。」

有好多彩色的小配件，看起來像一碗湯。外婆說：「好吧，隨你去搞吧。我得去燙衣服了。」

我看著樂高，但沒伸手去摸，免得弄壞。

過了一分鐘，繼公放下報紙。「我好久沒玩了。」他隨手拿起幾個小配件，壓一壓，它們就黏合在一起了。

「為什麼好久沒——？」

「好問題，傑克。」

「你跟你的小孩玩樂高嗎？」

「我沒有小孩。」

「怎麼會這樣？」

繼公聳聳肩膀：「就是沒生出來。」

我看著他的手，形狀不好看但很靈巧。「有沒有特別的字眼稱呼沒有做過父母的大人？」

繼公哈哈大笑：「大家有其他的事要忙。」

「像是哪些事？」

「工作，我想。還有朋友。旅行。嗜好。」

「什麼是嗜好？」

「打發週末的方法。像是，我喜歡收集錢幣，世界各地的老錢幣，我把它們放在絲絨盒子裡。」

「為什麼？」

「嗯，它們比小孩好照顧，沒有臭氣沖天的尿片。」

我聽了哈哈大笑。

他把拼好的樂高舉起來，像魔法般，它們變成了一輛汽車。有一、二、三、四個會轉動的輪子，一個車頂，還有司機等等。

「你怎麼做的？」

他說：「一次拼一塊。現在你來挑一塊。」

「哪一塊？」

「隨便都可以。」

我挑了一個紅色大方塊。

繼公遞給我一個有輪子的小配件。「把它裝上去。」

我把它的突起對準一個凹洞，用力壓緊。

他遞給我另一個有輪子的配件，我把它也裝好。

「好棒的腳踏車。轟隆！」

他說話太大聲，害我把樂高扔在地上，一個輪子掉了下來。「對不起。」

「沒什麼好對不起的。我示範給你看。」他把他的汽車放在地板上，一腳踩下去，咔擦。它散開成很多塊。「看見了嗎？」繼公說：「沒關係的。我們再從頭開始。」

♥

外婆說我身上有臭味。

「我拿毛巾擦過身體了。」

「沒錯，但髒東西藏在縫隙裡。我來放一缸水，你去泡個澡。」

她放了很多水，高高的水面冒著蒸汽，然後她倒了泡泡水，做出亮晶晶的小山。綠色的浴缸幾乎看不見了，但我知道它還在。「衣服脫掉，小心肝。」她雙手扠腰站著：「你怕我看見？你要我到門外去？」

「不要！」

「怎麼回事？」她等著：「你以為浴缸裡沒有你媽，你就會淹死還是怎麼著？」

我還不知道浴缸會淹死人。

「我會一直坐在這兒。」她拍拍馬桶蓋說。

我搖頭。「妳也到浴缸裡來。」

「我？哦，傑克，我每天早晨都有淋浴。要不然我坐在浴缸邊緣，像這樣？」

「進去。」

外婆瞪著我，然後她呻吟一聲，說：「好吧，如果要付出這樣的代價，只可以一次……但我要穿游泳衣。」

「我不會游泳。」

「你確實不會，但我們不是真的游泳。只是，如果你不介意，我不想光著身體。」

「妳會害怕嗎？」

「不是。」她說：「我只是——我寧可不要，如果你不介意。」

「我可以脫光光嗎？」

「當然，你是小孩子。」

在房間裡，我們有時候光著身子，有時候穿衣服，我們從來不介意。

「傑克，我們可以趁水冷掉之前進浴缸嗎？」

冷掉還早得很，水面上還在冒水蒸汽。我開始脫衣服，外婆說她馬上就回來。

雕像即使是成人也可以裸體，也許它們非得裸體不可。繼公說那是因為它們要模仿古代的雕像，而古代的雕像都是裸體的，因為羅馬人認為人體最美。我靠在浴缸上，但它的外側貼著我肚子，又冷又硬。《愛麗絲》裡有一段：

他們說你去看她
在他面前提到我，
她說我是好榜樣
卻嫌我不會游泳。

我的手指是潛水伕。肥皂掉進水裡，我假裝它是一尾鯊魚。外婆穿了一件好像內衣跟T恤連在一起、貼有亮片的條紋衣進來，頭上還戴了一個塑膠袋，她說那叫做淋浴帽，雖然我們現在要泡澡。我沒有當面笑她，只在心裡偷笑。

她爬進浴缸，水位變得更高，我也進去以後，水就幾乎要滿出來了。她在平滑的那頭，媽總是坐在水龍頭這邊。我小心不讓外婆的腿碰到我的腿。我的頭撞上水龍頭。

「小心。」

為什麼外面的人總在弄痛之後才說這句話？

外婆不記得任何浴缸遊戲，只會唱〈划呀划呀來划船〉，我們試著唱，把一片水潑到地上。

她也沒有玩具。我假裝指甲刷是潛艇，它貼著海床前進，找到了變成一隻黏糊糊水母的肥皂。

我們把身體擦乾後，我抓抓鼻子，有些東西掉下來，卡在指甲縫裡。在鏡子裡可以看到，一部分的我正在剝落，變成魚鱗狀的小圓片。

繼公進來找拖鞋。「我以前最喜歡這個……」他碰碰我的肩膀，忽然拉起一根細細的白色長條，它被剝下來，我根本沒感覺。他遞過來，要我接住。「這是好東西。」

外婆說：「別鬧了。」

我搓搓那個白色的東西，它捲縮起來，變成一顆乾燥的小球，裡面有我。我說：「再來一次。」

「等一下，我在你背上找一條長的……」

「男人。」外婆扮了個鬼臉說。

♥

早晨廚房裡沒有人。我從抽屜裡拿出剪刀，把馬尾剪掉了。

外婆走進來，瞪大眼睛：「嗯，如果你不反對，我幫你再修一下。」她說。「然後你可以拿掃把和畚箕來。說真的，我們該留一束起來，畢竟這是你第一次剪頭髮……」

大部分頭髮都進了垃圾桶，但她留下三綹長髮，編成一根辮子，尾端用綠線綁住，繞成一個手環送我。

她要我去照鏡子，但我先檢查自己的肌肉，我的力量還在。

♥

最上面一份報紙寫著四月十七日星期六，也就是說，我住到外婆和繼公家已經整整一星期了。之前我在醫院住了一星期，所以我進入這世界等於兩個星期了。我不斷把日子加起來核對，因為感覺像一百萬年，而媽還是沒有來接我。

外婆說我們一定要出去走走。現在我頭髮剪短了，而且變得鬈鬈的，沒有人認得出我。她叫我把太陽眼鏡拿掉，因為我的眼睛應該已經適應外面了，而且太陽眼鏡只會引起更多注意。

我們牽著手，穿過很多街道，都沒讓汽車把我們壓扁。我不喜歡牽手，只好假裝她牽的是別個男孩的手。後來外婆想到一個主意，我可以改拉她皮包上的鍊子。

世界上有好多各種各樣的東西，但每樣東西都要花錢買，即使是要丟掉的東西，像便利商店裡排在我們前面的那個男人，剛買完一件用盒子包裝的東西，就馬上把盒子撕開，扔進垃圾桶。那種寫滿數字的小卡片叫做彩券，希望被魔法變成百萬富翁的傻瓜才會去買。

我們到郵局買郵票，我們寄一張我畫我自己坐在火箭上的圖畫給媽。

我們去一棟摩天樓，保羅的辦公室在那兒，他說他忙瘋了，但他還是影印了我的手，而且從販賣機買了一根糖果棒給我。坐電梯下樓由我負責按鈕的時候，我假裝是在一台販賣機裡面。

我們去一個公家機關領外婆的新社會安全卡，因為她把舊的弄丟了，我們等了好多好多年。然後她帶我去一家沒有青豆的咖啡店，我點了一片比我的臉還大的餅乾。

有個小貝比在喝母奶，我從來沒看過這種事。我指點著說：「我喜歡左邊，你也最喜歡左邊嗎？」但小貝比沒在聽我說話。

外婆把我拉開：「真對不起。」

那個女人把圍巾蓋上，我就看不見貝比的臉了。

外婆小聲說：「她要保持隱私。」

我還不知道這世界上的人可以有隱私。

我們進自助洗衣店去，純粹是參觀。我想爬進烘乾機轉一轉，但外婆說那樣會送命。

我們走路到公園去，跟蒂娜和布洛英一起餵鴨子。布洛英一次就把所有的麵包連塑膠袋一起扔進去，外婆只好用棍子把它撈出來。布洛英要我的麵包，外婆叫我分她一半，因為她小。蒂娜說她對恐龍很抱歉，我們最近一定要找一天去自然科學博物館。

有家店把所有的鞋子都擺在外面，顏色鮮豔像海綿的鞋子，上面開了很多小洞，外婆讓我試穿一雙，我選了黃色。這種鞋沒有鞋帶，甚至也沒有魔鬼氈，只要把腳放進去。它們好輕，好像什麼也沒穿。我們走進店裡，外婆付了幾張五元鈔票買那雙鞋，五元鈔票等於二十個二十五分錢的硬幣，我告訴她我好喜歡這雙鞋。

我們出來時，看到一個女人坐在地上，帽子拿下來。外婆給我兩個二十五分硬幣，指指那頂帽子。

我把一枚硬幣放進帽子，就跑去追外婆。

她幫我繫安全帶的時候問：「你手裡拿的是什麼？」

我舉起第二枚硬幣說：「這是內布拉斯加，我要留著當寶物。」

她把硬幣拿走，嘖嘖埋怨道：「你該聽我的話，把它送給那個街頭行乞的人。」

「好吧，我去——」

「來不及了。」

她發動汽車。我只看見她後腦杓的黃頭髮。「她為什麼在街頭行乞？」

「因為她住在那兒，就在街上，連床都沒有。」

現在我覺得很難過，我怎麼沒有把第二枚硬幣送給她。

外婆說那就叫做良心。

在一家商店的櫥窗裡，我看見跟房間一樣的方塊，軟木地磚。外婆讓我進去摸一摸，嗅一嗅，但她不要買。

我們到一家洗車店去，刷子把我們整個兒刷了一遍，但我們把窗戶關得緊緊的，一滴水都沒有噴進來，真是太妙了。

我注意到，世界上的人幾乎總是很緊張，沒有空。就連外婆也常這麼說，但她跟繼公都沒有工作，所以我不知道有工作的人怎麼可能既要工作，又要過活。我和媽在房間裡，做什麼事都有空得很。我想時間就像牛油一樣，在這麼大一個世界裡，有這麼多道路、房子、遊戲場和商店，只能抹極薄的一層，所以每個地方都只分沾到一點點時間，而每個人都得匆匆忙忙趕到下一個地方去。

還有，我在每個地方看到的小孩，大多數情形下，成年人好像都不喜歡他們，就連他們的父母也是這樣。他們嘴裡說小孩好棒、好可愛，他們要求小孩把同樣的事做了一遍又一遍，好方便讓他們拍照，但他們卻不願意真正陪小孩一起玩，他們寧可喝咖啡，跟別的成人聊天。有時候一個小小孩在哭，他的媽卻聽都沒聽見。

圖書館裡住了幾百萬本書，我們不需要付錢就能看。巨大的昆蟲掛在空中，不是真蟲，是紙做的。外婆在字母C下面找《愛麗絲》[29]，她果然在那兒，形狀不對勁，但文字和圖畫都一樣，真奇怪。我給外婆看有公爵夫人的那幅最可怕的插圖。我們坐在沙發上，她念《斑衣吹笛人》給我聽，我都不知道他不僅是個故事，也是一本書。我最喜歡的是父母聽見岩石裡傳出笑聲那一段。他們不斷叫孩子出來，孩子們到了一個美麗的地方，我猜很可能是天

[29] 註：根據作者檢索，《愛麗絲夢遊仙境》的作者是Lewis Carroll。

堂。山再也沒有打開，讓那些做父母的進去。

有個大男孩在玩哈利波特的電腦遊戲，外婆叫我不要站太近，還沒輪到我玩。

桌上有個小世界，有火車軌道和建築物，一個小小孩在玩一輛綠色的卡車。我走過去，拿起一個紅色的火車頭。我推著它，輕輕去撞那個小孩的卡車，那小孩咯咯咯笑起來。我推得快一點，卡車從軌道上掉下來，他笑得更開心。

「分享很好，華克。」說話的是個坐在扶手椅上的男人，他在看一個跟保羅舅舅的黑莓機很像的東西。

我想那小孩一定就是華克，他說：「再來一次。」

這次我把我的火車頭放在小卡車上，然後拿起一輛橘色的巴士去撞它們兩個。

「輕一點。」外婆說，但華克跳上跳下說：「再一次。」

另一個男人走過來，先親吻第一個男人，然後親吻華克。他對華克說：「跟你的朋友說掰掰。」

是指我嗎？

「掰掰。」華克上下揮動他的手。

我想要給他一個擁抱。但我動作太快，把他推倒了。他撞到火車桌，哭了起來。

「真對不起。」外婆一迭聲說：「我外孫不太會——他還在學習人際分界——」

「不礙事。」第一個男人說。他們帶著小男孩離開，一路玩著一、二、三、一起盪鞦韆的遊戲，他已經不哭了。外婆看著他們，表情有點困惑。

回白車途中，她說：「記住，我們不擁抱陌生人。即使是很好的人。」

「為什麼不？」

「就是這樣，我們把擁抱保留給我們愛的人。」

「我愛那個小男孩華克。」

「傑克，你這輩子才第一次見到他。」

♥

今天早晨我在鬆餅上抹了一點糖漿，兩樣混在一起確實很好吃。

外婆繞著我身體周圍畫線，她說在露台上畫畫沒關係，下次下雨，粉筆的痕跡就都洗掉了。我盯著天上的雲，如果開始下雨，我要趁雨滴打到我身上之前，用超音速跑回屋裡去。我對她說：「別把粉筆弄到我身上。」

「哎呀，別那麼杞人憂天。」

她拉我站起來，露台上有一個小孩的形狀，那是我。我有個大頭，沒有臉，沒有內臟，水滴狀的手。

「你有快遞，傑克。」繼公在喊，這是什麼意思？

我進到屋子裡，他正在割開一個大箱子。他掏出一件好大的東西說：「嗯，這玩意兒就該第一個扔進垃圾桶。」

她自己翻開來。「地毯。」我給她一個大擁抱：「她是我們的地毯，我跟媽的。」

他舉起雙手說：「隨你便。」

外婆臉都歪了。「也許你把它拿到外面，好好打一頓，李奧……」

我大叫：「不可以！」

我只准把地毯鋪在臥室裡我的充氣床墊上，不可以拖著她在房子裡到處走。於是我把她像帳棚一樣披在頭上，坐在那裡，她的味道和觸感就跟我記憶中的一樣。地毯下面還有警方送來的其他物品。我特別熱烈地親吻吉普車和遙控器，還有熔化湯匙。我真希望遙控器沒壞掉，那麼他就能讓吉普車動起來。字紙球比我記憶中的扁平，紅氣球的氣幾乎漏光了。太空船還在，但他的火箭推進器不見了，看起來狀況不太好。城堡和迷宮都沒看見，也許他們太大了，裝不進這個箱子。我拿到我的五本書，包括《狄倫》，我有另一本《狄倫》，是我在購物中心看到，以為是我的，就拿走的那本，新的那本光鮮多了。外婆說，世界上每種書都有好幾千本，好幾千個人可以同時閱讀他們，我聽了就覺得頭昏。新狄倫說：「哈囉，狄倫，很高興見到你。」

老狄倫說：「我是傑克的狄倫。」

新書說：「我也是傑克的狄倫。」

「是哦，但我事實上是傑克的第一本。」

舊書和新書用書角互鬥，直到新書有一頁撕破我才停止，我把書撕破了，媽會生氣。但她現在不在這兒，不能生氣，她連知道都還不知道，我哭了又哭，我把書都放進朵拉包包，拉上拉鍊，免得他們滴到眼淚。兩本狄倫在包包裡緊緊貼在一起，互相道歉。

我在充氣床墊下面找到牙齒，吮著他，直到感覺它變成我的一部分。

窗戶發出奇怪的聲音，是雨滴打在上面。我湊過去看，只要中間隔著玻璃，我倒不是很害怕。我把鼻子貼在玻璃上，玻璃被雨打得矇矇朧朧，水滴融合在一起，變成長長的河流，沿著玻璃流、流、流下來。

♥

我和外婆和繼公三個人一起坐上白色汽車，這是一場驚喜之旅。外婆開車的時候，我問她：「可是妳怎麼會認識路？」

她在後視鏡裡對我擠擠眼睛：「這是給你一個人的驚喜。」

我望著窗外，找尋新鮮事。一個坐輪椅的女孩，頭靠在兩個有襯墊的東西上面。一隻狗在嗅另一隻狗的屁股，這很好笑。有個投郵件用的金屬箱。一個塑膠袋被風吹著跑。

我想我睡了一會兒，但我不確定。

我們停在一個停車場，格線上有好多沾滿灰塵的東西。

繼公指著說：「猜這是什麼？」

「糖？」

「沙。」他說：「興致有點熱起來了吧？」

「沒有，我好冷。」

「他的意思是說，你猜到我們在什麼地方了沒有？從前你媽和保羅還小的時候，你外公和我常帶他們來這兒。」

我望向很遠的地方：「山區？」

「沙丘。那兩座沙丘中間，藍藍的是什麼？」

「天空。」

「下面呢？最底下深藍色的。」

儘管戴著太陽眼鏡，我眼睛還是會痛。

外婆說：「海！」

我跟在他們身後，沿著木板路向前走，手裡拿著水桶。這跟我想的不一樣。風一直把小石頭吹進我眼睛裡。外婆鋪開一張花朵圖案的大毯子，它會沾上很多沙，不過她說沒關係，這本來就是一張野餐毯。

「野餐在哪裡？」

「這種季節野餐有點早。」

繼公提議我們何不到水裡去。

我鞋子裡進了沙子，有隻鞋掉下來。繼公說：「就是這個主意。」他把自己的兩隻鞋都脫掉，然後脫下襪子，塞進鞋子裡，拎著鞋帶晃蕩。

我也把襪子塞進鞋子裡。沙子很潮濕，沾在腳上感覺很奇怪，有些地方會發癢。媽從來沒告訴過我，海灘會是這樣。

「衝啊！」繼公喊道，他向大海跑去。

我遠遠留在後面，因為有好多個巨大的東西會不斷變大，上端還頂著白色的東西，它們發出嘩啦巨響，猛然撞過來。海永不停止咆哮，而且太大了，我們不應該到這種地方來。

我回到野餐毯那兒去找外婆。她光著腳，正在扭動滿是皺紋的腳趾頭。

我們試著搭一座沙堡，但這種沙不對勁，它老是塌下來。

繼公走回來，褲管捲得很高，還在滴水。「不想去踩水？」

「到處都是大便。」

「在哪兒？」

「在海裡。我們的大便沿著管子通到海裡，我不要在海裡走路。」

繼公笑起來：「你媽對下水道一無所知，是嗎？」

我要打他。「媽什麼都知道。」

他滿腳是沙，一屁股坐在毯子上。「所有的馬桶都有管子通到一個像是大工廠的地方，那兒的人會把所有的大便舀出來，除去每一滴水裡的雜質，直到它乾淨得可以飲用，然後他們把水送回管子，讓它從我們的水龍頭流出來。」

「那它什麼時候流到海裡？」

他搖搖頭：「我想海裡只有雨水和鹽。」

外婆說：「嘗過眼淚的味道嗎？」

「有啊。」

「嗯，那就跟海水的味道一樣。」

如果海水是眼淚，我仍然不想進去走。

但我還是跟著繼公走近水邊去找寶物。我們找到一顆像蝸牛的白色貝殼，但我把手指伸進去摸，發現他外出了。「留著吧。」繼公說。

「但他回家時怎麼辦？」

繼公說：「唔，我想如果他還要這個殼，就不會隨便把它丟在沙灘上。」

也許小鳥吃了他。或一頭獅子。我把那顆貝殼放進口袋，還有一顆粉紅色的，還有一顆黑色的，還有一顆很長很危險的叫做剃刀貝殼。我可以把它們帶回家，因為找到就歸我，掉了你活該。

我們在一家小吃店吃午餐，店名雖然叫小吃，但食物還是很大盤。我吃了一份叫做BLT，夾著生菜、番茄，裡面還藏著培根的熱三明治。

開車回家途中，我看到遊戲場，但它很不對勁，鞦韆架都搬到對面去了。

外婆說：「哦，傑克，這是另外一個遊戲場。每個區都有自己的遊戲場。」

這世界的很多地方好像就是重複而已。

「諾玲告訴我，你剪了頭髮。」媽在電話上的聲音好小。

「是啊，但我還是很強壯。」我拿著電話坐在地毯下面，躲在黑暗裡，假裝媽就在我身旁。「我現在會自己洗澡了。」我告訴她：「我坐過鞦韆，我看過錢、火、街頭行乞的人，我有兩本《挖土機狄倫》、良心和海綿鞋。」

「哇。」

「對了，我還看過海，裡面沒有大便，妳騙我。」

媽說：「你的問題那麼多，我不知道所有的答案，有時候只好編一個。」

我聽見她呼吸裡有哭泣。

「媽，妳可以今天來接我嗎？」

「還不行。」

「為什麼不行？」

「他們還在測試我的藥量，要找出我需要什麼。」

我，她需要我。

我要用熔化湯匙吃我的泰式炒麵，但外婆說那樣不衛生。

後來我在起居室裡做頻道漫遊，就是拿著遙控器用很快的速度換頻道，看遍所有的星球。我聽見我的名字，不是在現實裡，而是在電視裡。

「……需要聆聽傑克。」

坐在大桌前的另一個男人說：「在某種意義上，我們都是傑克。」

又一個人說：「顯然如此。」

他們的名字也叫傑克嗎？他們也在那一百萬人之中嗎？

又有一個人點著頭說：「內在的小孩，困在我們人格的一〇一號房間裡。」

我想我沒去過那個房間。

「但很畸形的是，我們一旦獲釋，卻又覺得置身人群當中多麼孤獨……」

第一個人說：「被現代世界過分氾濫的感官刺激帶著團團轉。」

「後現代。」

還有一個女人，她說：「但當然，從象徵的層次來看，傑克是做為祭品的小孩，被水泥封在地基裡，安撫那些鬼神。」

什麼？

一個男人說：「我倒認為，波修斯[30]的原型用在這裡比較恰當——被關在牆裡的處女所生，躺在木箱裡隨水漂流，受害者以英雄的身分回歸。」

「當然眾所周知，卡斯柏・豪瑟[31]曾經揚言他在地牢裡過得很快樂，但或許他真正的意思是，十九世紀的德國社會只不過是個比較大的地牢。」

「至少傑克還有電視。」

另一個男人大笑：「所謂文化，無非是柏拉圖所謂山洞岩壁上的投影。」

外婆氣沖沖走進來，把電視關掉。

我告訴她：「這個節目在講我。」

「那些傢伙在大學裡待太久了。」

「媽說我得上大學。」

外婆翻個白眼。「到時候再說。現在去換睡衣、刷牙。」

她念《逃家小兔》給我聽，但今晚我沒興致聽。我一直想著，如果換作兔媽媽逃家躲起來，兔寶寶還找得到她嗎？

[30] 註：參見書前題詞註。

[31] 註：卡斯柏・豪瑟（Kaspar Hauser，一八一二至一八三三）是一個一八二八年出現在紐倫堡街頭的神祕少年，他自稱從出生就被幽禁在地牢裡，獨居十六年才被釋放，重返社會。他的來歷引起各界關切，並被懷疑是貴族之家爭奪繼承權的受害者，後來有不少研究者研究他的病例與心理狀態。

外婆說要買一個足球給我，這很讓人興奮。我去看一個穿黑色橡皮衣和蛙鞋的塑膠人，然後我看見一大堆彩色的行李箱，有粉紅色、綠色和藍色，然後是手扶電梯。我只踩上去一秒鐘就下不來了，它帶著我一路向下向下，真是酷極了，但也非常可怕，這可以做成一個文字三明治叫做酷怕，媽一定會喜歡。到了盡頭，我被迫跳下來，我不知道怎麼樣才能回到外婆那兒。我數自己的牙齒數了五遍，有一次我數成十九顆，不是二十顆。到處掛著牌子，但說的都是同一件事，**母親節倒數僅剩三天，不是該把最好的獻給她嗎？**我看了盤子、爐子、椅子，後來我覺得全身無力，就躺在一張床上。

一個女人說我不可以躺，於是我站起來。「你媽在哪兒，小朋友？」

「她在醫院裡，因為前幾天她嘗試上天堂。」那女人瞪著我。「我是盆栽。」

「你是什麼？」

「我們被關起來，現在變成饒舌明星。」

「哎呀我的天——你就是那個男孩！就是他——洛拉娜！」她喊道：「快來。妳一定不相信。是那個男孩，傑克，電視報導的那個工具棚男孩。」

另一個人趕過來，搖著頭說：「工具棚男孩個子比較小，長頭髮綁在後面，而且有點駝背。」

「是他。」她說：「我發誓真的是他。」

另一個說：「妳在做夢啊。」

我說：「做夢都別想。」

她笑了又笑：「這不可能是真的。我可以要個簽名嗎？」

「洛拉娜，他不可能會寫自己的名字。」

「我會。」我說：「我什麼都會寫。」

她對我說：「你真是與眾不同。」她對另外那人說：「他是不是與眾不同？」

唯一的紙就是衣服的舊標價牌，我寫了好多張**傑克**，讓這兩個女人拿去送她們的朋友，忽然外婆臂彎裡夾著一顆球衝過來，我從來沒看過她這麼生氣過。她對那兩個女人大吼大叫，說什麼**處理走失兒童規範**，她把我的簽名統統撕得粉碎，然後拉著我的手就走。我們衝出那家店時，大門發出咿咿咿的怪聲，外婆連忙把足球扔在地毯上。

上了車，她不肯從後視鏡裡跟我眼光接觸。我問：「妳為什麼丟掉我的球？」

外婆說：「它觸發了警報器，因為我還沒付錢。」

「妳偷竊嗎？」

「不是，傑克。」她喊道：「我樓上樓下像個瘋子般到處找你。」然後她平靜下來說：

「任何事都可能發生。」

「像是地震？」

外婆在小鏡子裡盯著我：「陌生人可能把你抓走，傑克，我想的是這件事。」

陌生人，不是朋友，但那些女人是我的新朋友。「為什麼？」

「因為他們可能想要有一個自己的小男孩，好嗎？」

聽起來不好。

「或甚至傷害你。」

「妳是說他？」老尼克，但我不能說他的名字。

外婆說：「不是，他在監獄裡出不來了，而是別的像他一樣的人。」

我不知道這世界上還有別的像他一樣的人。

我問：「妳現在可以回去幫我買球嗎？」

她發動引擎，飛快開出停車場，快到連輪子都發出嘎吱聲。

我在車上，愈來愈生氣。

我們回到房子，我把所有東西收進我的朵拉包包，只除了那雙不合腳的鞋子，我把它扔進垃圾桶，然後我把地毯捲起來，拖著它下樓。

外婆走進門廳。「你有沒有洗手？」

「我要回醫院去。」我大聲對她說：「妳不能阻攔我，因為妳是，妳是一個陌生人。」

她說：「傑克，把那塊臭氣沖天的地毯放回原來的地方。」

我咆哮道：「妳才臭氣沖天。」

她撫著胸口。「李奧。」她回頭喊道：「我發誓，我也一肚子——」

繼公走到樓梯上，把我抱起來。

我扔下地毯。繼公把朵拉包包踢到一旁。他抱著我，我尖叫著打他，這麼做是可以的，這是例外，我甚至可以殺死他，我要殺死他殺死他——

「李奧。」外婆在樓下哀鳴：「李奧——」

呼乞哈嗤，他要把我撕成碎片，他要把我捲在地毯裡，埋在土裡，然後蟲子爬進來，蟲子爬出去——

繼公把我扔在充氣床墊上，但我不覺得痛。

他在充氣床墊的一頭坐下，整張床墊像波浪般盪起來。我還在邊哭邊發抖，鼻涕都滴到床單上了。

我不哭了。我在床墊下面摸到牙齒，把它放進嘴裡，用力吸吮。他的味道已經不像任何東西了。

繼公的手放在我旁邊的床單上，他手指上有毛。

他的眼睛等著我的視線：「雨過天晴，風平浪靜了嗎？」

我把牙齒推到牙齦後面。「什麼？」

「要坐在沙發上吃塊派，看一場球賽嗎？」

「要。」

我拾起樹上掉下的樹枝，連那些又大又重的也不例外。我和外婆用繩子把它們綁成一捆一捆，等市政府來收。「市政府怎麼會——？」

「市政府派來的人，我是說，專門做這種工作的人。」

長大以後，我的工作是當巨人，不是吃人的那種巨人，我會接住掉進海裡的小孩，把他們送回陸地上。

我高喊：「蒲公英戒備！」外婆得用小鏟子把它們挖起來，草皮才能生長，因為沒有空間容納所有的東西。

我們累了就去躺在吊床上，外婆也坐上來。「從前你媽還是個小貝比的時候，我就這樣跟她坐在一起。」

「妳會讓她喝一點嗎？」

「喝一點什麼？」

「妳的奶奶。」

外婆搖頭。「她吸奶瓶的時候會扳著我的手指玩。」

「她的肚子媽咪在哪裡？」

「什——哦，你知道這件事啊？我也不清楚。」

「她又生了別的貝比嗎？」

外婆沒說話。最後她說：「這麼想很好。」

我穿著外婆那件畫著一隻鱷魚、寫著**我在灣裡吃鱷魚**字樣的舊圍裙，在廚房桌子上畫畫。我沒有真正在畫什麼東西，只塗抹一些點點、條紋和螺旋，我使用每一種顏色，甚至加水調和新的顏色。我喜歡外婆教我的方式，把紙沾上好多種顏料後對摺，打開就變成蝴蝶。

媽站在窗口。

紅色顏料打翻了，我試著把它擦乾淨，它沾在我腳上和地板上。媽的臉不見了。我跑到窗口，但她不在那兒。是我的想像嗎？我把紅色沾在窗子上、水槽上、流理台上。「外婆？」我喊道：「外婆？」

然後媽就站在我背後。

我跑過去，靠她更近一點。她伸手想抱我，但我說：「不行，我滿身顏色。」

她笑了起來，解開我的圍裙，扔在桌上，把我整個人抱得緊緊的，但我不讓黏搭搭的手和腳碰到她。她在我耳邊說：「我都認不出你了。」

「妳怎麼會——？」

「我猜是因為你的頭髮。」

「妳看，我留下幾根長頭髮做了一個手環，但它老是鉤到東西。」

「可以給我嗎？」

「當然。」

沾到一些顏料的手環從我手腕上褪下來，媽把它戴上。她看起來有點不一樣，但我不知道是哪裡不一樣。「對不起，妳的手臂被我沾到紅色了。」

外婆走進來說：「那可以洗得掉的。」

媽親她一下，問道：「妳沒跟他說我要來嗎？」

「我想最好不要，萬一有變故。」

「不會有變故。」

「我聽了很高興。」外婆擦擦眼睛，開始清理顏料。「目前傑克睡我們房間，有一張充氣床墊，我可以另外幫妳在沙發上鋪一張床……」

「事實上，我們最好早點出發。」

外婆好一會兒沒有動彈。「你們總要留下吃個晚餐吧？」

媽說：「當然。」

繼公做了豬排和烤飯，我不喜歡骨頭的部分，但我把米飯統統吃光，還用叉子把醬汁刮得一乾二淨。繼公偷走一點兒我的豬肉。

「搗蛋鬼，別搗蛋。」

他哀歎一聲：「哦，討厭！」

外婆給我看一本很厚的書，她說裡面那些小孩就是小時候的媽和保羅。我努力去相信，然後我看見沙灘上有個小女孩，那是外婆和繼公帶我去過的沙灘，她的臉跟媽完全一樣。我拿給媽看。

「沒錯，那是我。」她說，也開始翻閱。有張照片是保羅在一根大香蕉的窗子裡揮手，那其實是一座雕像，還有一張是外公帶他們兩人去吃蛋捲冰淇淋，但外公看起來不一樣，外婆也是，照片裡的她是黑頭髮。

「有沒有吊床的照片？」

媽說：「我們成天在吊床上，所以可能沒有人想到要給它拍照吧。」

外婆對她說：「一張都沒有，一定很難受。」

媽說：「沒有什麼？」

「傑克做小貝比和幼兒期的照片呀。」她說：「我是說，只是做個紀念。」

媽面無表情。「那段日子，我一天也不會忘記。」她看看錶，我還不知道她有錶，那是一只指針錶。

繼公說：「他們要妳什麼時候回醫院？」

她搖搖頭：「我已經出院了。」她從口袋裡拿出一樣東西搖搖，是一把扣在鑰匙環上的鑰匙。「你猜怎麼著，傑克，你跟我有我們自己的公寓了。」

外婆喊她另外那個名字：「妳真的認為這是個好主意嗎？」

「是我的主意。沒問題的，姆媽。那兒有全天候的心理輔導員。」

「但妳從來沒有外宿過……」

媽瞪著外婆，繼公也一樣。他發出一陣響亮的笑聲。

「一點都不好笑。」外婆捶打繼公的胸膛。「她懂我的意思。」

媽帶我上樓去收拾我的東西。

我對她說：「閉上眼睛，有驚喜。」我帶她走進臥室。「在這裡。」我等著。「是地毯，還有好多我們的東西，警察送回來的。」

媽說：「我看到了。」

「妳看，吉普車和遙控器——」

她說：「我們還是不要把壞掉的東西扛來扛去吧。就拿你真正需要的，裝在你的新朵拉包包裡。」

「我統統都需要。」

媽吐一口氣：「隨你要怎麼樣吧。」

我要怎麼樣？

「送來的時候有箱子裝著。」

「我說過可以了。」

繼公把我們所有的東西都裝在白色汽車後面。

外婆開車時，媽說道：「我得更新我的駕照。」

「妳可能會覺得開車技術有點生鏽了。」

媽說：「哦，我每件事都生鏽了。」

我問：「妳為什麼會——」

「就像《綠野仙蹤》裡的鐵樵夫。」媽回過頭來說。她抬起手臂，發出嘎呀一聲。「對了，傑克，哪天我們自己買一輛車如何？」

「好啊，或者直升機更好。一架超高速直升機加火車加汽車加潛艇。」

「唔，那樣兜風才有意思。」

坐車坐了好多好多個小時。我問：「為什麼這麼久？」

「因為要穿過整個市區。」外婆說：「等於是到隔壁州去了。」

「姆媽……」

天色漸漸黑了。

外婆把車停在媽指定的地方。這兒有塊大招牌：獨立生活宿舍。她幫我們把所有的箱子和袋子搬進一棟褐色磚造的建築物，我自己則拉有輪子的朵拉。我們走進一扇很大的門，有個叫做門房的人露出微笑。我小聲問媽：「他把我們鎖在裡面嗎？」

「不，是把其他人鎖在外面。」

有三個女人和一個男人叫做支援團隊，我們在任何方面需要協助時，都歡迎我們隨時打電話下去。這裡有很多樓層，每層樓都有公寓，我跟媽住在六樓。我拉拉她袖子，小聲說：

「五。」

「什麼？」

「我們可以改住五樓嗎？」

她說：「對不起，我們沒得挑。」

電梯轟隆一聲關上時，媽打了個寒噤。

外婆問：「妳還好吧？」

「不過是又一件需要適應的事罷了。」

媽必須鍵入密碼，電梯才會動。它上升時，我肚子有種奇怪的感覺。後來門一開，就來到了六樓，我們不知不覺就飛上來了。這兒有個活門，寫著焚化爐，我們把垃圾扔進去，它會一直掉下去，然後化成煙升上來。房門上沒有數字，只有字母，我們的是B，也就是說，我們住六B。六不是個壞數字，不像九，事實上它正好是九倒過來。媽把鑰匙插進鎖孔。轉動時她臉一歪，因為她用的是壞手腕。她還沒有完全康復。她說：「到家了。」把門推開。

我沒來過的地方，怎麼能說是家呢？

公寓就像房子，只不過壓扁了變成一層。這兒隔成五間，算是很幸運。其中一間是浴室，有浴缸，所以我們可以泡澡，不必淋浴了。「可以現在就泡嗎？」

媽說：「我們先安頓好再說吧。」

爐子跟外婆家的一樣，會噴出火焰。廚房旁邊是起居室，有一張沙發、一張矮桌，還有一台超大的電視。

外婆在廚房裡拆一個箱子：「牛奶、貝果，我不知道妳是不是又開始喝咖啡了……他喜歡這種字母穀片，前幾天他還拼了火山（Volcano）這個字。」

媽伸手抱住外婆，讓她停一會兒不要動。「謝謝妳。」

「要不要我再替妳去買點別的？」

「不用，我想妳什麼都考慮到了。晚安，姆媽。」

外婆的臉揪成一團。「妳知道——」

「什麼？」媽等著：「什麼事？」

「我也一天都沒有忘記妳過。」

她們沒再說話，所以我去試床，看哪張比較有彈性。我翻筋斗的時候，聽見她們說了好多話。我整個繞一圈，把每樣東西打開、關上。

外婆回她的房子以後，媽教我如何用門閂，它有點像鎖，但只有在裡面的人能打開或關上。

上了床，我想起來了，我掀起她的T恤。

媽說：「啊，我想已經沒有了。」

「有的，一定有的。」

「嗯，乳房有一點很特別，如果沒有人喝，它們就會想，好吧，沒有人需要我們的奶水，**我們就不出產了**。」

「騙鬼。我打賭我一定找得到……」

「不行。」媽用手擋在中間：「對不起，這件事結束了。過來。」

我們緊緊依偎在一起。我耳朵裡都是她胸前咚咚咚的心跳聲。

我掀起她的T恤。

「傑克——」

我親一下右邊，說道：「掰掰。」左邊我親了兩下，因為它奶香味最濃。媽把我的頭抱得好緊，我說：「我不能呼吸了。」她就放開了。

♥

上帝的臉在我眼前升起，淡淡的紅色照進我眼睛。我眨眨眼，讓光線忽隱忽現。我一直等到媽的呼吸醒過來：「我們要在獨立生活住多久？」

她打個呵欠：「看我們高興。」

「我想住一個星期。」

她伸個懶腰：「那我們就先住一星期，然後再看看。」

我把她的頭髮像繩子一樣捲起來。「我可以幫妳剪頭髮，然後我們就又一樣了。」

媽搖頭：「我想我要留長髮。」

我們拆箱的時候，出了一個問題，我找不到牙齒。

我找遍我所有的東西，然後找遍每一個角落，以防萬一昨晚我把他掉在什麼地方。我試著回憶我什麼時候把他拿在手裡或含在嘴裡。昨晚沒有，但前天晚上在外婆家我好像吭過他。我有種可怕的想法，說不定我在睡夢中不小心把他吞進肚子裡了。

「我們如果吃了不是食物的東西，會發生什麼事？」

媽正把她的襪子放進抽屜。「像是什麼？」

我不能告訴她我把她的一部分丟掉了。「像是小石頭之類的。」

「哦，那它很快又會掉出來。」

今天我們不坐電梯下樓，我們甚至不用穿好衣服。我們待在我們的獨立生活裡，學習所有細節。媽說：「我們可以睡這個房間，但你可以到另一間玩，那間比較有陽光。」

「跟妳一起。」

「是的，但有時候我要做別的事，所以也許在白天，我們的臥室就是我一個人的房間。」

別的事是什麼？

媽把我們的穀片倒出來，數都不數，我感謝耶穌寶寶。

她說：「我大學的時候讀過一本書，裡面說每個人都該有一個自己的房間。」

「為什麼？」

「可以思考事情。」

「我在有妳的房間裡也可以思考啊。」我頓一下：「為什麼妳在有我的房間裡不能思考呢？」

媽扮個鬼臉。「我也可以，大部分時間，但有時候，有個專屬於我的地方可以待著，感覺很棒。」

「我不覺得。」

她吸進一口長氣。「我們先試個幾天。我們可以做幾個名牌，貼在門上……」

「酷。」

我們用不同顏色的字母在紙上寫**傑克的房間**和**媽的房間**，然後用膠帶貼住，我們愛用多少就用多少。

我大便了，我把它檢查了一番，但沒看見牙齒。

我們坐在沙發上，看著桌上的花瓶，它是用玻璃做的，但不透明，滿是深淺不同的藍色和綠色。我對媽說：「我不喜歡這牆壁。」

「有什麼不對？」

「太白了。有了，妳知道嗎，我們可以從店裡買軟木片，把它整個貼滿。」

「做夢都別想。」過了一分鐘，她說：「這是新的開始，記得嗎？」

她要我記得，但她卻不願意記得房間。

我想起地毯，我跑過去，把她從箱子裡拿出來，我把她拖在身後。「地毯鋪哪裡，鋪在沙發旁邊，還是鋪我們的床旁邊？」

媽搖頭。

「但是——」

「傑克，這塊地毯的邊已經磨爛了，而且這七年來——我在這兒就聞得到一股怪味。我不得不看你在那塊地毯上學爬、學走路，它總是把你絆倒。你在上頭大便過一次，還有一次打翻湯，我永遠不可能把它真正清理乾淨。」她眼睛亮晶晶的，而且變得好大。

「是啊，我在她上頭出生，我還死在她裡頭呢。」

「是啊，所以我最想做的就是把它扔進焚化爐。」

「不行！」

「如果你這輩子至少有一次替我想想，而不是——」

「我想過！」我吼道：「妳不在的時候我一直想著妳。」

媽把眼睛閉上一秒鐘。「這樣好了，你可以把它留在你房間，但一定要捲起來，放在衣櫃裡。好嗎？我不要看見它。」

她走進廚房去，我聽見水聲。我拿起那個花瓶，把它往牆上扔去，它碎成無數片。

「傑克——」媽站在那兒。

我尖叫：「我不要做妳的小兔子了。」

我跑進**傑克的房間**，地毯拖在我後面，被門卡住。我把她拖進衣櫃，用她包住我全身，我在那兒坐了好多好多個小時，媽沒有來。

我臉上眼淚乾掉的地方變得僵硬。繼公說鹽就是這麼做出來的，他們把海浪抓進小水池，讓太陽把它們曬乾。

傳來一陣可怕的滋滋滋聲音，然後我聽見媽說話。「是啊，我想擇日不如撞日。」過了一分鐘，我聽見她來到衣櫃外面，她說：「我們有訪客。」

來的是克雷大夫和諾玲。他們帶來一種叫做外賣的食物，有麵條、米飯和一種滑溜溜、非常好吃的黃色東西。

花瓶碎片不見了，媽一定把它們送進焚化爐消滅了。

有台電腦是給我們的，克雷大夫把它安裝好，這樣我們就可以玩遊戲和發電子郵件了。諾玲教我如何把箭頭變成畫筆，在螢幕上畫畫。我畫了一幅我和媽在獨立生活的情形。

諾玲問：「這些潦草的白色線條是什麼？」

「是空間。」

「外太空？」

「不，是裡面的空間，空氣。」

克雷大夫對媽說：「嗯，知名度會造成二度心理創傷。妳有沒有進一步考慮變更身分？」

媽搖頭：「我無法想像……我就是我，傑克就是傑克，對吧？我怎麼可能改用麥克或尚恩之類的名字稱呼他。」

她幹嘛要叫我麥克或尚恩呀？

克雷大夫說：「好吧，那至少換個新姓氏怎麼樣？這樣他上學的時候，就不會引起那麼多注意了。」

「我上學的時候？」

媽說：「先等你做好準備，別擔心。」

我想我永遠不會做好準備。

晚上我們泡了澡，我在水中把頭擱在媽肚子上，差點睡著。

我們練習分別待在兩個房間，提高聲音交談，但不能太大聲，因為獨立生活還有其他不住在六B的人。我在傑克的房間，媽在媽的房間時，還不算太壞，問題出在有時候她在其他房間，但我不知道是哪一間，我不喜歡這樣。

「不要緊。」她說：「我總歸聽得見你。」

我們又吃了一些外帶食物，用微波爐重新加熱，那是一個使用看不見的死光、效率超快的小爐子。

我告訴媽：「我找不到牙齒。」

「我的牙齒？」

「是啊，妳掉下來的壞牙，我留起來了。我一直留著他，但現在好像丟掉了。除非被我吞下肚，但他又還沒有跟我的大便一起拉出來。」

媽說：「別煩惱這件事了。」

「但是——」

「世界上的人走來走去，東西一直搞丟的。」

「牙齒不是東西，我必須保留他。」

「相信我，你不需要。」

「但是——」

她扶著我的肩膀：「再見爛牙。故事結束。」

她差點笑出來，但我沒笑。

我想也許我真的不小心把他吞下去了。也許他不會跟著大便掉出來，也許他在我身體裡面找到一個角落，永遠躲在那兒了。

♥

晚上，我小聲說：「我還開著。」

「我知道。」媽說：「我也是。」

我們的臥室是**媽的房間**，它在獨立生活宿舍裡，獨立生活宿舍在美國，美國嵌在一顆直徑百萬公里，永遠轉個不停的藍綠色星球的世界裡。這個世界的外面就是外太空。我不知道我們為什麼沒有摔出去。媽說那是靠地心引力，這種看不見的力量把我們黏在地上，但我感覺不到它的存在。

上帝的黃臉出來了，我們望著窗外。媽說：「你有沒有注意到，每天早晨都來得更早一點？」

我們的獨立生活有六扇窗，它們展示的畫面各不相同，但又有部分是相同的。我最喜歡浴室，因為窗外有建築工地，我可以看到下面的吊車和挖土機。我背《狄倫》裡的字句給它們聽，它們都很喜歡。

我在起居室裡黏魔鬼氈，因為我們要出去。我看到本來放花瓶，直到我把它扔出去為止的那塊空間。我對媽說：「我們可以再要一個當作週日禮。」然後我記起來了。

她正在綁她鞋子上的鞋帶。她看我一眼，沒有生氣。「你知道，你再也不用見到他了。」

「老尼克。」我特地把這名字說出來，看它可怕不可怕，有點可怕，但不很嚴重。

媽說：「我也只需要再見他一次，就是我上法庭的時候。那還要再等上好幾個月呢。」

「妳一定要去嗎？」

「莫里斯說，我可以透過視訊連線做這件事，但事實上我想親自看進他邪惡的小眼睛。」

她說的是哪隻眼睛？我試著回想他的眼睛。「說不定他會求我們給他週日禮，那一定很好玩。」

媽隨口笑了兩聲。她正對著鏡子，在眼睛周圍畫一道黑線，並把嘴唇塗成紫色。

「妳像個小丑。」

她說：「這叫做化妝，讓我顯得好看一點。」

我告訴她：「妳一直都好看一點。」

她從鏡子裡對我微笑。我把鼻子皺起來，兩手插在耳朵裡揮動。

我們牽著手，但今天的風很暖，所以手變得滑溜。我們看商店的櫥窗，但不走進去，我們只走路。媽一直說，東西要麼貴得荒唐，要麼就是垃圾。我告訴她：「那兒有家店出售男人、女人和兒童。」

「什麼？」她猛然轉身。「哦，不是的，你看，那是成衣店，所以男人、女人、兒童的意思就是，給這些人穿的衣服。」

非過馬路不可的時候，我們就按一個鈕，等銀色小人出現，他會保障我們的安全。有個東西看起來是水泥，但好多小孩在那兒尖叫，跳上跳下，把身體弄濕，那叫做噴泉戲水區。我們看了一會兒，但不是很久，因為媽說人家可能會以為我們是怪胎。

我們玩間諜猜字遊戲[32]。我們買了冰淇淋，那是全世界最棒的東西，我吃香草口味，媽吃草莓。下次我們可以換不同口味，總共有幾百種。冰冰涼涼的一大坨滑進胃裡，我的臉開始痛了起來。媽教我用手摀住鼻子呼吸熱空氣，我來到這世界已經三個半星期了，卻還是不知道做什麼事會受傷。

我有幾枚繼公給我的銅板，我買了一個髮夾給媽綁頭髮，上面有一隻瓢蟲，不過是假的。

她說謝謝，說了一遍又一遍。

我對她說：「妳可以永遠擁有它，即使妳死掉。妳會比我先死嗎？」

[32] 註：間諜猜字遊戲（I Spy）的玩法是在周遭環境裡選一件物品，然後說：「我看到一樣東西，開頭第一個字母是X」，猜謎者就從目光所及，名稱用這個字母開頭的物品一件一件猜，直到猜中為止。

「照計畫應該會這樣。」

「為什麼照計畫應該這樣？」

「嗯，你一百歲的時候，我就一百二十一歲了，我想，到時候我的身體也用得很舊了。」她咧開嘴笑：「我會在天堂裡替你準備你的房間。」

我說：「我們的房間。」

「好，我們的房間。」

然後我看見一個電話亭，就跑進去假裝我是超人，正在換裝。我隔著玻璃對媽揮手。那兒有很多小卡片，每張都有微笑的照片，寫著**波霸金髮美女十八歲**和**菲律賓雙性人**，它們都是我們的，因為找到就歸我，掉了你活該，但我拿給媽看時，她卻說它們很下流，逼我把它們都扔進垃圾桶。

有一陣子我們迷了路，然後她看到獨立生活宿舍的街名，所以我們沒有真正迷路。我的腳累了。我想這世界上一定隨時都有人覺得累。

我在獨立生活裡面打赤腳，我永遠不會喜歡穿鞋。

住六C的是個女人和兩個大女孩，比我大，但不是非常大。那個女人無論什麼時候都戴著太陽眼鏡，甚至在電梯裡也戴，而且在腋下夾著一支丁字枴跳來跳去。我猜那兩個女孩不會說話，但我跟其中一個揮揮手，她對我微笑。

每天都有新鮮事。

外婆送我一套水彩組，是一個透明蓋的盒子，裡面有十個橢圓形的水彩顏料。我每畫完一個顏色，就要把小刷子洗乾淨，顏色才不會混在一起，水髒了，我就繼續加水進去。我第一次畫完，舉起來給媽看時，它會滴下來，所以後來我們就把它們平放在桌上晾乾。

我們去有吊床的房子，我跟繼公玩樂高，拼出一座城堡和一輛飛天車。

現在外婆只有下午才有空來看我們，早晨她在一家可以買到新頭髮和新乳房，取代掉下來的舊東西的店裡找到一份工作。媽和我到那家店門外去偷看她。外婆看起來不像外婆。媽說每個人都有好幾個不同的自我。

保羅到我們的獨立生活來，送我一個驚喜，是一顆足球，跟外婆在店裡扔掉的那顆很像。我跟他一起到公園去，媽沒來，因為她要到一家咖啡廳去見她的一位老朋友。

他說：「好極了。再一次。」

我說：「不，你踢。」

保羅踢得好用力，球從建築物反彈回來，掉進樹叢。他喊道：「去撿球！」

我踢的時候，球掉進池塘，我哭起來。

保羅用樹枝把球鉤出來。他把球踢得好遠好遠。「要讓我看看你能跑多快嗎？」

我告訴他：「我們在床的周圍有條跑道，我很會跑，我十六步就跑了個來回。」

「哇，我打賭你現在一定跑得更快。」

我搖頭：「我會跌倒。」

保羅說：「我想不會。」

「最近我老是跌倒，這世界很會絆人。」

「是啊，但是這片草地真的好軟，所以即使你跌倒，也不會受傷。」

布洛英和蒂娜來了，我用我犀利的眼睛看到她們。

每天都變得更熱一點，媽說以四月而言，簡直熱得難以置信。

然後開始下雨。她說買兩把雨傘，出去讓雨打在傘上，可能很好玩，我們的身體一點都不會濕，但我不相信。

第二天，天氣又乾了，於是我們外出，地上有水窪，但我不怕它們。我穿我的海綿鞋，那些小洞會進水，打濕我的腳，不過不要緊。

媽和我有個協議，我們每件事都要試一次，這樣才知道我們喜歡什麼。

我已經喜歡上帶著足球去公園，還有餵鴨子。現在我也很喜歡遊戲場，只除了那次有個男孩從滑梯上跑下來追我，從背後踢我。我喜歡自然歷史博物館，只不過恐龍都死掉了，而且只剩下骨頭。

我在廁所裡聽見人家說西班牙文，不過媽說，正確的說法應該是中文。有幾百種不同的外國語，這讓我頭昏。

我們參觀了另一家博物館，這裡展出的都是畫，有點像我們麥片盒附贈的偉大傑作，只不過大得多了，而且我們看得出顏料有多麼黏稠。我喜歡在整個兒掛滿畫的房間裡漫步，但那兒的房間好多，我一在長凳上躺下，就有個穿制服的人走過來，表情很不友善，所以我趕緊跑走了。

繼公到獨立生活來，送我一件超級棒的好東西，是他們本來要留給布洛英的腳踏車，但我先拿到，因為我比較大。它的輪輻上有許多亮晶晶的小臉孔。我在公園裡騎車時，必須戴上頭盔，穿好護膝、護肘，以防萬一摔倒，但我沒有摔倒，我平衡得很好。繼公說我有天分。第三次我們去的時候，媽准我不穿護具，再過兩個星期，她會拆掉輔助輪，因為我已經不需要它們了。

媽找到一場在公園裡舉行的演奏會，不是我們附近這個公園，得坐巴士過去。我很喜歡坐巴士，我們向下看街上行人各種髮型的頭。演奏會的規則是音樂家可以製造所有的噪音，但我們除了在最後拍手，不可以發出任何聲音。

外婆建議媽何不帶我到動物園去，但媽說她受不了籠子。

我們上兩座不同的教堂。我比較喜歡那座有彩色玻璃的，但風琴太大聲了。

我們還去看了一齣戲，演戲就是大人穿戴整齊，裝作小孩一樣玩耍，所有其他人在一旁觀看。那齣戲在另一個公園演出，叫做《仲夏夜》。我坐在草地上，手摀著嘴巴，提醒自己不能出聲。有幾個精靈為一個小男孩起了爭執，他們說了好多話，所有的字都攪混在一起。有時精靈不見了，幾個全身黑衣的男人把家具搬來搬去。我小聲對媽說：「我們在房間裡也做這種事。」她差點笑出來。

但後來坐在我們附近的觀眾開始高喊：「再來呢，精靈？」還有：「泰坦妮亞萬歲。」我很生氣，發出噓聲，後來我真的大聲叫他們閉嘴。媽一把拉住我的手，把我拉回樹叢後面，然後告訴我，這叫做現場參與，這是允許的，這是例外。

我們回到獨立生活的家，會把嘗試過的每件事都記下來，單子愈來愈長。另外還有些事，我們要等覺得勇敢一點的時候再試。

坐飛機飛上天
請媽的老朋友來家裡吃晚飯
開車
去北極
上小學（我）和上大學（媽）
找到真正屬於我們、不在獨立生活的公寓
發明某件東西

交新朋友
住到美國以外的其他國家
找一個別家的小孩當玩伴，就像耶穌寶寶跟施洗約翰一樣
上游泳課
媽晚上出去跳舞，而我留在外婆和繼公家睡充氣床墊
找一份工作
到月球去

最重要的一條是養一隻名叫幸運的狗。我每天都做好準備，但媽說她目前要做的事太多了，也許等我滿六歲。

「到時候我會有蛋糕和蠟燭。」

「六根蠟燭。」她說：「我發誓。」

晚上我們在不是床的床上，我搓著棉被，它比從前的棉被更厚實飽滿。我四歲的時候，對這世界一無所知，或以為它只是一些故事。後來媽告訴我，它是真實的，我就以為我什麼都知道了。但現在我成天活在這個世界裡，卻發現知道的真的太少了，我總是覺得困惑。

「媽？」

「什麼事？」

她聞起來還是像她，但她的乳房已經改變了，它們現在只是乳房而已。

「妳會不會有時候但願我們不曾脫逃？」

一陣靜默，然後她答道：「沒有，我從來沒有這麼想過。」

媽跟克雷大夫說：「真是反常，這麼多年來，我一直渴望與人為伍。但現在我好像對這件事沒興趣了。」

他點頭，他們在喝冒煙的咖啡，媽現在像成人一樣，靠咖啡保持精力。我還是喝牛奶，不過有時候換成巧克力牛奶，它味道像巧克力，這是允許的。我在地板上跟諾玲玩拼圖，它超難的，光一輛火車就有二十四片。

「大多數日子……我有傑克就夠了。」

「靈魂選擇自己的伴侶——隨即——閉上門扉——」㉝又是朗誦詩的聲調。

媽點頭：「是啊，但我記憶中的自己不是這樣的。」

「妳必須改變才能求生。」

諾玲抬起頭說：「別忘了，妳已經改變了很多。現在妳二十多歲，有一個小孩——妳不

㉝註：引自愛彌麗・狄金蓀（Emily Dickinson）的無題詩作品。

可能保持原來的樣子。」

媽只是啜飲她的咖啡。

♥

有一天，我想知道窗子是否打得開。我先試浴室的窗戶，找到把手，便把玻璃往外推。我怕風，但這時我非常怕敢，我探出上半身，手也伸出去，成為半個人在裡面，半個人在外面，真是意想不到——

「傑克！」媽拉住我的T恤後襟，把我整個人拖進來。

「哎唷。」

「掉下去是六層樓高耶，如果你摔出去，頭殼會砸爛的。」

「我不會摔出去。」我告訴她：「我只是同時既在裡面，又在外面。」

「你同時還是個瘋子。」她對我說，但臉上已經有了笑意。

我尾隨她到廚房去。她正在一個大碗裡打蛋，準備做法式吐司。蛋殼都打碎了，我們就把它們扔進垃圾桶，掰掰。我很好奇它們是否會變成新的雞蛋。「我們上了天堂還會回來嗎？」

我以為媽沒聽見我說話。

「我們會重新回到肚子裡長大嗎？」

「這叫做輪迴。」她在切麵包：「有些人認為，我們可能轉生變成驢子或蝸牛。」

「不，在同一個肚子裡長成人。如果我又在妳肚子裡長大——」

媽點起火。「你的問題是什麼？」

「妳還是給我取名叫傑克好嗎？」

她看著我：「好。」

「保證？」

「我永遠會叫你傑克。」

❤

明天是五月一日勞動節，這代表夏天要來了，而且街上會有遊行，我們可以去看。「只在這個世界才過勞動節嗎？」

我們用碗裝著雜糧穀片坐在沙發上吃，沒有撒出來。媽說：「你是什麼意思？」

「房間裡也過勞動節嗎？」

「我想是吧，但那兒沒有人慶祝。」

「我們可以到那兒去。」

她噹一聲把湯匙扔進碗裡。「傑克。」

「可以嗎？」

「你真的，真的想去？」

「是的。」

「為什麼？」

我說：「我不知道。」

「你不喜歡外面嗎？」

「喜歡啊。但不是全部。」

「好吧，不是，但大部分都喜歡吧？你喜歡它超過房間？」

「大部分。」我把剩下的穀片都吃完，外加媽剩在她碗裡的一小口。「哪天我們回去一下，好嗎？」

「不是住在那兒。」

我搖頭。「只是看一眼。」

媽用手托著下巴。「我覺得我不能。」

「妳能，妳辦得到。」我等了一下：「有危險嗎？」

「沒有，但光是這種想法，就讓我覺得好像……」

她沒說好像什麼。「我會牽著妳的手。」

媽看著我：「也許——你一個人去怎麼樣？」

「不要。」

「我是說，跟別人去。諾玲？」

「不要。」

「或者外婆？」

「我要跟妳去。」

「我不能——」

我告訴她：「我替我們兩個做決定。」

她站起身，我猜她氣壞了。她拿起媽的房間裡的電話，跟某個人交談。

那天早晨稍晚，門房按對講機來說，有輛警車在等我們。

「妳還是歐警官嗎？」

「當然。」歐警官說：「好久不見。」

這輛警車的窗戶上有很多小點，我猜是雨滴。媽在啃她的大拇指。我對她說：「壞點子，」把她的手拉開。

「是啊。」她把大拇指放回嘴裡繼續啃。「我恨不得他死掉。」她幾乎在講悄悄話。

我知道她的意思。「但不會上天堂。」

「不會，在天堂外面。」

「砰砰砰，請開門，但他不准進來。」

「是的。」

「哈哈哈。」

兩輛救火車鳴著警笛駛過。「外婆說，還有更多的他。」

「什麼？」

「像他那種人，在這世界上。」

媽說：「哦。」

「是真的嗎？」

「是的，但奇怪的是，有更多的人介於兩者之間。」

「什麼之間？」

媽盯著窗外，但我不知道她在看什麼。她說：「介於善惡之間，兩者各有一部分，結合在一起。」

車窗上的小點結合，變成小河。

車停了下來，因為歐警官說「到了」，我才知道我們已經到那兒了。我不記得大逃亡那晚媽是從哪棟房子走出來的，每棟房子都有車庫。看起來都不像藏著祕密。

歐警官說：「我該帶把傘來。」

「只是毛毛雨罷了。」媽說。她下了車，伸手來牽我。

我沒解開安全帶。「雨會淋在我們身上。」

「我們把這件事一次解決，傑克，因為我再也不要回來了。」

我打開安全帶。我低著頭，半閉上眼睛，媽帶著我向前走。雨打在我身上，我的臉濕了，我的外套和手也有點濕。但不會痛，只覺得奇怪。

我們走到那棟房子門前，就知道它果然是老尼克的房子，因為那兒拉著有黑色「犯罪現場，禁止進入」字樣的黃布條。有張畫一隻可怕狼頭的大貼紙，寫著「當心惡犬」。我指指它，但媽說：「那是假的。」

啊，對了，媽十九歲那天，那隻號稱得了急病的騙人狗。

一個我不認識的男警察從裡面把門打開，媽和歐警官彎著腰從黃布條下面鑽進去，我只要歪歪頭就過了。

房子裡有很多個房間，擺著厚重的沙發和我所見過最大的電視。但我們直接穿過去，後面有另一扇門，出去就是草地，雨還在下，但我眼睛睜得很大。

「整整一圈都是寬達十五呎的籬笆樹叢。」歐警官對媽說：「鄰居竟然不以為異。『人都有權保護自己的隱私』什麼什麼的。」

更多纏在棍子上的黃絲帶，圍繞著一片樹叢和一個洞。我記起一些事：「媽，那就是——？」

她站定，瞪大眼睛：「我覺得我做不到。」

但我走到洞口去張望。爛泥裡有咖啡色的東西。「那是蟲子嗎？」我問歐警官，我的胸膛咚咚咚跳。

「只是樹根。」

「小貝比在哪裡？」

媽在我身旁，她叫了一聲。

歐警官說：「我們把她挖出來了。」

媽說：「我不要把她留在這裡。」她的聲音還很沙啞。她清了一下喉嚨，問歐警官：「你們怎麼找到——」

「我們有土壤感應器。」

媽告訴我：「我們應該幫她安排更好的地方。」

「外婆的花園？」

「這樣好了，我們——我們可以把她的遺骨燒成灰，撒在吊床下面。」

「她會再長出來，變成我的妹妹嗎？」

媽搖搖頭。她的臉一片濕滑。

更多雨打在我頭上。這不像淋浴，比較柔和。

媽轉過身，看著院子角落裡一座灰色的工具棚。她說：「就是它。」

「什麼？」

「房間。」

「不會吧。」

「就是它，傑克，你沒看見過它外面是什麼樣子。」

我們跟著歐警官，鑽過更多黃布條。她對媽說：「妳注意看，中央空調藏在這叢樹後面，入口也在後面，任何人都看不見。」

我看到銀色的金屬，我猜那是門，但那是我沒看見過的他的側面，他已經是半開的了。

歐警官問：「要我跟你們一起進去嗎？」

我叫道：「不要。」

「好。」

「只有我跟媽。」

但媽放開我的手，彎下腰，發出一種奇怪的聲音。草上，還有她嘴邊，都沾著些東西，那是嘔吐物，我聞得出來。她又中毒了嗎？「媽，媽——」

「我沒事。」她用歐警官給她的面紙擦擦嘴。

歐警官問：「妳是否寧可——？」

「不必。」媽重新牽起我的手說：「來吧。」

我們踏進門裡，所有的東西都不對勁了。這兒比房間小，比房間空，還有股怪味。地板光禿禿的，因為沒有了地毯，她在我們獨立生活的衣櫃裡，我忘了她不可能同時出現在這兒。床還在，但沒有鋪床單，也沒有棉被。搖搖椅還在，桌子、臉盆、浴缸、櫃子也都在，但櫥櫃上沒有盤子或刀叉，還有五斗櫃和電視和戴紫色蝴蝶結的兔寶寶，空掉的架子，我們的椅子摺合放在一旁，但所有的東西都不一樣了。沒有任何一件東西跟我說話。我小聲對媽說：「我看不是這兒。」

「是的，就是這兒。」

我們的聲音聽起來也不像我們。「它縮小了嗎？」

「沒有，一直都是這樣。」

麵條做的動態平衡吊飾不見了，我畫的章魚、偉大傑作和所有的玩具、城堡、迷宮都沒有了。我到桌子下面找，但那兒沒有蜘蛛網。「這裡變陰暗了。」

「唔，今天下雨嘛。你可以開燈啊。」媽指著燈說。

但我不想碰任何東西。我看得更仔細，我要看到它過去的模樣。我找到寫在門邊的我的生日數字，我站在數字前面，平舉手掌比畫自己的頭頂，我已經比黑色的5高了。所有的東西上都有一層薄薄的黑影。我問：「那是我們皮膚的屑屑嗎？」

歐警官說：「那是指紋粉。」

我彎腰往床底下看，蛋蛋蛇捲起身體好像在睡覺。我看不見他的舌頭，我伸手下去，很小心地摸，直到摸到刺刺的針尖。

我站直身體：「植物原來在哪兒？」

「你已經忘記了嗎？就在這裡。」媽敲敲五斗櫃的中間說，我看見一個圓印子，顏色比周圍深。

床的四周有田徑跑道的痕跡。桌子底下的地板上，有我們腳板磨出來的小洞。我想這地方確實有一度是我們的房間。「但已經不是了。」我告訴媽。

「什麼？」

「現在它不是房間了。」

「你認為不是嗎？」她輕哼一聲：「從前它的味道還更封閉。當然，現在門開著。」

也許就是這個緣故吧。「也許只要打開門，它就不是房間了。」

媽勉強一笑。「你認為——」她清一下喉嚨：「你想把門關起來一會兒嗎？」

「不要。」

「好吧，我要走了。」

我走到床牆旁邊，用一根手指摸摸它，軟木沒什麼特別的感覺。「白天可以晚安嗎？」

「什麼？」

「不是晚上的時候，可以說晚安嗎？」

「我想該說再見吧。」

「再見，牆壁。」然後我對其他三面牆也說了同樣的話。接著：「再見，地板。」我拍拍床：「再見，床。」我把頭伸到床底下去說：「再見，蛋蛋蛇。」我在衣櫃裡低聲說：「再見，衣櫃。」暗影中有那幅媽為我的生日替我畫的像，我看起來好小。我招手要她過來，指給她看。

我親吻她臉上有淚水的地方，海水就是這個味道。

我把我的畫像拿下來，放進外套口袋，拉上拉鍊。媽幾乎已經走到門口，我追過去：「把我抱高高？」

「傑克——」

「拜託。」

媽把我抱在她腰際，我伸直手臂。

「再高一點。」

她托住我肋骨，把我舉得高高的，我摸到屋頂開始的地方。我說：「再見，屋頂。」

媽咚一聲把我放下來。

我對天窗揮手：「再見，房間。」我對媽說：「說再見。再見，房間。」

媽說了，但沒有發出聲音。

我回頭再看一眼。這地方像個彈坑，曾經發生過一些事，留下了一個洞。然後我們走出門外。

致謝

我要感謝我深愛的克莉絲・羅斯頓和我的經紀人卡洛琳・戴維森對本書初稿的回應，也要感謝卡洛琳（在Victoria X. Kwee和Laura Macdougall協助下）和我的美國經紀人凱西・安德森從一開始對這本小說的熱心投入。感謝利多布朗出版社的Judy Clain、匹卡度出版社的Sam Humphreys、加拿大哈波柯林斯出版社的Iris Tupholme睿智地編輯本書。還有我的朋友Debra Westgate、Liz Veecock、Arja Vainio-Mattila、Tamara Sugunasiri、Hélène Roulston、Andrea Plumb、Chantal Phillips、Ann Patty、Sinéad McBrearty，以及Ali Dover等人提供從兒童發展乃至情節發展多方面的建議。尤其要感謝我的姊夫傑夫・麥爾斯對於房間的實際功能所做的種種令人由衷佩服極具洞察力的建議。

國家圖書館出版品預行編目資料

房間 / 愛瑪.唐納修(Emma Donoghue) 著; 張定綺譯. — 初版. — 臺北市 : 大塊文化, 2011.2 面 ; 公分. — (to ; 70) 譯自 : Room : a novel, 1st ed. ISBN 978-986-213-218-0 (平裝) 873.57　　　　99023482

LOCUS

LOCUS

LOCUS

LOCUS